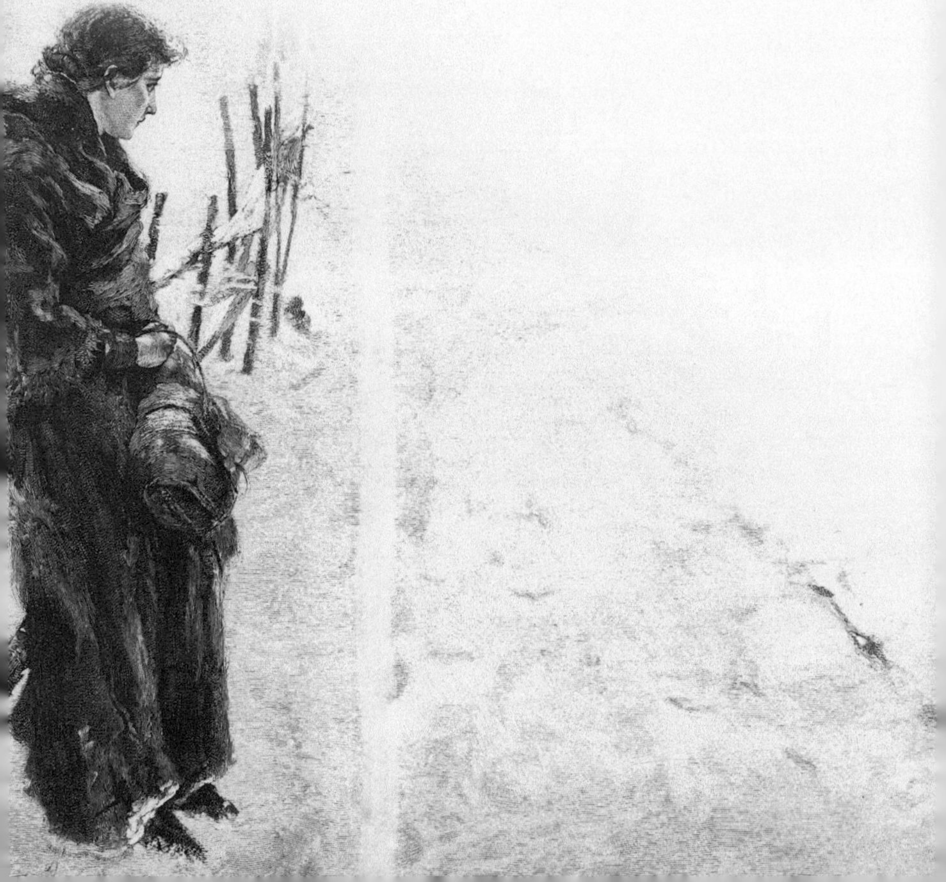

Título original: *Fiore di Roccia*
© 2020, Ilaria Tuti
Longanesi & C. © 2020 — Milano
Gruppo editoriale Mauri Spagnol
By arrangement with VLB & Co. Agência Literária. All rights reserved.

Esta obra foi traduzida com a contribuição do Centro de Livros e Leitura do Ministério da Cultura da Itália.

Edição: Felipe Damorim e Leonardo Garzaro
Assistente Editorial: Leticia Rodrigues
Tradução: Francesca Cricelli
Arte: Vinicius Oliveira e Silvia Andrade
Revisão: Carmen T. S. Costa
Preparação: Leticia Rodrigues

Conselho Editorial:
Felipe Damorim, Leonardo Garzaro e Vinicius Oliveira.

Dados Internacionais de Catalogação na Publicação (CIP)
(Câmara Brasileira do Livro, SP, Brasil)

T966f

Tuti, Ilaria

    Flor de rocha / Ilaria Tuti; Tradução de Francesca Cricelli. – Santo André - SP: Rua do Sabão, 2025.

    344 p.; 14 X 21 cm

    ISBN 978-65-81462-74-1

    1. Romance. 2. Literatura italiana. I. Tuti, Ilaria. II. Cricelli, Francesca (Tradução). III. Título.

CDD 853

Índice para catálogo sistemático
I. Romance : Literatura italiana
Elaborada por Bibliotecária Janaina Ramos – CRB-8/9166

[2025] Todos os direitos desta edição reservados à:
Editora Rua do Sabão
Rua da Fonte, 275 sala 62B - 09040-270 - Santo André, SP.

www.editoraruadosabao.com.br
facebook.com/editoraruadosabao
instagram.com/editoraruadosabao
twitter.com/edit_ruadosabao
youtube.com/editoraruadosabao
pinterest.com/editorarua
tiktok.com/@editoraruadosabao

ILARIA TUTI

FLOR DE ROCHA

Traduzido do italiano por Francesca Cricelli

*Para papai.
Agora entendo por que você era
tão orgulhoso de ser um alpino.*

*Para Maria Gabriella Tuti,
exemplo luminoso de força e amor.*

"Anin, senò chei biadaz ai murin encje di fan."[1]

— Maria Plozner Mentil

---

[1] Vamos, senão aqueles pobres coitados também morrerão de fome.

Maio de 1976

Afundou as rugas das mãos nas rugas da terra, num gesto que continha a ternura da volta às origens, a busca por raízes no fundo úmido, enrolá-las nos dedos e puxar para si o que sobrara, num lugar do mundo que se tornara brecha do vale aos picos.

A Cárnia tremera, o Friuli rasgara-se e sangrava no silêncio da poeira. O Orcolat[2] fora batizado novamente pelos filhos da terra colapsada em escombros: o ogro, que segundo a lenda vivia naquelas rescisões de pedra, havia acordado sacudindo do seu corpo a humanidade. O terremoto imprimiu nos sismógrafos um traçado que os telejornais continuavam a propor. Se aquela linha fosse puxada por dedos imaginários, aquele traço de cúspides agudos teria desenhado o relatório de um coração comovido. Ainda uma pequena tensão e teria relembrado o perfil das montanhas.

A mulher ergueu os olhos em direção aos cumes e foi como se reencontrasse um hábito não erradicado, sentir-se desenhar de novo entre os sulcos remotos, há muito tempo abandonados.

---

2 A palavra *orcolat* significa "ogro" em friulano, sendo também usada para identificar os terremotos. [N. da T.]

Há décadas não revia sua terra. Havia atravessado oceanos para voltar onde tudo havia começado, agora que tudo parecia apagado. Contudo, seus olhos ainda conseguiam seguir os antigos caminhos, em meio ao feno, que subiam claros até os gramados magros de grande altitude. O Pal estava lá em cima, em meio aos bosques, com sua coroa de rochas e trincheiras. Nunca mais um mero pastoreio, mas um bendito santuário.

Reconheceu o chamado do vale no vento.

E a lembrança daquilo que havia acontecido voltou a correr em seu sangue.

I

Junho de 1915, a Guerra

Quando era criança vi uma alcateia nessas montanhas.
Meu pai apontou-os entre os ramos carregados de neve, atrás da encosta que nos protegia. Era uma fileira em peregrinação do outro lado do riacho.
Acreditei que pudesse agarrar seu cheiro no vento. Ainda me lembro: pelo molhado e vida errante, uma aspereza quente, sangue selvagem.
A espingarda ficou sobre o ombro do meu pai.
"Lobo não come lobo", disse-me com um sussurro que carregava as marcas da sua voz trovejante. Tinha o peito largo, eu adorava sentir os sobressaltos dele sob minhas bochechas a cada risada.
Explicou tudo com aquelas palavras, muniu-me com uma lei para a vida e com uma sabedoria que eu não perderia jamais. Ele sempre soube qual é o lugar do homem neste mundo.
As feras que arranhavam o gelo com as garras desgastadas não se pareciam com as das fábulas. Eram magras e encurvadas. Eram olhos dourados sobre focinhos aguçados pela fome, como os nossos. Naquele inverno, o gelo golpeava todas as criaturas de Deus.
O lobo que encabeçava os companheiros mancava, a fêmea que o seguia tinha mamas

exaustas que roçavam o solo. Os dois exemplares mais jovens eram pouco mais do que filhotes, sua marcha traía seu desassossego: sabiam que não teriam condições de cuidar de si mesmos. O pelo denunciava privação e cansaço: amplas manchas revelavam as curvas das costelas debaixo da pele.

Meu medo transformou-se em piedade. Era uma alcateia moribunda.

Nunca mais vi lobos nessa terra. Mesmo hoje, adulta, pergunto-me qual terá sido o fim deles. Contudo, agora parece-me tê-los diante dos olhos. Só que agora suas feições são humanas, ocupam essa igreja enquanto o padre borrifa com incenso o ar rançoso. Os bancos estão quase vazios. As cabeças inclinadas são de mulheres e algumas crianças. Os doentes estão em casa. Já não há mais homens saudáveis em Timau. Estourou a guerra.

Um sobressalto à porta nos faz virar, assim como os animais em alerta. Entra um oficial, passos rápidos, as botas batem sobre o solo sagrado. Aproxima-se do padre sem lhe dar o tempo para descer do púlpito. A guerra é uma profanadora e aquele filho dela não fica atrás. Olhamos sua boca de lábios finos que articula palavras que só os dois conseguem ouvir.

Dom Nereo está preocupado quando se vira para nós. "Os batalhões destacados na área de Cárnia estão em dificuldade", anuncia. "O comando logístico e o da divisão de sapadores[3] Gê-

---

[3] Que ou aquele que faz sapa (no sentido de "atividade") ou outros trabalhos ligeiros de Engenharia Militar.

nio pedem a nossa ajuda. Precisamos de ombros para assegurar as conexões com os depósitos do fundo do vale."

Os generais e os estrategas do Supremo Comando finalmente entendiam o que os campesinos e os cortadores de lenha sempre souberam: não havia veículo com rodas que chegue até o contraforte, nem trilha alguma para carregar nos dorsos dos mulos alimento e munições até àquela altura. As linhas de defesa estão isoladas naqueles cumes, milhares de jovens estão exaustos e isso é só o começo. Sonhei com eles na noite passada, imersos em sangue. Escorriam feito flores pálidas carregadas até o vale por uma correnteza purpúrea.

A voz do padre tremeu ao evocar a nossa ajuda e eu sei o porquê. Sentia vergonha. Sabe o que está nos pedindo. Sabe o que significa subir aquelas encostas impiedosas, por horas a fio, e fazê-lo, por horas a fio, enquanto granadas ressoam como a ira de Deus sobre nossas cabeças.

Ao lado dele, o oficial nos encara sem que o seu olhar jamais encontre os nossos rostos. Deveria fazê-lo. Perceberia o que tem diante de si. Lobas cansadas, filhotes famintos.

Perceberia a alcateia moribunda que somos.

II

Nos reunimos ao cair da noite, quando os animais, os campos e os velhos imobilizados em seus leitos já não precisavam que alguém os atendesse. Pensei que desde sempre estamos acostumadas a ser definidas a partir da necessidade de outrem. Mesmo agora, saímos do esquecimento somente porque nossas costas, pernas e braços, fortalecidos pelo trabalho, servem para alguma coisa.

No celeiro silencioso somos olhos que seguem outros olhos, num círculo de mulheres de todas as idades. Há quem esteja com o filho atracado ao seio. Algumas são pouco mais que crianças, se é que ainda é admissível ser assim nestes tempos, se nesta terra áspera que nunca dá nada de graça é possível ser assim. Olho para minhas mãos: não são iguais às das damas sobre as quais leio nos livros do meu pai. Unhas rachadas, calos formados pelas farpas e uma teia de feridas enganchadas umas nas outras. Em algumas, a terra penetrou profundamente, fez-se carne. O sangue que derramei, gota a gota, nos sulcos dos campos, fez de mim, mais do que nunca, filha destes vales.

Minhas companheiras não são exceções, seus corpos são moldados pela fadiga com a qual convivemos todos os dias. Nascidas com uma dívida de trabalhos nas costas, dizia minha mãe, uma dívida que tem a forma de cabaz[4] que

---

[4] Cabaz é a palavra usada pelos portugueses para se referir à cesta de alimentos.

usamos tanto para ninar os filhos, quanto para transportar o feno e as batatas.

O clarão da lamparina a óleo transforma-nos em fronteiras trêmulas entre a sombra e a claridade, entre o que é desejo e o que é obrigação. Não estamos acostumadas a nos perguntar o que realmente desejamos, mas nesta noite, pela primeira vez, teremos que fazê-lo.

"Acabam de nos autorizar a voltar para nossas casas e agora devemos sair para arriscar nossa vida?"

Viola dá voz ao pensamento de todas. Eu e ela nascemos na mesma noite de Natal de 1895 e nos consideramos irmãs, mas sua língua sempre foi mais solta e rápida do que a minha.

"Entenderam que viver no último vilarejo antes da fronteira e falar um dialeto alemão não significa estar do lado dos invasores. Nunca é tarde demais", murmura Caterina. É a mais velha de nós e aparentemente a mais calma. Parece que não pode ser afetada, como a pedra mais resistente, e como uma pedra ela permaneceu imóvel desde que chegou até nós, encurvada nas roupas escuras da viuvez, cabelos densos e lisos com manchas brancas recolhidos num coque baixo. Na verdade, os dedos endurecidos como madeira de rio nunca pararam de tricotar sob o xale.

"Muito pelo contrário, ainda desconfiam de nós!", rebateu Viola. "Se não, por que mandar os nossos homens para o Carso, em vez de mandá-los para as montanhas que conhecem?"

"Você não tem marido nem namorado, Viola", calou-a Caterina, sem nunca levantar o olhar da meia que está tomando forma sobre seus joelhos. "Talvez por isso esteja brava. Agora, onde é que vai encontrar alguém disposto a ficar com você?"

As mais jovens riem, as outras mulheres se permitem um sorriso fugaz, como se fosse indecente esquecer-se da morte, mesmo por um só instante. Talvez seja indecente, ou talvez, pelo contrário, seja necessário.

Viola retraiu-se, picada por uma farpa que queria ser benevolente.

"Alguns ficaram", disse, num tom baixo que parecia querer encorajar a si mesma. Seus olhos fogem do cabresto da vontade e me procuram. Sei em quem ela está pensando, as outras também sabem: as atenções que Francesco Maier me prodiga é algo a que há meses elas se dedicam. O filho do comerciante de temperos está acostumado a pegar sem pedir e não tem muito juízo. O interesse não é recíproco, mas que Deus não queira que Viola se afaste de mim.

Lucia, que permanecera em silêncio até aquele momento, nos socorre com seu instinto materno que possui desde que, ainda garotinha, cuidava de nós, que éramos só poucos anos mais novas.

"Quem sabe se lá nas alturas encontrarão um belo alpino", diz.

Começamos a rir e finalmente parece-me que consigo respirar, mas o silêncio volta rápido para nossas bocas. Sinto seu gosto, tem uma consistência viscosa e o sabor salgado da dúvida: quanto mais se consome, mais se sente o desejo e, afinal, os lábios ficam ressecados, a garganta arde.

Nesta noite de desassossego, emergimos da escuridão como se estivéssemos acostumadas, mas, na verdade, não estamos. Temos olhos grandes e úmidos, ventres côncavos e costas vigorosas enroladas em xales pretos, tradicionais. As saias do dia a dia, as barras escurecidas pela terra ainda guardam o cheiro do leite mungido antes do crepúsculo.

Conheço cada uma desde sempre, mas é a primeira vez que as vejo assustadas. Nas montanhas ao redor de Timau ouvem-se disparos de canhões. É o diabo que limpa sua garganta, disse outro dia Maria, descascando as contas do rosário do qual nunca se separa.

Pergunto-me como é possível decidir nosso destino assim, no meio da palha mofada que durante o verão não será substituída por palha perfumada, porque nenhuma de nós subirá as encostas para cortá-la.

Lucia aperta com tamanha força em seus braços o filho que dorme que parece conseguir abraçar o mundo inteiro. Apesar da juventude, com sua força inquieta, sempre foi uma referência para nós, agora mais do que nunca. Percebo as olheiras escuras e estou prestes a perguntar se ela comeu algo além de uma batata. Recebe oitenta centavos por mês do marido soldado que luta no Carso e mais trinta para cada um dos quatro filhos. Não é o suficiente.

"Eu vou. Ágata, o que você quer fazer?" Lucia se adianta a mim, subitamente.

Por alguns momentos não encontro palavras. É tão difícil escolhê-las, misturadas como estão com a incerteza e o medo, amalgamadas num pacto de obediência e cuidado que nunca pretendeu ter voz, mas que mora no sangue de mãe e de filha.

O que *eu* quero fazer? Ninguém nunca havia me perguntado isso.

Olho essas mulheres, minhas amigas.

Viola, exuberância e entusiasmo.

Caterina, sabedoria pacata e às vezes uma maturidade ríspida.

Maria, um pouco distante, as contas do rosário entre os dedos e sempre uma prece nos lábios.

Sei que a minha resposta provocará, em cadeia, também as delas, e saber disso assusta-me: sou um chamariz que talvez cante para prendê-las numa missão suicida.

Porém, depois, Lucia sorri para mim, dá um daqueles sorrisos que trazem docilidade à alma.

Conhecemos estas montanhas melhor do que qualquer outra pessoa, é o que me diz com o seu silêncio, já as subimos e descemos tantas vezes. Saberíamos nos proteger em caso de necessidade.

De resto, estou ciente: se não formos nós mulheres a respondermos a esse grito de socorro, ninguém mais o fará. Não há mais ninguém.

"Vou contigo", ouço sair da minha própria boca.

Lucia concorda, um gesto tão breve quanto solene, antes de beijar a testa do seu pequeno.

"Vamos", ela sussurra, "senão aqueles pobres coitados também morrerão de fome".

III

Ainda não havia amanhecido enquanto eu ordenhava a cabra: uma xícara de leite, não mais do que isso. O filhote não saiu em momento algum do seu lado, o focinho preto e úmido fareja-me sem parar. Assim que me afasto, ele retoma uma teta para si, verificando se tudo está no lugar certo. Reconheço-me nele: eu também sei que a felicidade, às vezes, é só constatar que nada mudou.

Gostaria de dizer o mesmo sobre minha vida. O estábulo não recebe outros animais desde o inverno passado, seu vazio é a obscenidade da miséria. Mas a cabra está lá, digo a mim mesma, e pariu. A felicidade, no fundo, é também uma disciplina mental obstinada.

Fecho o estábulo enquanto o frescor aguçado da noite alpina espeta a pele sob a gola da roupa, sacudindo-me com arrepios. As ruelas da aldeia estão desertas. Os lampiões reluzem no azul violáceo do tempo suspenso entre a escuridão e o dia. A eletricidade termina um pouco antes da nossa casa. Entre a bruma que estende seu manto sobre o abraço dos bosques, o penhasco de Gamspitz[5] se esboça pouco acima de Timau. Nas últimas semanas, a faixa de neve que sobreviveu nos recortes de sombra perene tornou-se mais fina até desaparecer.

---
[5] Montanha dos Alpes, localizada nos confins da Itália com a Áustria, com altura de 1847 metros. [N. da T.]

Surge uma luz na colina, na fronteira com o Bosco Bandito. É o *stali*[6] da viúva Caterina. Minha imaginação consegue desenhar no esmaecimento sua sala de jantar bem-arrumada e ela que, com sono, repõe a pedra de fazer fogo, os cabelos longos acinzentados sobre os ombros, que nenhuma de nós jamais viu soltos. Alguns momentos mais tarde, outra janela ilumina-se, alguns tetos mais adiante. Viola também acendeu sua lamparina. Nos resquícios desta madrugada agitada, as mulheres acordam como as estrelas matutinas. A linha de luzes desce de Timau em direção a Cleulis e Paluzza. Muitas de nós respondemos ao chamado.

Respiro fundo a minha terra. No vale de Bût paira um silêncio irreal. A guerra parece estar adormecida como a floresta, mas, quando levanto os olhos sobre o perfil da fronteira, o norte inflama-se. Os cimos de Pal Grande, Pal Piccolo[7] e Freikofel[8] ardem como brasa. As montanhas são o templo da morada de um gigante que tem fome de homens. É para lá que, desarmadas, devemos ir.

---

6 Construção típica da região de Cárnia, feita de madeira e pedra, servindo de refúgio normalmente usado por pastores. *Stali* é etimologicamente aparentada com a palavra portuguesa "estábulo". [N. da T.]

7 *Pal*, da língua de Timau, uma das ilhas linguísticas germânicas no Friuli, significa "pastagem íngreme desprovida de árvores e arbustos". [N. da T.]

8 Montanhas dos Alpes, localizadas próximas do passo de Monte Croce Cárnico, localizada em Timau di Paluzza (Cárnia) nos confins da Itália com a Áustria. Sua altura é de respectivamente 1809, 1886 e 1757 metros. [N. da T.]

A casa acolhe-me com sua tepidez, o cheiro chamuscado das panelas escurecidas onde a água ferve, a doçura da flor de melissa pendurada para secar em pequenos buquês entre as vigas, sobre panos de prato em que descansam capítulos e folhas de arnica e erva-de-são-joão, hortelã e tília. As tábuas do piso rangem sob os *scarpetz*,[9] único barulho que me faz companhia. As atividades de preparação para o novo dia são um daguerreótipo esmaecido de quando aqui vivia uma família. Num canto ao lado da lareira, o tear espera há meses os meus dedos. Só Deus sabe o quanto eu preciso de roupas íntimas e camisolas novas.

Nas mãos, uma xícara cheia de leite espalha uma promessa de manteiga e queijo gordo que não irá se cumprir. Com um flanco das costas, empurro a porta que dá para o cômodo atrás da *stube*.[10] Está virada para o leste, para receber o primeiro sol da manhã, mas agora só uma lamparina a óleo ilumina a cama e o velho que está debaixo dos cobertores como um urso consumido por muitos invernos. O leito de lã tem as cores de folhas de bronze e emana o cheiro de óleo de erva-de-são-joão que uso para cuidar das pernas e braços imóveis do meu pai. A letargia não desapareceu com a chegada da primavera. Vai durar para sempre.

---

9 Calçados típicos da região do Friuli, parecidos com alpargatas. [N. da T.]

10 Palavra de origem protogermânica ainda usada em alguns dialetos das regiões italianas que fazem fronteira com os países de língua alemã, significando "sala". [N. da T.]

"Pai", chamo. "O dia raiou."
Apoio a xícara sobre a mesa de cabeceira e sento-me ao seu lado. Aperto suas mãos nas minhas: estão apoiadas sobre os lençóis assim como quando lhe desejei boa-noite.
"Estão frias", digo, e esfrego-as com delicadeza. Eram fortes, agora parecem de papel machê. Quando criança, eu olhava-as por horas enquanto elas trabalhavam com o canivete a jovem ramagem da aveleira, nas longas noites de tempestade ou nevasca. Tiravam a cortiça, gravavam, esfolavam até obter tiras fininhas do centro para que fossem trançadas na feitura de cabazes leves e duradouros. Às vezes acho que eu mesma sou um cabaz: a cortiça arrancada pela vida até ficar só o necessário, gravada pelas perdas, esfolada pela necessidade.
Entre as pálpebras semicerradas, os olhos embaçados do meu pai encaram um ponto atrás dos meus ombros. Seus livros. Cobrem toda a parede. Sempre foram seu tesouro mais precioso, foram arranjados de forma minuciosa, ordenados por cor: do azul além-mar até o lápis-lazúli, uma onda de verdes brilhantes que degradam para o amarelo até o ouro e o marrom, incendeiam-se no vermelho-cardeal e no ameixa mais vivo. Ele não conhecia outra forma de organizá-los: é analfabeto. Aqueles eram os livros de minha mãe.
E lá está ela, entre eles, na última lembrança que deixou e que há muito tempo permanece guardada numa caixa de veludo vermelho-púrpu-

ra, encaixada entre as lombadas dos seus romances preferidos. Nem eu, nem meu pai tivemos a coragem de abrir a caixa desde que ela morreu.

Pergunto-me se ele, preso numa boca sem voz e num corpo que é um caixão, continua aqui comigo. Contudo, nunca saberei, meus lábios não ficarão escassos de palavras de afeto e a ele reservarei somente afagos carinhosos.

Aproximo a xícara e alimento-o com paciência. O movimento da garganta é pouco mais do que um reflexo involuntário. Mais tarde, vou lavá-lo como faria com uma criança. Atravessa-me um pensamento: no inverno da vida, é sagrada a presença de quem cuida da dignidade humana.

Vejo o azul clarear pelas frestas do batente. Chegou a hora de ir. Chegou a hora de atacar a montanha e subir.

"Papai, estou com medo."

A confissão desfaz-se no silêncio como círculos na água.

Chegamos a Paluzza quando a primeira luz do dia atravessa os baluartes naturais e estende uma lâmina de ouro sobre as águas do rio Bût, os cabazes vazios como as barrigas e os pulmões. Lucia guiou uma fileira estranhamente silenciosa. Nenhuma de nós tem muita vontade de falar, nem mesmo Viola. Encontramos o vilarejo em ebulição como num dia de feira, atravessamos no meio da poeira levantada pelas botas que batem passos rápidos e homens fardados que fazem apelos ríspidos. Os tanques desfilam pela rua principal carregados de armas e munições.

Encaminham-se ao depósito no campo, como nós. Dois alpinos atravessam a rua puxando seis mulas recalcitrantes que, por falta de uma estrada de terra, são tão úteis quanto um boi de carga coxo. Caterina parece ler meus pensamentos.

"Somos nós as mulas, hoje", diz ao pé do ouvido.

Viola procura minha mão e aperta-a.

"Viu? Os alpinos... parecem cavaleiros. Vestem-se feitos príncipes, aqueles chapéus..."

Vi. São garotos da nossa idade, vinte e poucos anos, ou talvez mais jovens, nos rostos sombrios descem os chapéus de feltro com uma pena de águia e a borla do batalhão, alguns vestem uma manta cor de bosque, embora o sol comece a aquecer o chão. Acho que são vigias noturnos que acabam de voltar do turno de escolta passado no frio úmido da floresta e dos esconderijos. Não são os príncipes das fábulas, seguram mulas pelas rédeas e não cavalos brancos, mas parecem bem diferentes dos homens aos quais estamos acostumadas.

A confusão deixa-me desorientada. Nunca houve tanto ruído ecoando pelos vales. Rostos desconhecidos que andam como se fossem os donos, lá onde antes havia irmãos e irmãs, pais e mães. Ordens que estalam e mãos que empurram impacientes substituíram as transformações lentas da natureza. O mundo que eu conhecia mudou até me fazer sentir estrangeira. Seu cheiro de metal e medo me aperta o estômago.

"Coragem, não parem", incentiva Lucia, e, rápidas, atravessamos a praça. No fundo, vejo misturando-se aos uniformes cinza-esverdeados também aventais brancos e cruzes vermelhas: o hospital de campanha fica naquela direção. Em frente ao depósito militar, outras mulheres locais nos reconhecem e levantam os braços para que nos juntemos a elas. Somos umas vinte no total e nos dizem que chegarão outras. É Lucia quem se responsabiliza pela incumbência de conversar com os oficiais, uma tarefa que nenhuma quer para si. Vejo-a pedir informações a um soldado e nos indicar. Pouco mais tarde, ambos chegam até nós. Transparece consternação da expressão do alpino quando examina nosso aspecto físico: o lenço amarrado na nuca, as camisas com as mangas dobradas, o número de saias, os novelos de lã que saem dos bolsos dos aventais. E depois, nossos calçados, os tradicionais *scarpetz*, feitos de veludo preto, leves, bordados à mão.

Estamos prestes a subir para um fronte vertical onde está se consumindo um ritual de sangue, como durante o abate dos porcos antes do inverno, e o fazemos como nos ensinaram as montanhas.

O soldado apresenta-se como cabo e anuncia que, antes de partir, é necessário resolver algumas incumbências. Em frente à mesa de uma taverna que foi deslocada em meio à praça, cada uma de nós recebe uma aba de pano vermelho com um número impresso: é um bracelete de reconhecimento que devemos usar, indica a divisão para a qual fomos designadas. Nos colocam numa das mãos um cupom e na outra um livrinho. "As entregas feitas serão anotadas. A cada viagem será paga uma lira e cinquenta."

Nos olhamos surpresas pela generosidade inesperada, mas não há tempo para se alegrar.

O cabo esquadrinha-nos uma a uma.

"Qual é sua escolarização?", pergunta.

"Estudamos até os onze anos, senhor", responde Lucia.

"Eu não estudei", admite Caterina, "mas sei fazer contas e escrever meu nome".

"Fazer contas...", murmura o alpino ao se levantar. "Mulheres, vocês entenderam direito aonde irão?" Seu tom se eleva diante do nosso silêncio. "Entenderam o que é a guerra e os riscos que ela comporta?"

Lucia não se deixa assustar. Pelo menos ela não, penso.

"Cabo, talvez sejamos ignorantes, mas nossos ouvidos ouvem bem. Entendemos."

Sem outros impasses, levam-nos até o depósito militar, onde nos convidam a deixar no chão os cabazes. Nenhuma de nós se mexe.

"Disseram que ouvem perfeitamente. Apoiem os cestos, devem ser preenchidos", insiste o cabo.

Lucia dá um passo para a frente.

"Os cabazes se carregam nas costas", explica gentilmente.

"Ou pendurados. Senão é impossível levantá-los quando estão cheios. E vocês querem preencher o máximo que for possível, não é?"

O soldado comprime os lábios, mas concorda. Coloca-nos enfileiradas, uma ao lado da outra. Soldados cujos rostos não vemos começam a organizar os mantimentos nos cabazes, enquanto outros marcam os cupons a serem retirados. Ninguém diz uma palavra de conforto, ninguém pergunta quem somos. Pela primeira vez na história do nosso povo, os cabazes que por séculos usamos para carregar nossos filhos, o enxoval das esposas, a comida que nos sustenta, a lenha que aquece nossos corpos e corações irão agora acolher instrumentos de morte: granadas, munições, armas.

O peso aumenta, mas não reclamamos.

O peso aumenta, mas ninguém nos pergunta se é demais.

Ao terminarem, pregam no meu cabaz e naquele de Lucia duas bandeiras vermelhas.

"Para o que servem?", pergunta Viola.

Por um instante, o cabo, que seguia a operação de carregamento em silêncio, perde a compostura. Vejo-o titubear e seu rosto inteiro enrubesce envergonhado. Um empecilho do qual nem eu nem as outras conseguimos retirá-lo, continuamos a encará-lo esperando uma resposta. No final ele responde e é uma açoitada.

"Sinalizam um carregamento de explosivos", explica rapidamente. "Vocês duas estão transportando balistite e pólvora."

Eu achava que ele era distante por natureza ou pelo cargo que ocupa. Erro meu: na verdade, sente-se perturbado por ser obrigado a fazer isso. Sabemos agora que, conosco, podem abastecer os canhões em todo o fronte.

Olho para Viola e nos entendemos.

"Me dê o seu cabaz", ela diz para Lucia, "você é mãe".

Lucia hesita, mas Caterina e eu já estamos soltando pouco a pouco as fivelas sobre os ombros; sem muito trabalho a troca está feita.

Tentamos dar alguns passos, encurvadas. Equilibramos o peso sobre as costas, encontramos um equilíbrio. Será assim por muitas horas.

Ajudamo-nos umas às outras a vestir o bracelete. A vontade e as mãos tremem. Não consigo apertar a faixa ao redor do braço de Viola. Lucia o faz por mim, num instante aperta meus dedos como se fosse para me passar coragem.

"Estamos prontas", anuncia, olhando-me serenamente. Não consigo entender se está dizendo para mim ou para o soldado que nos espera.

Nos colocamos a caminho com o assobio do cabo, mas, ao dar o primeiro passo, Maria nos detém. "Esperem!" Numa das mãos ela carrega o terço e com a outra segura o cabaz de Lucia.

Entendemos qual era sua intenção. Ignorando as seguintes chamadas, nos reunimos. Olhos nos olhos, respiração profunda, fazemos o sinal da cruz. Não há tempo para rezar.

IV

Fomos designadas ao subsetor Alto Bût, vamos realizar nossa ação até a encosta do fronte. Em grupos, vamos cobrir as trincheiras do topo do monte Coglians[11] até o passo do monte Croce,[12] prosseguindo pelo Pal Piccolo até o Pal Grande, do Freikofel até o Gamspitz, nossa casa. Dezesseis quilômetros nas alturas, disseram. Sei calcular o caminho necessário para percorrer todos eles — milhares de vezes meus braços multiplicados cada um por duas vezes e meia o meu passo —, mas não consigo desenrolar isso na minha mente para conferir-lhes um valor em termos de cansaço. Não será a amplitude deste teatro de guerra que irá quebrar nossas costas, mas a distância do céu. Aprendi com os soldados a chamar o inimigo com o nome da têmpera mais vigorosa: desnível. Até mil e duzentos metros de subida intensa que dá para os penhascos. Meio dia de esgotamento e a mesma dose na descida.

A linha da defesa está ocupada pelos batalhões dos alpinos de Tolmezzo e Val Tagliamento, os únicos recrutados no local. Nossa esperança é encontrar algum rosto conhecido lá em cima, entre os doze mil soldados entrincheirados nas barragens.

---

11 O monte Coglians (*Coliàns* em friulano), com seus 2.780 metros, é o mais alto dos Alpes Cárnicos e de toda a região italiana de Friuli-Venezia Giulia.

12 Com 1.360 metros de altitude, é um desfiladeiro alpino dos Alpes Cárnicos, localizado na fronteira entre o norte da Itália e o sul da Áustria.

Atravessamos o fundo do vale sob a luz gloriosa do dia. A manhã explode no canto dos pássaros e no chamado do francolim entre os ramos. Os tons agudos dos machos seguem os gorgolejos convidativos das fêmeas. A grama alta na clareira move-se com o voo zombeteiro dos insetos, pontos luminosos que roçam as corolas amarelas vivas das flores de ouro e o azul violáceo das prunelas e das gencianas. As espigas áridas de erva daninha perfuram nossas saias, são arrastadas para longe. A natureza pulsa cheia de vida, continua a germinar e engravidar os ventres, enquanto o homem sucumbe ao seu irmão. O presente parece desconhecer a si mesmo.

Quando a altura começa a se elevar, a fileira de trinta mulheres divide-se entre despedidas e bençãos. Seguimos em pequenos grupos atacando as cadeias montanhosas como os raios de uma roda, cada um em direção ao setor que lhe foi conferido ao acaso. Lucia, Caterina, Maria, Viola e eu temos como destino Pal Piccolo. Os rostos virados para o alto, concedemo-nos alguns instantes para perscrutar o gigante de pedra que devemos domar.

Caterina parece ler meus pensamentos.

"É imóvel só na aparência", murmura. "Pode nos sacudir e deixar cair quando quiser."

Não há nenhuma pedra que não possa rolar, é o que os velhos sempre repetem. Coloque um pé diante do outro. Não tire o segundo se o primeiro não estiver bem-posicionado. Tudo se move. Tudo pode desmoronar e carregá-lo para baixo.

"As alças dos carregadores são um tormento. Me machucam", reclama Viola.

"Também me machucam bastante", suspiro. As tiras de couro entram na minha carne e sei que é só o começo. O carregamento parece querer nos enterrar no chão quando, ao contrário, nossos pés terão que voar para chegar ao topo da montanha.

Gritos distantes antecipam uma chegada inesperada. Vemos uma silhueta escura e duas cabeças que avançam oscilando no gramado. Os dois homens de bicicleta gritam palavras que o vento carrega em sílabas esmigalhadas, o mais atarracado está em pé atrás das costas do companheiro que, por sua vez, está colado ao guidão como se fosse um timão de um barco à mercê de uma tempestade.

"É o padre Nereo", Maria o reconhece. "E com ele está Francesco Maier."

Como por instinto, ao ouvir esse nome, retraio-me.

Os dois homens alcançam-nos tinindo e bufando. O padre equilibra-se no cesto da bicicleta, num ombro carrega uma grande sacola de juta, Francesco está inclinado sobre o guidão e tem o rosto ruborizado. Tenta fazer uma parada ousada abrindo as pernas na encosta de uma barreira, plantando no chão os calcanhares. O chão, molhado de orvalho, engole seus pés e, por um momento, o meio de transporte parece levantar a parte traseira e deixá-los no ar, mas o peso do padre amortece o impulso. A bicicleta se detém com um frêmito e o *drim* indisciplinado do sininho.

Lucia e Maria estendem as mãos em direção do sacerdote para ajudá-lo a descer, mas ele não consegue segurá-las em tempo, tropeça na batina e acaba no chão, as pernas descobertas. Eu queria, por respeito, olhar para o outro lado, mas padre Nereo é rápido em abaixar o pano e eu muito sem malícia por ser a cuidadora do meu pai. Meu pudor se desfez quando meu pai adoeceu, eis por que agora meus olhos não se retraíram. Enquanto as outras o ajudam a se levantar, eu me ajoelho com as costas retas e firmes como um eixo, cuidadosa para não desequilibrar o peso do cabaz. Recolho as cartas que caíram da sacola de padre Nereo e noto como as caligrafias dos envelopes são sempre graciosas. Mãos de mulheres que escrevem nomes de homens antecipados por uma colocação militar ou seguidos pelo nome de uma repartição.

Mães, esposas, noivas, irmãs, filhas.

Outras mãos se juntam às minhas fingindo tocá-las por acaso. Levanto os olhos e vejo o belo rosto moreno de Francesco. Perscruta-me com o olhar de brasa, levemente atenuado por um sorriso gentil que não consigo retribuir. Meu pensamento corre até Viola. Não preciso de nenhuma confirmação para saber que ela está nos olhando.

"Quando podemos conversar?", perguntou-me Francesco em voz baixa.

Retraio a mão, o coração bate na garganta. Aponto os olhos sobre a curva nobre do seu pul-

so, delineada pelo algodão limpo e engomado.
Conheço Francesco desde que nasci. Para mim, ele sempre foi "o filho do boticário", e eu, para ele, "a filha da Maddalena, a professora". Mas aquela professora, nos últimos meses de vida, teve de repensar sua forma de estar no mundo, de ser útil para a família. Reconheço nos pespontos da camisa de Francesco o caminho cuidadoso e minucioso dos dedos da minha mãe, ou talvez a procure nos detalhes mais improváveis agora que ela já não está mais entre nós.

"Estamos fazendo isso", respondo.

"Sim, bem... eu queria dizer eu e você. Sozinhos."

Levanto-me com toda a rapidez que o peso equilibrado em minhas costas permite e por um momento fico suspensa entre estar ereta e cair. Caterina agarra meu cotovelo e me dá apoio, eu aproveito para colocar dois pés de distância entre ele e eu.

"Nós levaremos a correspondência ao fronte, dom Nereo", é o que diz Lúcia no meio-tempo. "Alguns quilos a mais não farão diferença", ela mente.

O padre concorda, percebe-se que gostaria de abraçar todas nós. Em vez disso, abençoa-nos e diz uma prece breve. Uma mão corre apalpando sua perna esquerda, aquela que eu acabava de ver. A perna mais curta devido à pólio. Se pudesse, dom Nereo teria se oferecido para ser o chefe da nossa expedição. No alto, até o vértice.

Pegamos a bolsa e dividimos o peso. Basta um olhar para que eu e Viola nos entendamos: não seremos eu e ela a levarmos as cartas. Se por algum motivo explodirmos com o carregamento, pelo menos aquelas palavras de conforto e amor chegarão ao destino.

Nos despedimos, consigo ver os lábios de Francesco dizerem em silêncio uma só palavra.

"Fique."

Por que ficar? Por que minha presença é um capricho ou por que é perigoso ir?

Ficar por quem? Para proteger a mim mesma ou para me entregar a ele?

Seguimos a trilha e eu respiro aliviada. Tenho certeza de que estou entrando num território que Francesco não considera nem em sonho. A montanha, com sua aspereza, com o suor que requer para que a paisagem possa se conceder, é uma fronteira que ele jamais atravessou. O prestígio de sua família, a riqueza que há gerações lhe garante lençóis macios nos quais dormir, protege-o dos desafios mais duros. Não me viro para olhá-lo. Continuo seguindo os passos das outras pelos caminhos de terra batida, de tempos imemoriais, pela ceifa do feno no verão, caminhos que só contêm os nossos pés miúdos e que só um olho treinado sabe distinguir das pegadas marcadas pelos animais. Um pouco mais adiante, o bosque oferece-me um abrigo contra o olhar desse homem que parece quase me exigir, mas continuo a senti-lo em mim como um cheiro.

Reconheço o que me perturba em Francesco: o fato de que ele desconheça o esforço, essa luta pela sobrevivência é uma língua que ele nunca teve que aprender. Eu tenho as mãos mais hábeis e as costas mais fortes do que as dele. E uma pele dura, e dentes que poderiam devorar o mundo de tão acostumados a mastigar o vazio. Até mesmo nesses tempos, em que mulheres mais velhas, mães e jovenzinhas, pouco mais do que crianças, quebram a respiração e o corpo para carregar um pouco de alívio até o fronte, sua condição de nascença o exonera do sacrifício e eu não consigo tolerar a marca dessa diferença. Somos espécies distintas. Se ele tivesse insistido em ajudar e se eu tivesse dado a ele o peso desse cabaz, sei que ele teria desabado sob seu peso. O cão domesticado por uma mão bondosa nunca terá a mesma resistência feroz de um lobo.

Lucia e Caterina tiram dos bolsos dos aventais dois pares de agulhas de tricô, preparam luvas, meias e gorros para o inverno. Começam a tricotar sem proferir uma palavra, a alma completamente moldada pelo trabalho não deixa espaço para o ócio, nem mesmo durante a subida. Diante de mim, Viola, de uma hora para outra, fechou a cara. Consigo ouvir seu orgulho crepitando, uma pequena chama que sobe pela palha seca da sua ilusão. Se for alimentada, irá precipitar um incêndio. Ultrapasso-a após a primeira curva da trilha.

"Viola, não sinto nada por Francesco", eu sussurro na afobação.

Tenho certeza de que ela me ouviu. Todos os seus sentidos estavam à espera dessa confirmação, seu coração também.

Minha sombra é uma bainha em movimento ao redor dos pés quando deixamos o mundo conhecido das clareiras e dos bosques. Algumas horas depois da caminhada, levanto a cabeça e vejo o pico ainda distante. Como um feitiço que quer nos exaurir, a cada passo que damos ele parece se distanciar. Deve ser a dor do corpo que levanta dos cascalhos essa miragem ao revés, porque a prova de que estamos avançando está ao nosso redor: entramos há tempo num lugar mudo e sidéreo. Só o vento encrespa o silêncio, quando fica canalizado, canta com voz de barítono, e também pelo som de um deslizamento de neve distante. Nenhuma selva, nenhum chamado nem fuga de animais pela vegetação rasteira. Só alguns fiapos de capim que, teimosos, desejam viver onde não é necessário para a natureza.

Tive tempo de contar o rochedo, quase nas lascas quebradas pela eternidade, e decerto tentei definir todas as nuances infinitas que a luz, a sombra e Deus usaram para pintá-lo. Não há um cinza idêntico ao outro e até o branco cor de calcário tem suas próprias declinações. Numa tela mineral que muitos imaginavam monótona, descubro novamente os caprichos inusitados dos botões de solteiro,[13] papel de açúcar cor de bronze. O azul frio da campânula e o celeste diáfano da chicória selvagem se misturavam às luzes

---

[13] A *Centaurea cyanus*, também conhecida popularmente no Brasil como escovinha, marianinha (especialmente na Região Sul), botão de solteiro, e fidalguinhos ou simplesmente centáurea em Portugal, é uma pequena planta anual de flor azul a violeta, nativa da Europa e pertencente à família Asteraceae.

frias da prata, quando um raio de sol atinge as pedras despedaçadas pelos deslizamentos. Desfilamos ao redor de rochas dez vezes maiores do que nós. As nervuras que correm pelo granito me remetem às veias sob a pele de um gigante, aos monólitos idolatrados dos quais li nos livros do meu pai, cabeças gigantescas de reis e guerreiros guardiões de uma ilha que não tem mais árvores.

É um reino oblíquo que possui seu próprio cheiro, de coração despido de terra e água antiga que destila gotas que jamais irão refletir o brilho do dia nas cavidades mais remotas. É assim que desde pequena imaginava o perfume da lua.

O ar está mais fresco, mas o suor continua a gotejar pelo pescoço e arde quando encontra o afundamento da pele provocado pelo peso das alças. De vez em quando, tento enfiar os dedos, afastar o couro da ferida, mas o peso é tamanho que nem sequer um fio de seda passaria no meio. A pele arde, ardem os membros levados a um esforço desumano.

Lucia vira-se, é só um perfil quando fala.

"Querem parar?", pergunta. "O tempo de morder alguma coisa."

"Uma mordida pede outra", respondo, mas eu também olho para trás e interrogo as outras.

"Uma parada?"

"Tenho medo de não conseguir continuar mais, se parar", diz Viola.

Caterina e Maria concordam.

"Seguimos."

Um gole de água tornou-se uma obsessão. O cansaço deixou somente um pensamento obstinado sobre a chegada.

Relampeja. Olhamos instintivamente para o céu limpo. Um deserto azul por todos os lados. Ao leste parece-me ver a terra explodir em direção ao céu, num leque que, por um instante, escurece no horizonte.

"Tiros de canhão!", grita Viola. Gritamos todas e nos escondemos aconchegadas, como nos é possível, entre as pedras. Percebo que nessa altura estamos num local descoberto, o caminho serpenteia sobre as costas de uma pequena elevação que não oferece proteção. Um pouco mais adiante sobe-se entre torres de pedra.

"Precisamos seguir adiante", digo me levantando.

Não por coragem, mas por instinto de sobrevivência. Carrego comigo Viola, relutante. Lucia está logo atrás e com ela Maria e Caterina. É como um daqueles sonhos nos quais tento correr e mal consigo mover um passo. O cabaz nos segura no chão.

"Vamos morrer!"

Viola começa a soluçar, mas não cede um passo, não recusa a responsabilidade que assumiu em relação aos alimentos e munições que está carregando.

Aponto os bastiões.

"Por lá estaremos seguras", digo. "As ondulações irão nos proteger."

Assim seguimos, no ar, o assobio de granadas e projéteis. Nós estávamos cada vez mais encurvadas. Maria entoa uma oração para a Virgem e todas nos unimos na prece. Nossas vozes tremem quando o ar é sacudido pelos golpes que parecem partir a montanha. Pela primeira vez desde que aceitei, pergunto-me o que nos espera além da linha do fronte, o que meus olhos serão obrigados a ver.

Penso novamente no pesadelo, nos córregos de sangue que tingiam de púrpura os cumes juntando-se num riacho de corpos despedaçados e olhos sem vida.

De repente aquela oração parecia-me uma litania fúnebre, e eu não quero preconizar minha alma a Deus e à Nossa Senhora antes da hora. Ainda estou viva e começo a cantar. Canto contra o medo, canto cada vez mais alto para não ouvir os tiros de artilharia.

Me viro para olhar as companheiras e de repente começamos a rir. O meu canto torna-se um canto de todas.

Sabe-se lá o que irão pensar os soldados ao nos ver chegar ao fronte entoando estrofes de amor, as saias longas da cor de corolas, os cabelos fugindo por debaixo dos lenços. Mulheres que não sabem fazer a guerra, que não têm a formação escolar para entendê-la. É um pensamento que imprime ritmo aos meus passos, que levanta os membros por cima dos pedregulhos e que faz seguir adiante com um ardor que deságua em raiva.

"Agata, espere!", chamam as outras, mas eu corro. Abaixo o lenço para o pescoço, quero sentir o ar e o sol me lambendo, como lambem as penas das águias, que dominam estas altitudes e que foram afastadas daqui pelas armas de fogo.

"Falta pouco, vejo o Pal!", digo.

O gramado ralo daquela altura, agarrado ao nervo da crista com as raízes curtas, porém duras como o aço, talvez seja a coisa mais parecida conosco nesse momento.

Volto para trás, os *scarpetz* ligeiros prendem-se sobre a gravilha, dobram-se assumindo a forma das pedras e eu me torno uma só coisa com a montanha. É assim que o meu povo enfrenta os séculos, dizem. Cheguei aonde os escaladores experientes chegam. As botas dos soldados irão aprender a respeitar estes pobres sapatos, feitos de panos velhos costurados com fio de barbante.

Ajudo as outras a subirem, nos tornamos uma corrente de mãos que se apertam e se deixam, atravessamos as últimas encostas e enfim os vemos, retos sobre as paredes verticais, feito cabras montesas.

São as primeiras vedetas. Alpinos.

V

Se o alívio concedido pela chegada não fosse uma contenção para todas as outras percepções, eu reconheceria de imediato o cheiro.

Se tivesse familiaridade com a guerra, saberia com quais palavras me dirigir ao silêncio que paira rasteiro em meio à fumaça, após uma eternidade de disparos de canhão. Nem "paz" e nem "trégua", porém "contar os mortos".

Se não fosse quem sou, fugiria. Ao contrário, permaneço pregada ao solo, junto às outras.

"Quantos são?", soluça Viola, mas não entendo ao que está se referindo. Se fala dos vivos ou dos mortos, se dos corpos ou seus pedaços.

Não tenho voz para falar, nem ar para gritar. *Tum. Tu-tum. Tum. Tu-tu-tum.*

Não foi o inimigo quem disparou de novo de surpresa, é o meu peito batendo nos ouvidos, sangue que cai nas veias. Oh, meu Deus, é este o seu Homem?

A planície diante de nós está movimentada por um contínuo puxar e recompor daquilo que foi possível agarrar na névoa purulenta. Sombras furtivas saem das trincheiras como pequenos animais das tocas, primeiro a cabeça, depois o corpo. Levantam-se, correm encurvados e agarram o quanto for possível dos seus companheiros. *O quanto* for possível.

Acima deles, além da bruma de pó e dos miasmas, é hasteada uma bandeira branca. Sua gêmea responde com uma bofetada de tecido do lado que está nas mãos do inimigo. Fazem parte de exércitos opostos, mas contam sobre o assédio com o mesmo alfabeto, são letras fúnebres escritas sobre os farrapos de um sudário.

O inferno é cinza e não arde. Tem um fedor de corpos dilacerados e vísceras expostas. É uma cloaca de sangue e fezes sob nossos pés.

Só agora se levantam os lamentos, como se os sobreviventes estivessem esperando nossa chegada para soltá-los.

"São apenas garotos." A voz de Maria é um uivo. Lucia e Caterina dão as costas para o horror e escondem-no dos nossos olhos. "Não olhem", dizem, "não parem!". Mais uma vez, parece que as costas cobertas pelos cabazes são a única parte de nós apta a seguir adiante neste mundo: são escudos, mas não nos fazem surdas aos choros, aos gritos. Ouço alguém chamar a mãe. Diz: "mamãe", uma palavra que despedaça ao tremer alta, num grito. Persigo a voz, levanto os olhos e vejo um jovem sem as pernas.

"Segue adiante, Agata." As mãos de Lucia me empurram.

Nossa chegada suspende o tempo, como se estivéssemos numa friagem repentina que cristaliza cada movimento.

Aqueles diante de nós são homens que nos analisam sem mais nada de militar, parecem simplesmente desesperados, são apenas sobreviventes. O que viram além disso, que é mais do que uma mente pode suportar?

Têm os olhos escurecidos sobre os quais caiu um véu. No fundo dos seus olhares uma promessa se debate: nem você será mais a mesma pessoa.

O assobio de um cabo recobra a atenção sobre o campo e nós estremecemos com um chamado que nos incentiva a seguir adiante. Um alpino faz um sinal para prosseguir e indica um grupo de barracas nas posições mais recuadas, depois volta a cavar fossas, o chapéu com a pena de águia está apoiado sobre a terra manchada. Que símbolo seria mais potente?, pergunto-me desorientada. Acreditava que os buracos fossem trincheiras até que do caminho mais elevado pude ver o conteúdo dos que estavam prontos. A náusea encheu minha boca de saliva ácida.

As barracas surgem escoradas à lateral da montanha, ao lado de pequenos edifícios em construção, além do alcance dos tiros austro-húngaros. Vigas e pedras agora abandonadas entre as ferramentas e farrapos testemunham a laboriosidade dos artesãos militares que se dividem entre batalhas e trabalhos de construção, alternando mosquetes com cinzéis e espátula. Um deles cinzelava o número do batalhão numa arquitrave. Nesses momentos, se tiver sorte, recolherá cadáveres. Se tiver sido poupado, terá que lavar o sangue dos seus companheiros em suas mãos, antes de voltar a trabalhar.

O acampamento mais amplo, mesmo assim, é de dimensão reduzida. Sua utilização é declarada pela cruz vermelha costurada sobre um tecido claro, mas é uma atenção supérflua: as abas engolem e cospem, sem trégua, soldados, enfermeiros e macas. Alguém se agarrou e os dedos deixaram marcas de sangue. O pequeno hospital de campanha mais próximo está em Paluzza, quase quatro horas atravessando as trilhas e os penhascos abaixo de nós. Pergunto-me angustiada o que podem fazer as mãos daqueles que ficaram, o que além de costurar olhos e cavar covas.

Vejo o cemitério. É um campinho no limiar do meu olhar, terra movida e cruzes de arame desenraizadas: os morteiros inimigos não poupam nem os mortos. Continuam atingindo-os e dispersando-os ao redor. O vento sopra e me traz a respiração deles. Por algum momento, parece que os escuto cantar.

Mas não há tempo para chorar os mortos, porque dois soldados nos interpelam na entrega.

"Seus documentos!", ordenam. Na agitação, caem das nossas mãos, os confundimos com os cupons de colheita que nos são arrancados.

"De onde vocês vêm?", perguntam.

"Timau."

"E quem as mandou?"

Nós, mulheres, nos olhamos confusas. Não sabemos e só agora nos damos conta de que a chamada à qual respondemos era algo pouco oficial e bem desesperado.

Finalmente leem nossos documentos e nos acompanham e parece que começam a entender. Comparam as listas com o que estamos carregando e com as poucas palavras que trocamos se intercalam olhares incrédulos em nossa direção.

"Quando vocês voltam?", pergunta um dos dois.
"Ao amanhecer", responde Lucia, a voz firme com dificuldade.
O soldado confere nossos cabazes, eu imagino que os pesará e irá calcular as somas do esforço que cumprimos.
"Não é possível", ouço ele dizer.
Quando entendem o que estamos transportando, outros chegam e é quase uma agressão. Mãos que reviram, que empurram e arrancam os cabazes das nossas costas imobilizadas. As alças quebram as bolhas e a dor explode, mais forte do que bombas. Sem o peso para segurar, ossos e músculos se afrouxam até o chão, assim como ocorre com o espírito quando as preocupações terminam: o alívio, às vezes, é uma dor que se alastra pelos membros atrofiados, invade os interstícios abandonados pela vontade. Mas acolhemos essa dor como uma libertação. Puxamos para perto nossos joelhos e ficamos sentadas, quase apinhadas umas nas outras, massageando nossas costas. Diante de nós, a cena é a de um assédio: a disciplina militar cedeu espaço ao frenesi, os ranques hierárquicos confundem-se com os instintos humanos elementares. São soldados e são garotos. Eles se alternam onde passa uma linha imaginária do estado de necessidade, tão confusa, tão intimamente ligada à índole e à resistência de cada um. Olho para eles com um temor cada vez mais marcado e até o mal-estar pelo tratamento recebido se desfaz numa ter-

nura indulgente quando vejo que a mercadoria mais desejada daquelas mãos rudimentares são as cartas. Procuram seus nomes, pedem ajuda aos companheiros para decifrar a escrita. Entendo que muitos são analfabetos.

"Buscam mais as palavras de conforto do que o estoque de comida", murmura Lucia, ao meu lado. Vejo que ela segura um sorriso e penso que nunca vai parar de ser mãe de qualquer criatura inerme que tenha a necessidade de ser acolhida. Quem pode sorrir diante de toda esta devastação, senão quem quer, com toda sua essência, continuar a nos vender a vida? Na falta dessa vocação, nenhuma de nós estaria aqui neste momento.

Eu, ao contrário, não consigo parar de tremer, mas é um terremoto interno o que me sacode. É a matéria mais profunda que me compõe, o que se move, estilhaçando-se em muitas partes que colidem umas contra as outras.

Da enfermaria de campanha sai um oficial que, apenas com sua presença, coloca os soldados novamente em posição de sentido. Ficam eretos e não fazem nenhum barulho, alguns com os braços carregados de alimentos, outros com os olhos ainda fixos sobre as páginas cheias de caligrafia apinhada, outros ainda atentos a retirar dos cabazes as munições e os projéteis como frutas reluzentes de metal recém-colhidas. O oficial nos vê, observa por um instante com seu olhar em nossa direção, mas entendo que com poucas piscadas já mediu o que precisava saber.

Chamam-no de capitão, é o comandante deste inferno, mas saiu da barraca com as mangas da camisa enroladas e as mãos sujas, o uniforme desordenado e as meias manchadas de lama até os joelhos. Um soldado recebe suas ordens, depois corre até nós.

"Vai levar algum tempo", comunica. "O carregamento deve ser verificado."

Nós, mulheres, nos olhamos. O tempo, nestas montanhas, não é ditado pelo homem, nem mesmo quando esse é um capitão. Lucia me exorta com um gesto para dar ouvidos à nossa razão. Todas esperam que seja eu a falar, pois domestiquei bem essa arte até fazer dela minha amiga. Nos livros do meu pai, uma página após a outra, noite após noite, por muitos anos, encontrei o espaço de mundos inteiros que agora sei chamar pelo nome e visitei geografias interiores que já não me desorientam. Saboreio as palavras em meus lábios antes de pronunciá-las, elas soam bem.

"Vamos esperar, mas...", acrescento com rapidez a última sílaba para que ele não se despeça. "Mas só até quando o sol chegar àquele pináculo." Meu dedo norteia o olhar do soldado. "Depois precisamos voltar para o vale. E se o seu capitão pedir explicações, diga-lhe que precisamos das horas de luz. Nossos trabalhos no campo e nas casas estão à nossa espera, há quem precise dos nossos cuidados."

Por um momento, vejo que ele hesita, espero uma réplica áspera, mas essa não chega. Pela expressão do jovem alpino, imagino que esteja se

perguntando como, ou talvez até se, deve comunicar nossas intenções.
Volto a me sentar com as demais, Viola logo se aproxima.
"Mas eles realmente acham que roubamos enquanto subíamos?", sussurra. "Deveríamos deixá-los morrer de fome!"
"Shh!", Lucia tenta calar. "Já não viu mortes o suficiente hoje, para desejar mais uma?"
Retiramos dos nossos bolsos o almoço que adiamos até aquele momento. Algumas batatas cozidas, cascas de queijo velho e restos de polenta grelhada que dividimos em partes iguais. Uma refeição que cabe por inteira na minha mão e cheira a mofo. A garrafinha de água esvaziou-se depressa.
"Mastiguem devagar", diz Maria. "Talvez assim pareça ser o suficiente."
"O suficiente? Seria bom saber como multiplicar", rebate Caterina.
O cotovelo pontiagudo de Viola me espicaça um flanco.
"Ele está voltando", avisa, abaixando os olhos.
O jovem alpino refaz os seus passos ao contrário, mas agora caminha com mais fervor. Seu rosto está vermelho. Diante de mim, desta vez, faz um pequeno gesto com a cabeça.
"O senhor capitão deseja falar com vocês. Por favor."
Não há dúvida de que tenha, de iniciativa própria, acrescentado as últimas palavras: são o

último respiro desajeitado de lábios que se safaram por pouco de um chifre. A ansiedade corta a respiração.

Tranquilizo Lucia com um toque sobre seu ombro, guardo meu almoço no bolso do avental e sigo o alpino, apertando meu xale. O ar das alturas gela o suor. É assim que dou os primeiros passos nos bastidores do fronte, não tão distante da linha de combate. Trincheiras e barracas estão apertadas entre os lados das montanhas e o vazio. Do outro lado, visíveis, correm as linhas de defesa do inimigo. Poderia olhar nos olhos um austríaco, se quisesse, se algum deles ousasse levantar a cabeça por entre as pedras e sacos empilhados.

A vista dos fossos em que vivem, combatem e resistem os garotos italianos, é repugnante para mim. Barro, sujeira e degradação habitam os espaços tanto quanto os ratos, suponho. Alguns soldados se dão uma pausa para vasculhar uns os cabelos dos outros. Os piolhos chegaram e não davam trégua. O chão está coberto de latinhas vazias. Nunca havia visto antes o tipo de comida que contêm, sem a forma nem o cheiro que eu conheço, sinto haver chegado a um futuro triste.

O soldado que abriu meu caminho parou diante de uma barraca, moveu as abas e, batendo continência, gesticulou para que eu entrasse.

O oficial que há pouco vi sair da enfermaria de campanha agora está diante de mim, de costas.

"Sou o capitão Colman, comando esta divisão", ele se apresenta sem se virar. Esfrega as mãos numa bacia, gostaria instintivamente de lhe dizer que o sangue não vai sair, nunca, porque é isso que cada um de nós irá tentar fazer hoje: apagar o quanto sua alma foi contaminada. Ao virar-se, vejo que ele tentou se recompor. Desenrolou as mangas, limpou-se do jeito que deu, até se penteou. A forma é parte da disciplina e é uma manifestação de respeito. Não conseguiu fazer a barba, ainda que os instrumentos necessários estivessem ao lado da jarra. Em seu rosto, uma sombra escura delineava o maxilar da barba até o pescoço. É mais velho do que eu, não saberia dizer quantos anos mais. Entendo que poucas semanas de guerra envelheçam como décadas de paz. Numa mesinha de campanha, o chapéu com uma pena parece estar à sua espera, alongando a sombra em direção ao campo de batalha.

"Como a senhorita se chama?", perguntou num tom seco, mas nem esperou a resposta. "São voluntárias, claro, ninguém as obriga a vir até aqui, nem lhes pediram que respeitem as regras militares, mas é o que eu espero de vocês." Ele secou as mãos com um pano limpo e jogou-o sobre a mesa. "As ordens de um capitão não podem ser contestadas, especialmente diante dos seus homens. Então, não o façam."

Ele cruzou os braços sobre o peito e eu me pergunto se havia chegado minha vez de falar, mas o capitão ainda tem muito o que dizer.

"Vocês são mulheres, não lhes pedimos que entendam as exigências da guerra. Hierarquia é economia de palavras e economia, na batalha, muitas vezes, salva vidas. Vocês deverão esperar até quando eu lhes disser que podem ir. Os meus homens estão verificando o carregamento e, por mais que essa operação possa lhes parecer insignificante ou até incompreensível, vocês também terão que cumprir as ordens. E se faltar que seja um único alfinete, terão que prestar contas."

A única coisa na qual consigo pensar é que esse homem tem uma ideia um pouco vaga sobre a expressão "economia de palavras". Nunca encontrou um habitante de Timau. E eu me equivocara quanto à ideia de respeito: acabara de nos tratar como ladras.

Agora eu deveria dizer alguma coisa. Ele, finalmente, está esperando. Contudo, de repente, sinto que ele não entenderia, não está pronto para ouvir.

Deixo escorregar um pouco o xale. Bastam poucos dedos para mostrar o pescoço avermelhado pelo cabaz, as manchas de sangue na camisa, na altura dos ombros.

Piso num pé com o outro e tiro os meus *scarpetz*. Apoio os pés na terra, o ar sobre a pele me faz entender que é como eu estava pensando: as horas caminhando em subida consumiram a lã já rala das peias, os dedos do pé aparecem lívidos ao meu olhar.

Enfim, pego meia batata que tinha guardado no avental e coloco-a sobre a mesa, ao lado do chapéu dele.

Fico assim por algum tempo, parecerá muito para ambos, depois respondo à sua única pergunta, a mesma à qual não lhe interessava a resposta: "Meu nome é Agata Primus".

Um olhar pode se quebrar? É o que acabava de acontecer com o seu.

Pego os *scarpetz* e vou embora. Do lado de fora da barraca calço-os dando uns pulinhos e depois, segurando-me para não correr, vou até as minhas companheiras. Ao me verem, se levantam e me rodeiam.

"O que ele disse?", pergunta Lucia.

"Que podemos ir", respondo, carregando o cabaz sobre as costas. Não olho em seus olhos, mas sei que não menti.

O alívio regenera todas aos poucos e, com passo solto na descida, abandonamos as trincheiras.

Viola me toma pelo braço.

"Você lhe deu uns puxões de orelha?", pergunta.

"Nem imagina!", concordo. "Coloquei ele em seu devido lugar."

Viola ri, solta o passo e quase começa a dançar pelo caminho, à minha frente.

Na verdade, amo as palavras, mas o meu instinto é o de cuidar delas. Aprendi a manusear essa arte, mas dentro de mim ainda está bem segura a convicção de que alguns, poucos, sentimentos não precisam de sons, não pedem dialética. Se expandem nos gestos, cantam nos sentidos.

"Agata Primus!"

Viro-me, surpresa. O capitão Colman está descendo com longos saltos. Ao chegar dobra os joelhos e sobre eles as mãos.

"Não é uma mulher de muitas palavras", diz sem ar.

Seguro seu olhar. Talvez a essa altura, viciado pelas sombras das trincheiras, vejo que fecha um pouco os olhos, cegado pela luz.

"Até agora, por que a senhorita não responde?", ele pergunta.

Gostaria de lhe dizer que ele não fez nenhuma pergunta, que eu preciso do ar para descer, que está com um borrão no nariz que poderia fazer sorrir se não fosse feito de sangue, mas ele, como sempre, não espera. Se endireita e o cheiro do uniforme atinge meu olfato com o cheiro de um moribundo.

"Agata, peço perdão pelos meus modos bruscos", diz, de repente calmo. "Eu perdi sessenta e três homens hoje, e nem chegou a tarde. Não estavam prontos para vê-las chegar. A única senhora que encontramos aqui nestas montanhas é aquela que carrega uma foice. Esquecemos a boa educação, eu em primeiro lugar. Posso esperar que você, em nome de todas, aceite meu pedido de desculpas?"

Estende sua mão. Nenhum homem havia pedido para apertar minha mão para consolidar um acordo, antes disso. Olho a palma da sua e vejo farpas, calos, um corte que mal sarou e que a atravessa de um lado ao outro. Na sua pele está escrito um conto que minha pele consegue entender.

Procuro as outras com o olhar e vejo que me esperam. Conheço a vontade delas, não preciso perguntar.

Aperto a mão do capitão, com um gesto breve, acolho em nome de todas a proposta de um novo começo, mas, quando me viro para ir embora, ele me segura.

"Se não virmos vocês voltarem, entenderemos", ele diz. "Somos gratos por tudo o que já fizeram."

Deixo meus dedos escorregarem para longe dos seus. Procuro palavras mais respeitosas para não o ofender, mas no final espero que as circunstâncias justifiquem a falta de pudor daquilo que estou a ponto de dizer.

"Ordene aos seus homens que preparem suas roupas sujas para amanhã, se quiserem, e serão lavadas."

VI

Chegamos ao vale em plena tarde. Lucia encontrou a filha à sua espera lá onde a relva começa. Em suas mãos, a garotinha carregava uma pequena cesta com as candelárias-do-jardim recolhidas para o jantar, uma pequena dona de casa com seus nove anos. Pietro, um ano mais novo, chegou correndo e se jogou nos braços da mãe.

"Você viu os soldados?", perguntou.

"Sim, claro que vi."

"E os canhões?"

"Também!"

"E você, Agata?"

"Eu conheci o comandante."

"E falou com ele?"

O garotinho insiste em carregar o cabaz da mãe e segue conosco.

"Sim, eu lhe disse umas coisas."

Pietro pega minha mão.

"Você acabou não me ensinando mais como escrever. Quando é que vamos recomeçar?"

"Logo", prometo. "Mas continue lendo antes de ir dormir."

"Eu tento, mas é difícil."

"Insista, é assim que se aprende."

Nos separamos quando chego ao vilarejo.

Caterina e Maria pegaram o caminho até Cleulis, onde estavam à espera delas alguns parentes em comum para que fizessem um acordo sobre a demarcação entre seus campos. Viola e eu seguimos até Timau, nos despedimos em frente à porta de casa.

"Reza para São Lourenço antes de dormir", ela me disse. "Vai proteger os sonhos da guerra." "E você vê se não pensa demais nos alpinos, ou não vai conseguir descansar."

Só ao cair da noite consigo contar os danos em meu corpo, quando já resolvi as incumbências mais urgentes. Não só as meias se rasgaram nessa jornada. Levanto numa lentidão exasperada minha camisa. Por baixo, os ombros estão esfolados. Peso demais. Demais. A pele aberta me impressiona, já a tinha visto assim, mas o pensamento que me atravessa é que a vida, ao raspar dela o possível, agora começa a me consumir até o osso e logo mais não sobrará mais nada de mim, somente um esqueleto ruidoso.

Prendo os cabelos na altura da nuca com um laço. As ondulações são tudo menos reluzentes, uma textura densa de fios sem brilho.

Limpo as feridas com um pano úmido. A água parece acender a dor como vinagre e o unguento que apoio com cuidado, para não raspar nas feridas, não me proporciona um alívio imediato.

Uma conversa abafada me chama até a cozinha. A sopa de urtigas e dente de leão está fumegando na panela. Tiro-a do fogo e coloco-a sobre a mesa, a qual se tornou uma mera tábua cheia de cupins; há mais tempo do que poderia contar nos dedos das duas mãos, ela não presencia convívio de afetos e nem abriga as histórias da noite. As rugas da madeira são linhas vazias, nos últimos meses procurei e comi até a última migalha escondida nelas.

De tudo o que vi no fronte e de tudo o que fiz hoje, na minha mente se revira e representa uma única imagem: a batata cortada ao meio que deixei lá em cima. Que boba. Deixei-a lá por orgulho, mas o orgulho só enche o peito, não a barriga.

Pego na dispensa o último ovo doado pela mulher do padeiro, "para seu pai, Agata", está enrolado num papel onde guardo um pedaço de banha do ano passado. Abro as pontas e o cheiro de outra vida me envolve numa espiral tão consolatória que sinto meus olhos rasos d'água. O quarto da defumação está vazio, as paredes escurecidas conservam as lembranças fragorosas e nada mais, mas lembro-me bem demais do tempo em que linguiças e presuntos pendiam das traves do teto.

Comida. Minha boca se enche de saliva tépida.

Corto a banha em fatias, uma tira tão fina que é transparente contra a luz. As mãos tremem, os dentes se chocam tentando agarrá-la. Não permito que isso aconteça, não dou vazão a esse instinto maldito que se preocupa com minha sobrevivência, mas que faria de mim uma filha desumana.

Só me permito apoiar a fatia na ponta da língua e respirar fundo. A saliva fervendo entre as mandíbulas que estão prontas para se mexer, e eu espero até o último instante antes de engolir os sabores e nada mais, eles explodem deflagrando mais do que uma bomba na garganta que os suga para dentro. Afasto rapidamente a tentação, coloco a banha num prato onde irá a sopa fumegante que logo mais matará a fome do meu pai. O que me aguarda é um prato magro, como dizia minha mãe: nada de carne, só o caldo escuro e amargo. Meia batata, relembro com obstinação, teria adoçado um pouco. Deixo que esfrie, o calor irá desaparecer assim como meu tormento: o cansaço, pelo menos isso, silencia os pensamentos, até os mais obstinados e cruéis.

Do lado de fora, o anoitecer cai feito um manto sobre o vale. As montanhas são formas pontudas contra um céu lápis-lazúli. A noite é uma tintura que desce feito pó sobre a floresta e sobre as casas, sombreia os contornos, aproxima o que está distante. Chamo-a de "hora azul", mas também de hora da vergonha. É o momento em que saio desta casa e vou até o lavadouro do vilarejo, carregada com as roupas que outros olhos não devem ver. A doença não mancha só as roupas e os cobertores, mas também a dignidade. Não estou protegendo o meu decoro, mas o de quem me deu a vida.

Lavei meu pai, fiz uma massagem em seu corpo com óleo essencial de plantas, parece voltar a ser o corpo de uma criança um dia após o outro. Troquei as roupas de cama, as suas roupas e enquanto isso lhe descrevi a guerra. Não a verdadeira que se consome entre piolho e pobreza, mas a dos poemas épicos que minha mãe contava como se fossem fábulas. Por que tirar-lhe o poder da imaginação, do pensamento potente e vigoroso dos heróis das guarnições destas montanhas? Por que tirar a ilusão?

Foi assim que os descrevi, reluzentes e não sujos, eretos e orgulhosos e não prostrados pelo medo e pelo cansaço. Falei de Enéas, Heitor e Aquiles disfarçados enquanto seu olhar vagueava pelo quarto, procurando alguma outra coisa para trocar no dia seguinte e conseguir comida.

Acendi a chama da lâmpada e usei o xale de lã para cobrir as chagas. De novo, uma última vez hoje, carrego o cabaz nas costas. Está leve, o peso dos lençóis e das camisolas é quase um carinho.

O ar da montanha sopra pelo caminho que desce do centro do vilarejo e é acompanhado pelo zumbido dos insetos noturnos. O cheiro da grama e dos pastos tomados pelas plantas deixam um aroma balsâmico no ar. Um mugido preguiçoso vibra a calma antes de se aquietar: até os estábulos se preparam para dormir. As ruas estão desertas, os batentes das portas estão fechados. O burburinho da fonte poderia guiar meus passos até no escuro.

Atrás das portas não há uma alma viva que não esteja consciente da minha presença, mas ninguém vem me perturbar. Sabem o que estou fazendo.

O lavadouro acolhe meu cabaz sobre sua pedra desgastada há muitas gerações. Abro os lençóis com um gesto eficiente graças ao hábito e começo assim a imergir e a esfregar, entre cinza e sabão. A água brilha durante a noite, das geleiras conserva não só os liquens, mas também o gelo que entorpece as mãos.

Até poucas semanas atrás, o verão no vilarejo teria sido animado pelas conversas suaves nos pátios e pelas risadas das crianças. Nas ruelas, iria se derramar o cheiro de polenta e a massa doce dos *cjarsons*;[14] quem sabe um apaixonado tocaria a sua gaita antes de ser mandado embora por um pai ciumento.

Agora, a casa da velha curandeira dos ossos, cega, está com as telhas trincadas e um tecido escuro pendurado em uma única dobradiça: a imagem, talvez seja de um contágio em curso. Ninguém cuida dela. A guerra terminou com sua vida mesmo antes de tomá-la.

Imerjo e esfrego. Imerjo e esfrego com raiva, um sentimento tão novo para mim, e já tão enraizado. Levanto os olhos na direção do horizonte, tento adivinhar entre as sombras onde está a passagem do monte Croce. Era lá que antigamente as mulheres do vale acompanhavam os maridos, namorados e filhos até a fronteira. Eram elas que carregavam as malas dos emigrantes nos cabazes, subiam por infinitas curvas sinuosas. Se despediam com os olhos secos e os

---

14 Prato típico da culinária friulana, sobretudo da região dos Alpes Cárnicos, mas também encontrado nas planícies da região, feito de massa de trigo mole ou de batata com recheio, semelhante ao ravióli, caracterizado pelo contraste entre o doce e o salgado, já que o recheio (que varia bastante de acordo com cada receita local) pode conter uva-passa, chocolate fundido ou cacau, canela, espinafre, cebolinha verde, ricota, geleia, rum, grapa, tempero verde, biscoitos secos, ovos e leite. [N. da T.]

corações pesados. Iriam vê-los novamente muitos meses ou talvez anos depois.

Agora, os repatriamentos forçados secaram os cobiçados envios de fundos, obrigando aqueles homens a voltar para se sacrificarem no fronte ou se esgotarem nas casas cada vez mais pobres e sem trabalho. Todos, exceto meus irmãos. As cartas e o pouco dinheiro que Giovanni e Tommaso enviam todos os meses pararam de chegar quando escrevi informando-os sobre a doença do nosso pai. Nos deixaram para trás como se não houvesse esperança alguma para nós. Jurei a mim mesma que irei resistir até o dia em que eles voltarem para reivindicar a casa dos nossos antepassados: não irão encontrá-la vazia. Vou esperá-los para olhá-los nos olhos, ainda que demore a vida inteira, e, se eu morrer antes, rezo para que Deus me perdoe e abandone aqui mesmo minha alma, para que possa amaldiçoá-los por toda eternidade. Traidores da família e da pátria.

Um tique-taque de cascos me deixa sem fôlego. Imóvel, vejo uma silhueta escura avançar claudicando. Tem uma foice apoiada sobre um ombro. Quando passa ao lado de um lampião, vejo a pedra de afiar pendurada num lado e reconheço o rosto enrugado do velho. Então é verdade o que se diz sobre Tino, o coxo: nas noites de lua, ele sobe para aparar a grama, encoberto dos soldados italianos e austríacos pela escuridão. Ele também se detém, mas apenas o tempo de fazer um gesto para cumprimentar, depois prossegue. Pergunto-me como é possível que sua perna doente consiga sustentá-lo no desgaste do trabalho em aclives, ou se é outra coisa, um sentimento de tenacidade que eu conheço bem, aquilo que sustenta um corpo e a vontade. Todo o vilarejo faz isso pelos seus bichos: duas vacas magras leiteiras que têm mais idade do que pelos nas costas.

Enxaguo e torço as roupas, dobro-as, arrumo-as no cabaz e só agora percebo a flor que desponta no tanque: um cardo dos alpes, as pétalas feito chamas violetas, um azul profundo quase preto na escuridão da noite. Parece ter sido recém-colhido, mas está aqui há algum tempo, ficou enroscado no musgo e de repente soltou-se na correnteza. Recolho a flor e coloco-a na casa do botão da minha camisa. Eu também, como Tino, o coxo, sempre senti remorso em abandonar o que ainda está vivo, mesmo que seu tempo já tenha acabado.

O caminho de volta para casa é um avançar calmo, as montanhas da alma finalmente dormem. A luz na janela, por um momento, me ilude que lá dentro há alguém à minha espera. Não dos meus braços, não dos meus serviços. Apenas à espera de mim. Pergunto-me se isso um dia irá acontecer, se o destino me dará o tempo para ser alguma coisa, alguém diferente de tudo isso.

Um raspar nervoso detém meus passos. Depois de novo o silêncio quebrado por uma respiração animalesca. Não estou sozinha. Uma madeira estala atrás de casa, no fundo em direção à horta e à floresta. Retiro o cabaz bem devagar. Ainda ouço uma respiração afoita, um hálito que resmunga agressivo. Então eu sinto: como um animal sinto o cheiro dos outros animais e corro gritando em direção à horta.

Tudo arrancado. Das verduras que cresciam com dificuldade, só restam cotos que saem da terra mexida. O javali raspa e amassa tudo o que surge sob o seu grande focinho. Recolho um pedaço de madeira da paliçada que foi arrancada e me jogo sobre o macho majestoso, sem me preocupar com as presas que poderiam me atravessar sem dificuldade, nem com a fúria que passaria a perna até num homem. Em lágrimas, eu o golpeio num flanco, mas só arranco um pedaço, surpreendendo-o.

A fera me coloca na mira, grunhe raivosamente. Os olhos pequenos brilham na escuridão, quase me desafiando.

"Vai embora! Embora!", eu grito. "Embora", eu rogo.

Ele cede sem pressa e provavelmente volta para o bosque só porque já não há mais nada para destruir e eu não sou uma adversária tão interessante assim.

Agacho no chão, acabada, esvaziada, derrotada. A noite é clemente e não entrega à vista a destruição que deve estar por lá. Penso nas sementes, compradas com tanto sacrifício. Haverá alguma coisa pela qual não terei que lutar?

Bem além de mim, os cumes das montanhas brilham como prata. Os canhões fazem silêncio. É a primeira vez que relembro o fronte desde que saí de lá. As outras também não disseram uma palavra enquanto descíamos.

Sabe-se lá se aqueles homens irão dormir um sono tranquilo, se estão finalmente saciados, se o capitão Colman comeu minha metade da batata.

Me levanto, as costas estalam como uma velha. A sopa, enfim, me aguarda.

É passando ao lado da minha janela que a escuridão se preenche com um sentido diferente, mais ambíguo e aniquilador, como um profundo mal-estar, e eu entendo que acabei de abrir os olhos dentro da noite, de uma noite diferente: no parapeito, colocado ali por uma mão que eu conheço, um cardo alpino.

Viro-me em direção às sombras, mesmo sabendo que Francesco nunca dará as caras.

Me seguiu, estava comigo no lavadouro. Escondeu-se na escuridão, mas estava tão perto que poderia ter me roçado com as suas mãos perfeitas, se quisesse.

Estava aqui, embaixo da janela, enquanto eu me trocava.

Já não tenho mais fome.

VII

Só passou uma noite, mas o destino da batalha já parece haver mudado. Os italianos estão em desvantagem pela altitude, os austríacos tomaram o pico mais alto do Pal Piccolo e lançaram pedras sobre os nossos.

Ficamos sabendo disso ao chegarmos às linhas de reforço, ao avistarmos os postos recuados. Um alpino desce da vigia para nos intimidar a ficarmos quietas. Com o sotaque cantado da planície vêneta, acrescenta em seguida: "Vamos tomá-lo de volta".

Nós o seguimos, medindo os passos pelo caminho para experimentar o quanto cada ponto de apoio aguenta, tentando evitar a mínima queda de pedras: o inimigo está à espreita e tenta desentocar-nos com um ouvido de caçador.

A montanha tem a solenidade silenciosa de um sepulcro e a nossa respiração cansada confunde-se com o vento. Hoje o céu tem a cor da espingarda que o soldado carrega sobre o ombro, por ora está inerte: desejo que ambos permaneçam mudos, que não detonem raios e uma enxurrada de tiros.

Outras mulheres se juntaram a nós, adolescentes e velhas. Antes de partir, foram instruídas a evitar certas dores: todas vestimos um tecido de juta dos grandes carregamentos sob o cabaz.

E o grande carregamento chegou, talvez castigue mais do que o anterior: nem os ombros frágeis das mais jovens foram poupados. A necessidade não pode dispensar a clemência, ainda que não esteja livre de misericórdia: algo mudou na atitude desses homens. O respeito passou através de um toque gentil roubado à pressa, um encontro de olhares, finalmente diretos. Nenhum deles esperava pelo nosso retorno. Ninguém apostou contra o medo e a exaustão. Tampouco eu.

Contudo, aqui estamos, aqui estou, e não é por dinheiro. É preciso pouco dinheiro para comprar um traidor, mas não o sacrifício extenuante que se enfia entre as escápulas. Talvez entenderam o porquê e para quem estamos fazendo isso.

Nos indicaram a direção das barracas das tropas de reserva, onde as esteiras de junco que carregamos atadas à cintura são acolhidas com um entusiasmo desarmante; vão servir para que não vivam sobre a terra batida como animais. De imediato, elas são desenroladas e adaptadas ao novo uso.

A parada é só uma etapa até outro destino: nos dizem que devemos prosseguir até os postos avançados, do terceiro ao primeiro. Viola procura minha mão, aperto a sua. Dura pouco o gesto reconfortante, pois avançamos por caminhos estreitos que nos impelem a caminhar uma atrás da outra.

Hoje não observamos o fronte pela posição traseira, hoje estamos caminhando por dentro. É natural se perguntar se é pela confiança ou só apenas pela necessidade. Ao passarmos, os soldados cumprimentam com um gesto, os mais intrépidos com uma palavra gentil e um sorriso.

Os vemos enterrados nas trincheiras, linhas que se quebram e se dirigem em diferentes direções. Eu sempre as havia imaginado como longos corredores curvos, mas formam ângulos agudos e os troncos são conjugados por passarelas e túneis.

"Se o inimigo irrompe, não pode encontrar a passagem livre."

Viro-me em busca do dono da voz que respondeu aos meus pensamentos.

"Amos?", pergunto, incerta.

Meu primo me abraça, um aperto rápido, mas quase violento. É difícil reconhecer nele o garotinho com quem passei parte da minha infância. É um homem a essa altura, um homem consumado. Os caracóis castanhos caíram com um golpe de navalha e os olhos antes brilhantes como as águas do rio Fella[15] agora me olham apagados, presos numa rede de rugas desenhada pela sujeira. Dos ombros cai um uniforme grande demais que marca seu definhamento. Levanto instintivamente a mão na direção daquele rosto sofrido, mas ele a detém, interrompendo o carinho no nascedouro. Percebo que já não é um garotinho que deve ser consolado. Quer ser tratado como um homem.

"Os tios?", pergunto.

"Estão bem. Giovanni e Tommaso?"

---

[15] Rio da região italiana de Friuli-Venezia Giulia com extensão de 54 quilômetros. [N. da T.]

Ao ouvir o nome dos meus irmãos, a única reação que o orgulho me permite é dar de ombros. Balançar a cabeça significa "morte", mas ao contrário esse gesto conta muito mais: ausência, silêncio, falta. Até traição. Vejo que ele se fecha e sei bem o que está pensando. "*Austriacante*" é como chamam quem é suspeito de colaborar com o inimigo, tenho dois irmãos que correm o risco de parar no tribunal militar.

O cabo nos olha e nos convida a continuar, mas Amos se oferece para substituí-lo. Quando as outras o reconhecem, o circundam com afeto e perguntas. Há anos não vive mais em Timau.

"Alistei-me no batalhão de Tomezzo", ele explica, caminhando e fazendo um gesto para que o seguíssemos, "mas por enquanto peguei pouco nas armas. Querem que eu trabalhe, que eu termine o espaço que irá abrigar o comando".

Ele levanta as mãos e gira as palmas. Amos sempre foi dado às construções. Pedra e madeira parecem se dobrar sob o seu toque, mas me pergunto se é difícil construir durante a guerra algo que não seja feito para ser destruído ou recusado.

"Não é uma coisa má", digo. Entendi aquilo que o está poupando, por agora: os artesãos servem para outras coisas, não serão mandados como bucha de canhão. Vejo-o reclinar a cabeça, dar uns passos e manter os olhos seguindo o ir e vir das botas, e entendo que ver os companheiros morrerem permanecendo num lugar seguro é algo que o perturba. Mais uma vez sinto raiva por um rei que incute um sentimento de culpa suicida nos filhos que deveria proteger.

As trincheiras não são escavadas na terra, ou o são apenas parcialmente. Não é possível penetrar a dureza da montanha. Então para construí-las, usaram o que tinham à disposição: sacos de areia e pedras. Tochas iluminam o dia escuro nos túneis e as latinhas de comida foram transformadas em castiçais. O cheiro de óleo encobre o da terra. A artilharia do inimigo silencia, mas os italianos não saem de suas posições e esperam com as espingardas carregadas nos braços.

Eu como raízes, esses homens saem de antros escuros para capturar outros homens à luz das tochas. Parece que o conflito rebobinou as eras, trazendo de novo à tona formas primitivas. É uma constatação que me inquieta, pois sugere que estamos só no começo da barbárie.

Precisam de mais esteiras, me vejo pensando quando observo as botinas afundadas na lama. Não chove há alguns dias, mas aqui a umidade é difícil de enxugar. Em alguns pontos, alguém começou a colocar tábuas sobre as poças.

O eco distante de uma pedra que cai além do parapeito me relembra que, do outro lado, para além das nuvens que respiramos, estão posicionados, à espera, os atiradores austríacos. Então caminho encurvada. Percebo que o percurso de ontem ocorreu no lado exterior graças às bandeiras brancas levantadas: os mortos garantiram nossa passagem, mas hoje cada uma de nós poderia estar na mira.

Amos se despede em frente à enfermaria e concede um abraço apertado mais longo do que eu esperava, momentos em que volto a ser criança e a nossa infância corre pelos braços e pernas enrolados, sobe nas árvores imaginárias e cria arco-íris entre os pés das crianças que batem seus pés na margem do rio.

"Só temos que resistir", ele sussurra ao meu ouvido, cada sílaba é uma rachadura. "Mais um dia, e depois mais um."

Abro de novo os olhos e ao meu redor aparece novamente a guerra. Olho-o e não vejo a perturbação que ouvi vibrar em sua voz. Sorri quando se despede.

"Amos", eu chamo, nem sei o porquê. Ele não pode ficar comigo, não pode ir embora. O homem chamado a matar seu irmão não tem escolha, a única opção é morrer ele mesmo diante de um pelotão.

"Amanhã ainda estarei aqui", promete, desaparecendo no mundo estreito das trincheiras. Gostaria de lhe perguntar onde e quando irei encontrá-lo, mas fico em silêncio. Não estava falando comigo, mas com Deus.

Diante da enfermaria, vejo com alívio que o sangue foi removido da lona externa. Alguém, por inteligência ou por caridade, afastou a morte dos olhos de quem foi chamado a sobreviver.

Pouco distante, o comando é uma silhueta batida pelo vento, empoleirado numa curva da montanha. Até mesmo o capitão Colman parece ter desaparecido. O comandante é só um pensamento vago, privado do poder da noite passada. Outra urgência tomou conta: finalmente podemos nos livrar do peso dos cabazes.

"Você não", me diz um soldado responsável pelos mantimentos. "Vá até a enfermaria."

Os modos permanecem apressados, mas pelo menos as palavras têm um tom mais doce. Houve um tempo em que meus irmãos falavam assim comigo, e agora eu os vejo nesses garotos que me tratam com certa rapidez assim como é tratada uma irmã mais nova.

Hoje estou transportando medicamentos. A bandeira que sinaliza os explosivos foi substituída por uma cruz vermelha sobre o fundo branco. As garrafinhas de vidro que carreguei tilintavam a cada passo meu. Vou indo sozinha, enquanto Viola briga com um artilheiro. O alpino está louco pelos projéteis que estão em seu cabaz, mas Viola segura-o distante e pede espaço. É uma das poucas vezes em que sua beleza vai para um segundo plano.

"Demorei toda a manhã para chegar aqui em cima", diz a ele. "O senhor pode esperar alguns minutos."

E ele, dócil, espera pelos gestos dela, que, tenho certeza, serão mais lentos do que o necessário.

Não é possível bater na porta de uma barraca, portanto, entro na enfermaria anunciando minha presença pelo tocar das garrafinhas.

Estava pronta para o cheiro, reconheço-o. Tinha imaginado a sinfonia baixa dos suspiros que me acompanham na quase escuridão, tórax que se levantam e abaixam como teclas acionadas pela morte, dona volúvel que faz seu tique--taque, indecisa entre pegar ou largar. Caminho nas pontas dos pés para não abrir os olhos tão cansados e sofridos dos feridos.

O que eu não esperava era a voz me chamando.

"Seja rápida."

Vinha nítida de uma sombra que tremia entre a lâmpada e os lençóis pendurados, no fundo da fileira de leitos. Poucos desses desgraçados conseguiram um leito, muitos só conseguiram um apoio de palha.

Por trás do tecido quase transparente da divisória improvisada, uma sombra se dobra sobre um paciente.

Movo o lençol e o cheiro de tintura de iodo torna-se pungente.

"Está com as mãos limpas?", me pergunta o homem em pé. Por cima do uniforme, ele veste um guarda-pó que no passado fora branco, mas que agora parece o avental de um açougueiro.

"Não", respondo. Esforço-me para não abaixar o olhar na direção do corpo do soldado ferido que nos separa.

"Preciso das faixas que você está transportando."

Não é um pedido gentil, mas também não é brusco. É uma coisa prática e não me perturba. Apresso-me em pousar o cabaz e procuro entre os envelopes embalados.

"Desinfecte-se antes de abri-los."
Obedeço, esfregando um líquido escuro que escorre entre meus dedos. A guerra das trincheiras é para homens jovens, penso enquanto espio seu rosto magro, as maçãs marcadas sob as sardas. Os cabelos cor de cobre têm espaços abertos sobre as têmporas, mas não creio que tenha muitos anos mais do que eu. Bastam alguns passos para revelar o caminhar rígido do corpo longilíneo, o joelho direito imobilizado. Sobe pelo antebraço uma cicatriz ainda fresca.
Ele percebe meu olhar.
"Uma queda catastrófica, nada heroica. Voltarei logo a estar em forma."
Encontro as faixas, abro um envelope e, sem tocá-las, ofereço-as a ele. Com uma pinça, ele levanta uma e coloca-a sobre o abdômen do ferido. Acho que é um bom sinal, num pequeno mundo de escassez no qual nada deve ser desperdiçado, e nem mesmo a caridade pode ser generosa demais.
"Você sabe como se faz uma atadura? Faltam-me mãos e as suas poderiam ajudar. Os enfermeiros estão dando uma volta no campo. Aqui só sobrou quem não consegue se segurar sobre ambas as pernas e nem rastejar."
Fala rápido, move-se rápido.
"Já fiz algumas ataduras", murmuro.
"Finalmente uma frase! E também sabe sorrir?"
Encaro-o e vejo que ele dá uma piscadela por trás das lentes sujas dos óculos. Segura uma agulha entre os dedos vermelhos.

"Doutor Janes, tenente médico", apresenta-se, cortando o fio depois de dar o último ponto da sutura.

"Agata Primus, campesina."

Uma breve risada que não tem nada de irrisório.

"Muito bem, Agata. Eu levanto o ferido, você cuida do tórax dele. Se você abaixar o olhar, será mais fácil."

Obedeço e sinto minha pele se retirar do corpo, como se quisesse fugir. Não é um homem isso que vejo.

"Irá sobreviver?", pergunto.

O doutor Janes faz uma careta.

"Nunca pergunte da vida ou da morte de um paciente quando ele está bem embaixo do seu nariz", murmura, levantando-o com cuidado. "Mas, por sorte, o nosso soldado está fora do combate. Amarre bem forte a faixa."

"Peço desculpas."

Me apresso em desenrolar a gaze ao redor do peito do soldado ferido. Seu corpo martirizado parece feito de recortes remendados, os pontos da sutura afundados com a intenção de segurar para dentro a alma.

"Mais forte, sem medo. Para responder à sua pergunta, Agata, nem sempre a ferida mais feia de se ver é a mais mortal. O verdadeiro problema é a septicemia. Perdi alguns garotos por um arranhão, enquanto há outros que recolhi e juntei os pedaços e ainda estão por aqui."

O doutor Janes conversa com o tom amável de quem está falando do clima. Sou grata por isso.

Uma volta e outra de gaze, numa alquimia que não consigo explicar, o corpo do ferido já não me provoca nojo, não parece mais uma criatura composta de membros desconhecidos e animada por uma vida não natural descrita num dos romances mais assustadores que já li. Provoca-me um ímpeto que transforma os gestos feitos para um desconhecido em rituais amorosos. É o filho de alguém, enfim: faço-o pela mulher que um dia poderei ser eu, por aquele filho que poderia ser o meu. É do futuro que estou cuidando agora, mas pergunto-me o quanto o trabalho de uma criatura miserável como eu pode ter algum valor diante dos desígnios de Deus.

"Meu pai tinha um irmão gêmeo", começo a contar. "Todos diziam que, dos dois, o gêmeo do meu pai era o mais devotado e também o mais habilidoso em cortar um bosque. Morreu dando um único golpe de machado, esmagado pela árvore que caiu sob um deslizamento de terra. Ninguém havia percebido as pedras pairando sobre a inclinação. O deslizamento o arrastou, enquanto meu pai estava há poucos passos, recém-acordado. Tinha dormido embaixo daquela árvore até alguns momentos antes disso."

O doutor Janes parecia surpreendido, depois olhou-me como se tivesse finalmente decifrado o meu pensamento e o seu alcance o impressiona.

"Sim, Agata", ele concorda. "Eu também acredito que seja o acaso que decide o nosso destino neste mundo. O que mais? Só um pouco de sorte e cobre, que no nosso caso são a mesma coisa."
Agora sou eu quem não entende.
"Cobre?"
Ele mostra um garrafão aos pés de um armário. Foi preenchido com balas que reluzem sob a luz da lâmpada, brilhos frios e quentes, como um tesouro. Fala mais baixo, como se estivesse se confessando.
"Uma ferida no abdômen termina em funeral nove em cada dez vezes. Uma nos membros tem uma possibilidade um pouco maior de ter outro desfecho, ainda que muitas vezes deixe o corpo inválido. Se, quando extraio uma bala, ela tem a coroa de cobre, então eu suspiro aliviado. Há algo nesse metal que parece inibir a infecção."
Terminei, fixo a faixa com um clipe. O doutor Janes verifica com um dedo se o meu trabalho está bem preso, depois puxa o lençol e arruma o cobertor com aparência desgrenhada.
"Muito bem, Agata, Realmente, muito bem."
"E ele?", pergunto. "Tinha cobre no corpo?"
"Todos têm, sempre."
Dou um passo atrás diante daquela mentira deplorável. De repente não sei o que fazer comigo mesma. O cabaz espera para ser esvaziado e eu espero para descer de volta ao vale, onde os fatos da vida e da morte são os que eu conheço e os que posso enfrentar.

"Quem é capaz de fazer isso a um homem?", pergunto com um fio de voz.

Os olhos do médico disparam sobre meu rosto, cheios de compaixão.

"Quem? Outro homem. Sabe qual é o maior medo desses garotos? Um ataque com arma branca, ter de afundar a baioneta num outro jovem, olhos nos olhos. É um pensamento que os atordoa. Imagino que seja a mesma coisa para o inimigo."

Uma terceira sombra invade o espaço encerrado entre as lonas, anunciada pelo farfalhar do tecido. O médico cumprimenta com um gesto.

"Encontrei uma ajudante preciosa", diz, já menos entristecido. "Espero não ter me aproveitado demais."

O capitão Colman está um passo atrás de mim quando responde.

"Outra dívida de reconhecimento com essa mulher."

Janes se apressa em enxaguar as mãos numa bacia.

"Não havia visto a hora. A senhora precisa voltar para casa, Agata. Vai demorar algumas horas se o céu está ameaçando chuva... Vou me apressar com os deveres e logo lhe entrego de volta seu tempo."

Enquanto mexe nos frascos e medicamentos que extrai do cabaz, o silêncio entre mim e o comandante torna-se quase físico.

"Como está?", ele decide quebrá-lo, após um tempo em que nossos olhares se seguiam.

Posso jurar que percebi certa hesitação na voz, como se estivesse com vergonha.

"Quero dizer... seus ombros?"

Com a mão, me apresso em tocá-los. Mas, ao perceber, retraio.

"Bem melhor, obrigada."

"Temi que não viesse, ou que mudasse de ideia no caminho."

Chacoalho a cabeça e ele me oferece um embrulho. Sinto o cheiro do conteúdo, que me provoca um espasmo na garganta. Pão.

"Se é um presente para pedir de novo desculpas, não é necessário, mas preciso dizer que não posso recusar", respondo, e é assim tão difícil olhá-lo nos olhos enquanto confesso minha necessidade. "Saiba, porém, que vou dividi-lo com as outras."

"Cada uma recebeu um."

Aproxima-se e oferece-o mais uma vez e então me permito pegar.

"Não faltava sequer uma agulha", ele diz em voz baixa. Quando sorri, parece muito mais jovem.

Janes volta entre nós e me ajuda a vestir o cabaz. Está novamente falante e de bom humor.

"Venha me visitar, assim que puder", propõe. "Se quiser, claro. Não ocorre com frequência conversar um pouco mais, algo além das instruções corridas que dou aos enfermeiros."

"Não acredite nele", sussurra o capitão, abaixando-se. "Conversa sempre, até mesmo em voz alta consigo mesmo. Até os austríacos perceberam."

O doutor Janes cai na risada e eu penso que finalmente o som da vida irrompe naquele limbo.

"Voltarei com prazer", prometo ao me despedir, o pacote cheiroso abraçado ao meu peito.

Fora da barraca, a luz me fere os olhos. É cortante como os espigões destes cumes, como as lâminas montadas nas baionetas que espreitam de vez em quando das fortificações de defesa da fronteira.

O comandante não sai do meu lado, seus passos se adaptam aos meus, as mãos cruzadas atrás das costas.

"Tudo silencia", murmuro, percebendo antes de mais nada a banalidade da constatação, mas sua resposta me surpreende.

"Certeza? Ouça com mais atenção."

Então me detenho entre as rajadas de vento e parece que ouço um canto débil e alegre. Um gorjear seguido por um segundo e depois terceiro em seguida.

Olho para o capitão.

"É possível?", pergunto.

Ele mostra a trincheira da primeira linha.

"Temos vários casais de canarinhos. Você já viu?"

Digo que não com a cabeça.

"Quando voltar, se for possível, levo-a para vê-los. Eles têm plumas amarelas feito ouro, como os botões de ouro que cobrem seus prados."

Voltamos a caminhar, mas algo me perturba, um detalhe desfaz a sintonia.

"Eles lhe fazem companhia?", pergunto.

Ele não me olha ao responder e sinto a presença tangível do drama que até aquele momento eu apenas intuía.

"Estão aqui para salvar nossas vidas, Agata. Eles seriam os primeiros a sentir os gases tóxicos."

Não comento, nem poderia. Aqui em cima, perto do céu, todas as ordens estão subvertidas, até a natureza dos hábitos mais comuns parece afiada e mortal e um canto inocente pode anunciar a morte.

Quando me vê chegar com o comandante, Viola logo se levanta. Seu olhar é um ataque. Lucia, Caterina e Maria fingem estar concentradas em suas atividades de remendo, mas sei da necessidade delas em saber o que conversamos.

O capitão Colman limpa sua voz e indica um monte organizado com embrulhos agrupados por um cordão. Posso intuir o que contêm.

Eu e Viola nos olhamos: será possível que poucas mulheres tenham conseguido colocar esse homem numa situação de dificuldade?

"Somos obrigados a ter que aproveitar a sua generosa oferta, recebida ontem", diz. "Para quem ainda quiser aumentar o carregamento, preparamos roupas para serem lavadas. Meus homens ficarão felizes em pagarem pelo serviço, cada um de acordo com suas possibilidades. Peço-lhes compreensão, se em muitos casos a remuneração é pouco mais do que simbólica."

Lucia é quem dá o primeiro passo. Recolhe um dos embrulhos e por um momento vejo que hesita, mas a dúvida representada em seu rosto se desfaz com rapidez com um sorriso e com um cumprimento e assim ela continua. Uma a uma, vamos imitando-a e, quando chega o meu momento, entendo o que havia suspendido seu gesto: o barbante segura uma flor em seu laço e não é uma flor qualquer.

O capitão Colman se aproxima.

"Gostaríamos de ter lhes dado rosas, como deveria ser, mas podem imaginar que não foi possível."

Passo o tecido entre os dedos. No tom cinza desse dia, as pétalas carnosas e cobertas de uma penugem capturam a pouca luz brilhando como prata.

Sorrio. "Não conheço rosas. Há, ao contrário, uma expressão mais feliz que conta da tenacidade deste pé-de-leão: nós a chamamos de 'flor de rocha'."

O capitão Colman assente.

"É o que vocês são. Flores agarradas com tenacidade nesta montanha. Agarradas à necessidade, eu suspeito, de manter-nos vivos."

VIII

Tenaz é o sangue, não eu. Ele é quem se agarra à montanha, às pessoas, a essas camisas que, por mais que sejam esfregadas, nunca mais voltarão a ser brancas.

O lavadouro parece ter se tornado o sabá que descrevem as fábulas: caldeirões em ebulição sobre grandes fogueiras improvisadas. Caterina mexe com um longo bastão as roupas que gorgolejam entre vapores e eflúvios de ervas. Combatemos os piolhos, por aqui, e deixamos os austríacos para os alpinos nos contrafortes. Parecemos bruxas com nossos xales pretos e cantigas sombrias, longos cabelos que o cansaço soltou dos lenços e roupas flutuantes entre as chamas. Nossos passos dançam sobre a morte para conclamar a vida, enquanto repartimos o pão que os soldados nos deram.

Esfrego as roupas dos mortos. Quem as entregou a nós não tinha feridas tão grandes para fazer jorrar todo esse vermelho pelo vale. Mais uma vez, nada pode desperdiçado, e então o sangue tinge a trama mais profunda, penetra nos recessos como uma epidemia, com aquela nuance de rosa que não lembra uma alvorada nem as pétalas de uma flor, mas, sim, as vísceras de um corpo abandonado no campo de batalha: a esperança extirpada.

Pergunto-me do que é feito esse sangue, de como é observado pelos estudiosos através de suas lupas. Imagino-o como milhões de patas de inseto que, com espinhos minúsculos, agarram-se a tudo que encontram, e, ao mesmo tempo, é também uma onda que invade e preenche o peito com um anseio de eternidade.

"Um gole de *grappa*, para animar o espírito."

Viola senta-se ao meu lado. Aceito o frasco meio vazio e engulo um gole de coragem.

"Voltaram a atirar lá no alto", digo.

"Eu ouvi."

No entanto, o céu está escuro, então talvez os golpes de canhão estejam vindo de outros campos de batalha. Talvez Amos esteja em segurança, talvez o doutor Janes não tenha que zelar sobre novos moribundos e o capitão Colman não tenha que contar os seus homens para descobrir que, qualquer decisão que se tome, a resistência é sempre um ato de abstração. Talvez eu consiga dormir essa noite.

Aqui embaixo emendamos, nos concentramos em manter a vida unida, no limite do possível, enquanto lá em cima ela se despedaça. Costuramos pontos bem presos, eles abrem os corpos. Juntamos as abas, enquanto no fronte alguém as rasga.

"Será que isso vai acabar?", pergunto num sussurro, mas eu mesma sei que acabou de começar.

Viola bebe um gole generoso.

"Meu pai diz que a Itália logo terá sua vitória."

Fecho os olhos.

Não será tão fácil. As roupas dos soldados estavam enroladas em páginas de jornal que tive o cuidado de preservar. Li as notícias: não eram recentes, mas certamente confiáveis. O Exército Real ainda sofre pelo grande investimento feito na guerra da Líbia. Há uma escassez de todas as reservas e faltam fábricas militares. O parque da artilharia está em falta. O general Cadorna[16] havia dado ordens para que, até o último momento, nenhum batalhão tomasse posição na linha do fronte, e o inimigo, por sua vez, esperava fazia semanas, organizado e eficiente, com reservas numerosas e bem instruídas, um arsenal moderno e tempo à disposição para implantá-lo. Foi um massacre.

Abro de novo os olhos e uma lágrima quente arde em minha pele. Se os nossos soldados resistem, e é o que eles fazem, é só pagando o preço do sacrifício de sangue novo.

Viola parece imune aos pensamentos nefastos.

"Perguntei sobre as entregas de amanhã", ela diz. "Vamos levar outras munições e projéteis para obuses e canhões. Eu os vi no depósito. Há um que pesa quase quanto eu."

Seus olhos brilham, são como jade aquecida pelas chamas. Ela fala e parece tecer seus cabelos escuros com os dedos. A trança grossa é cheia de cachos reluzentes. É com esse rosto

---

16 Luigi Cadorna (1850-1928): general e político italiano, foi chefe do Estado-maior geral a partir de 1914 e comandante das operações do Exército Real na Primeira Grande Guerra desde a entrada da Itália no conflito em 24 de maio de 1915. [N. da T.]

e essa pele morena que imagino as antigas rainhas do Oriente. Uma das histórias que minha mãe contava para me fazer dormir falava de um pergaminho milenar no qual se celebrava uma poderosa soberana chamada Cleópatra. Quantas vezes eu a vi, através das suas palavras, subir de novo um rio numa galé da popa de ouro e remos de prata, e as velas cheias de seda cor púrpura. Imaginava-a uma criança, como eu, e já naquela época tinha as feições de Viola.

Apoio o queixo sobre os joelhos e sinto que ela roça minha bochecha.

"Antes que termine o verão", ela sussurra, "poderíamos voltar a nadar no rio. Vou tingir seus lábios e bochechas com o suco de framboesa. Vou lavar seus cabelos e fazer tranças com flores e bagas. O sol irá clareá-los e eles ficarão da cor do mel".

"Estou com fome", cochicho, esfregando os dentes na saia. "Poderia comer as bagas."

"Até as flores, se for por isso."

Pego sua mão e aperto. O pão não me saciou, pelo contrário: abriu uma voragem.

"Tenho tanta fome que às vezes sinto que estou enlouquecendo", confesso. Tanta que muitas vezes sinto medo do que eu seria capaz de fazer.

"Não pense nisso, Agata. Eu te peço."

Viola me abraça, mas logo me solta.

"A solução está diante de ti", ela murmura de leve, entre um beijo rápido e uma fuga.

Francesco nos observa de um beco que leva até a igreja, de um jeito todo seu e que me deixa inquieta: perfeitamente visível, mas misturado à escuridão.

Levanto-me rapidamente e pego um cesto com as roupas que Caterina acabou de pescar do caldeirão. A fumaça sai como de uma chaminé, no entanto, eu tremo. Começo a estender as roupas num varal de pé que há dias esperam em vão os furos para a secagem.

"Agata."

Não me viro.

Ouço-o suspirar, ou está em busca do meu cheiro no ar. Sei que ele seria capaz disso.

Dá a volta ao meu redor, com um dedo agarra-se a um dos meus pinos[17] e olha-me como se fosse sua carcereira.

"Fala comigo", ele murmura.

Continuo o meu trabalho, mas não posso deixar de responder.

"Você precisa parar de me procurar, de me olhar quando acha que não está sendo visto."

"Por quê?"

Bato uma calça antes de estendê-la.

"Porque não é justo que eu seja tratada como se fosse sua propriedade."

Ele roça nos meus dedos. Retraio-os com rapidez. Vejo que Lucia nos olha apreensiva. Pa-

---

17 Pedaço de madeira cilíndrico e pontiagudo que fica cravado no chão, na parede ou em qualquer estrutura para diversos fins (se for plantado no chão para delimitar uma cerca, para parar a base de uma barraca, e assim por diante, é mais frequentemente chamado de estaca ou piquete).

rece que ela também puxou a ficha de Francesco e nisso viu mais sombra do que luz.

Seu belo rosto é acesso por uma languidez que me provoca um desgosto, os cabelos caem sobre a testa úmida. Seu suor é a ansiedade que emerge.

"Você estava do lado de fora da minha janela ontem à noite", eu disse a ele. Não é uma pergunta, mas uma acusação. Gostaria de lhe perguntar o que estava pedindo com seu olhar, o que é que a sua imaginação roubou de mim, mas a coragem recua quando ele deixa passar sua mão sobre a madeira esculpida pelo tempo. É uma carícia lenta e ostensiva, sinto-a na minha pele.

"Se você não tem respeito por mim, poderia pelo menos demonstrá-lo pelo meu pai", digo a ele.

Minha voz quase não sai, mas Francesco parece entender o meu estado de espírito.

"Seu pai... ele precisa de cuidados, Agata."

Aquele é um engano que incendeia meu rosto.

"Não há tratamento que possa devolvê-lo a mim."

Vejo que ele enruga a testa.

"E como você pode saber? Por que um velho padre que brinca de ser médico disse isso?"

Francesco está diante de mim, muito próximo, já não há mais nada que nos separe e sua mão é uma lasca de urticária sobre meu braço.

"Existem novos remédios que podem ajudá-lo, mas custam muito. Posso consegui-los, se você me permitir."

Vejo-o como se fosse a primeira vez.

"O que você está propondo, uma troca?", pergunto.

Seus dedos buscam minha pele sob a manga e é como se um vento gelado que não está soprando subisse pelo meu corpo.

"Seria tão terrível assim?", ele pergunta com um fio de voz.

"Agata, venha! Preciso de ajuda", me chama Lucia, detonando-o com o olhar carregado de desprezo. Não esqueceu quando sua prima aceitou o convite dele para ir até o rio e voltou transtornada, tanto que não quis dizer sequer uma palavra.

Francesco levanta os olhos ao céu. Pelo jeito como ele sorri, entendo que também não esqueceu.

"Se salvou", ele disse, como se a paixão obsessiva que sente por mim fosse só uma brincadeira. "Boa noite, Agata."

Com as mãos nos bolsos, ele desaparece numa escuridão que parece sempre pronta a acolhê-lo, mas algo dele sempre permanece. Um pensamento claro que me atravessa: nunca mais irei me sentir sozinha. Não porque alguém estará sempre pronto a me proteger, mas porque ele estará sempre escondido em algum canto me observando.

Onde quer que eu esteja, até mesmo na noite mais calada e profunda, sei que a sua sombra estará sobre mim.

IX

Preciso decidir se economizo ou se mato a nossa fome.

Posso escolher se guardo dois tostões ou como quatro crostas de queijo e aquilo que sobrou do filão de pão.

Ou se guardo só duas liras e coloco à mesa quatro crostas de queijo, um resto de pão e alguns ovos, uma fatia grande de presunto. Talvez dois punhados de farinha.

Mais uma vez, nenhuma moeda ressoando, porém, uma refeição decorosa, ainda que sem ornamentos: o sal é o novo ouro cristalino e a pimenta-do-reino desapareceu dos empórios e das mesas.

Só tenho somas e subtrações, nenhum fator. Somo e subtraio, mas não posso multiplicar.

O poder está inteiramente nas minhas pernas treinadas, nos rins, neste corpo que já não aguenta mais.

Se subir novamente até o fronte, talvez eu coma.

Se não comer, talvez eu possa comprar remédios.

Se, se, se.

Não importa quantas contas eu faça, o quanto eu esteja habituada a fazer com que o nada seja suficiente. De toda forma, amanhã, depois de amanhã ou daqui a um mês, o pai de Francesco irá aumentar o preço de qualquer coisa que eu peça e essas moedas não serão o suficiente. Nunca o serão.

É assim que se domestica uma alma refratária ao jugo, com a necessidade. Não a sua própria, mas aquela de quem mais ama.

O poder não está em meu corpo, mas em deixá-lo disponível aos desejos de quem o cobiça.

Do quarto do meu pai chega sua respiração sibilante. Expira com força nos dias de muito vento, como se as correntes de ar o habitassem até preenchê-lo. Torna-se ele mesmo o vento, rosna no escuro, seu sofrimento me atordoa.

Diante da mesa de costura, eu aperto o travesseiro até enfiar as unhas no tecido. Ele está encharcado de lágrimas, quente com o meu calor. Não sei como ele chegou às minhas mãos e isso me assusta, pois sei onde deveria estar: no quarto do homem que me deu a vida, em sua cama, ao lado do seu rosto.

Sei, porém, o motivo pelo qual, mesmo por um só momento, eu o agarrei. É o multiplicador da minha sobrevivência. É o silêncio capaz de silenciar o vento. Não é escuridão, digo a mim mesma. É desespero, caridade, alívio.

Mas jogo-o para longe de mim dando um grito sufocado. Eu ainda consigo aguentar, ainda consigo resistir por ambos. E a raiva renovada por Francesco será uma loba que canta no meu sangue e em meu âmago, resistente para quando eu tiver que subir.

Fecho a única folha de janela que estava aberta. Bato-a como gostaria de fazer com a chantagem recebida.

Não haverá nenhuma vela na janela para acolher um homem patrão e uma vida mais fácil. Os lobos cansados. Não serão sacrificados. Esta noite, e se Deus quiser também nas próximas, serei o suficiente para a minha alcateia.

X

Novos caminhos serão abertos onde antes estendia-se um reino inacessível de grandes fendas. Começaram os trabalhos, os sapadores do Exército Real alistam a população, nem as crianças são dispensadas. Qualquer pessoa em que se possa confiar, mesmo que for só com uma mão a mover pedras e terra, não pode ser poupada, isso significa todos, exceto a família de Francesco. Viola contou que o viu se apresentando como voluntário em Paluzza, mas não soube dizer para que tipo de serviço. Parece já distante do apaixonamento que a obrigava a sofrer pela indiferença de Francesco, agora ela se concentra em levar até às alturas as munições mais pesadas.

Hoje subo até o fronte após ter passado dias na metade da altitude, dedicada como uma formiga a mastigar e digerir os lados da montanha entre explosivos e resíduos de construções.

Meu mundo ainda está mudando e não sei o quanto as raízes permanecerão intactas a partir dessa mudança. É um movimento contínuo de arrancar e cisalhar aquilo que antes estava bem plantado nessa terra. Hábitos, tradições e certezas explodem junto com as pedras à sombra dos que haviam fincado raízes. No vilarejo, há quem diga que o futuro avança, mas tenho dificuldade em vê-lo em meio aos vapores da guerra.

Encontramos as equipes da divisão de sapadores Gênio ao longo da subida: conseguem criar do nada pontes arrojadas sobre penhascos e tomam ravinas e cumes com pequenas escadas de ferro ancoradas à rocha.

O conflito piorou e eles preparam a montanha para que se torne sua casa, mas nada impede de pensar que ela logo irá revelar seu lado traiçoeiro: a guerra que esses garotos terão que enfrentar não será somente contra o exército do *Kaiser*.[18] O inverno chegará cedo demais.

Ao nosso lado, desfilam mulas levadas a pé pelos alpinos. Precisam de três para transportar um canhão até o pináculo — uma para o cano, a segunda para o carreto e a terceira para as munições. É confortante ver como os soldados cuidam das bestas de carga, chamando-as com nomes carinhosos e acariciando seus dorsos empoeirados. Não as deixam sem água, elas bebem antes do que eles mesmos.

É possível sentir reconhecimento por um animal? Aqui, neste lugar e neste tempo, é assim mais do que nunca.

Dom Nereo juntou-se a nós na subida, pediu mil vezes desculpas pelo desaceleramento que sua presença significa. A urgência, porém, de conhecer o capelão militar nomeado para esta parte do fronte mostrou-se mais estimulante do que qualquer relutância ou sentimento de culpa. Com seu entusiasmo típico, que acende sua alma e suas bochechas, dom Nereo subiu para ter certeza de que o ministro de Deus na guer-

---

[18] Refere-se ao imperador da Áustria-Hungria, não da Alemanha, como fica claro mais adiante. [N. da T.]

ra, escolhido pelo comando, tenha a capacidade de fazer seu trabalho, ou seja, não deixar que os jovens se sintam abandonados, jovens que ele já considera como seus próprios filhos. Se não fosse assim, teria a capacidade de telegrafar para o bispo e para o general Cadorna pedindo mais atenção na avaliação.

Ele mancou numa parte do trajeto, mas noutro, um alpino lhe cedeu o seu *alpenstock*.[19] No final, o mesmo soldado parou uma mula e com um companheiro carregou consigo mochilas militares e sacos, fazendo dom Nereo montar na mula, ele a essa altura já tão exausto que nem conseguia protestar. Seu silêncio insólito, porém, dizia muito aos que, como nós, o conheciam bem.

Fico remoendo longamente antes de me aproximar dele. Apoio uma mão no pescoço da mula, sinto sua respiração, a força pacífica dos seus músculos, veias e tendões.

"Como está o seu pai?", dom Nereo me pergunta. Já quase ninguém o faz.

"Nada mudou", respondo.

"Vou visitá-lo em breve", ele promete, sério. "Os últimos acontecimentos tiraram-me do cargo que me fora dado pelo Senhor."

Agarro o pelo do bicho.

"Ele poderia melhorar?", pergunto.

Um pensamento desagradável surge entre as sobrancelhas do sacerdote.

---

[19] Em alemão no original: literalmente, "bastão alpino", consiste em um bastão de ferro longo e pontiagudo usado para caminhar nas montanhas. [N. da T.]

"Você conhece a doença dele, Agata. Falei consigo a respeito disso, lembra?"

"Pergunto-me se algo pode ter mudado, algum novo remédio..."

Dom Nereo coloca a mão sobre a minha e eu entendo. Aquele pouco dinheiro não poderia ajudar meu pai, nem se fosse mil vezes mais. Sempre soube disso. Porém, às vezes, até a certeza precisa de um encorajamento.

Francesco mentiu.

Solto o animal junto à esperança insensata. Desacelero sem perceber e começo a andar à deriva, mas não fico sozinha. Viola fecha a coluna avançando com dificuldade, seus passos quase enfiados no caminho. Transporta um projétil que pesa mais de quarenta quilos. Sua dedicação está assumindo contornos de uma declaração de amor.

"O quanto você acha que vai resistir?", pergunto.

Ela sequer consegue levantar o rosto, de tão arqueado que está o seu corpo.

"Até o topo", ela suspira.

"Até que ele te veja?"

Ela não responde, ainda não está pronta para confessar o sentimento que tem pelo alpino moreno de sorriso amplo que a induz a quebrar as costas para ser a última da fila, bem na vista, quando é o momento de deixar o fronte. É um legado triste das nossas mulheres oferecer sacrifício em troca de consideração, como se não tivéssemos mais nada a oferecer, como se não fôssemos outra coisa.

"Viola, por favor, deixe a mula ajudar."
"Não."
Ela está quase chorando, sua voz se contorce feito as vértebras da sua obstinação. Com relutância, deixo-a em paz, poupo o ar que entra com dificuldade em seus pulmões. Gostaria de dizer-lhe que não vale a pena sofrer mais do que já sofreu, mas percebo que talvez quisesse somente consolar a mim mesma.

Ao passarmos margeando a parte sul do Pal, éramos convidadas a apertar o passo: sobre nossas cabeças um sistema poderoso de roldanas suspensas no vazio de um canhão.

"Uma boca calibre 75", informa-nos o alpino da nossa coluna.

Braços e cordas esticados até o espasmo levantam-no sobre um torreão natural de onde terá acesso às retaguardas italianas.

O fronte não é mais só uma fábrica de mortos. Seu rosto mudou com os vapores do rancho e um trabalho industrioso logo fora do alcance do inimigo. Outras construções de pedra e tetos inclinados surgem e, daquele mundo antes vazio e calado, levantam-se vozes de vida. Talvez seja inevitável, digo a mim mesma, ainda que surpreendente. O bosque mantém suas espécies pioneiras, capazes de extrair a subsistência de um solo empobrecido preparado para outras coisas. Aqui, o homem — este homem — cinzela o inferno no qual é obrigado a estar e faz com que seja um lugar habitável. Mas continua sendo um inferno. Basta um olhar mais atento para reconhecer: em alguns pontos, além das construções, a terra é preta e gordurosa, ferve com os corpos em decomposição enterrados por todos os lados.

Viola finalmente chega ao encontro tão desejado: dura poucos instantes, o suficiente para que o alpino que já entrou em seu coração recupere com a ajuda de um companheiro o projétil para o canhão. O soldado não entende que aquilo é um presente para ele. Se olhasse nos olhos de Viola, poderia entender isso, mas, ao contrário, os dois alpinos carregam as munições num carrinho de mão e saem com um agradecimento rápido. Porém, depois, o jovem parece repensar o assunto e corre até ela. Ouço Viola segurar sua respiração, uma expiração ao contrário que me suga também.

"Como se chama, senhorita?", ele pergunta.
"Viola!"
"Artilheiro Guglielmo Moro", apresenta-se. "Amanhã você pode me trazer mais um, por favor?" E logo desaparece de novo.

Viola desaba, despedaçada.

"Meio dia de subida e agora, com uma puxada de corda, tudo termina", ouço-a reclamar.

"Pelo menos a mula ficará contente. Um peso a menos para carregar", diz Caterina, mas o cotovelo de Lucia indica-lhe para não ir mais além.

Estamos tão cansadas que nos entregamos com abandono às mãos que nos desvestem dos carregamentos. Um pouco de conversa, um gole d'água e um pouco de queijo. Falta força para ter pressa.

"Agata!", chama dom Nereo. "Uma ajuda, por favor."
Lucia coloca as duas palmas das mãos em minhas costas e me empurra para me ajudar a levantar. "Ainda bem que ele chamou você", sussurra. Sei que está com os seios doloridos e que cada movimento é um sacrifício, saímos no alvorecer e ela não teve tempo de amamentar.
Os joelhos rangem, no baixo-ventre sinto o peso da queimadura da inflamação. A subida acende fogos pelo corpo.
Ajudo dom Nereo a descer da banqueta que usou para distribuir os malotes do Correio Real. Foi tomado de assalto feito uma panela quente após um dia de trabalho na colheita.
"De dez, quatro são analfabetos", resmunga. "Terei de fazer alguma coisa. Talvez parar, algum momento, e ler para eles. Mais do que tudo, precisam de palavras de conforto."
Sei que ele fará muito mais do que isso. Vai ouvir o ditado das cartas em resposta, ainda que sejam dezenas e mais dezenas, irá inventar o afeto juntando alguma informação entre os companheiros para quem não receberá nada de casa. Irá recolher o medo e misturar com alguma mentira para que disso emerja a esperança. Antes o homem, depois a doutrina, é o que ele diz geralmente.
"Dom Nereo, sou eu, Amos."
A chegada do meu primo é surpreendente para ambos. Não o vejo há dias e ele parece-me ainda mais mudado, como se tivessem passado algumas vidas e ele tivesse vivido todas elas.

Dom Nereo põe a mão nos ombros dele. Pela forma como o observa, entendo que nunca o teria reconhecido.

"Amos, menino, te vejo bem! Quanto tempo se passou."

"Aqui o tempo parece estar parado, dom Nereo. Só passa quando começam as batalhas."

Dom Nereo aperta-o num abraço e Amos parece desaparecer.

"Você está se virando", diz.

"Ainda não combati, dom Nereo. O máximo que fiz foi levar a ordem do dia dos batalhões até o fronte. Meu serviço é construir."

"É uma coisa boa, é uma coisa boa."

Amos sorri um sorriso apagado. Dom Nereo busca nossos braços para caminhar, nos amparamos num dos flancos.

"Soube que lhes foi designado um capelão militar. Gostaria de encontrá-lo", diz.

Amos nos acompanha até onde surge a capela do Pal Piccolo. Será construída com suas próprias mãos, junto a outros pedreiros, com o método do *opus incertum*, como faziam os antigos romanos, explica, e irá construir um teto inclinado para quando a neve for intensa, da altura de um homem. Por um momento, reconheci em seu entusiasmo a paixão de quando era só um garoto.

Precisa-se de Deus nestas alturas. Mas eu não consigo vê-lo em meio às cruzes escuras plantadas no terreno. Nem eles o viram, então pensaram em construir um signo.

Só vejo três homens a avançar sobre a planície de túmulos, falam entre si como se não estivessem pisando sobre um exército de mortos — a sombra, ou talvez o futuro, daquele que respira na superfície. Reconheço dois deles e imagino quem seja o terceiro. Representam a cadeia que nestes tempos transforma um jovem em cadáver ou em sobrevivente: o capitão pede a seus soldados para matarem e não morrerem, o médico joga uma rodada com a morte e tenta arrancar dela os jovens, quando ela acha que já os levou, e o padre que os acompanha na última viagem, poucos palmos debaixo da terra, ou conforta-os na perda de um olho.

Chegam até nós, as mãos cruzadas por trás das costas, os chapéus de alpino com a pena movida pelo vento.

Dom Alberto Degano usa o uniforme e um pequeno crucifixo no peito, é um padre que em suas homilias prega o fim do conflito, mas também é um oficial do Exército Real e, pela sua patente, poderia ele mesmo ser chefe de comando, caso o capitão fosse ceifado. Tem um olhar límpido e combativo que olha direto na alma. É jovem, assim como todos os que podem ser sacrificados.

"Então é você quem quer construir uma pequena igreja nestes despenhadeiros", começa dizendo dom Nereo, esquadrinhando-o.

"E rezarei também a missa, entre um bombardeamento e um ataque", responde o outro.

Cada um com seu olho maior do que barriga, diria o meu pai, mas talvez consigam se entender por se verem um no outro.

Os apertos de mão e as apresentações me envolvem e me fazem sentir envergonhada. Este não é o meu lugar, apesar da gentileza de dom Alberto e do sorriso com o qual o doutor Janes me cumprimenta. Recuo um passo, mas minha retirada é atravessada por um corpo que não concede um escape. O capitão Colman não me olha, mas tenho certeza de que o faz de propósito.

"A capela também servirá para acolher os restos mortais dos combatentes, antes de serem sepultados", diz o médico. "Precisamos de um cemitério maior, aqui já não há lugar."

Dom Nereo viaja com o olhar sobre o largo.

"Caem feito espigas cortadas", murmura. "Pergunto-me se todos os campos da Itália irão tornar-se cemitérios."

O comandante se reclina sobre mim.

"Posso falar consigo?", ele pergunta. "Devo fazer-lhe um pedido." Sem aguardar, me afasta alguns passos dos demais.

"O senhor pode conversar com Lucia, ela..."

Ele não me deixa terminar.

"Tive a impressão de que suas companheiras confiam em suas palavras, ou não? Você fala bem. Pouco, mas com convicção."

"Não mais do que as outras."

"Sabe que não é verdade. A senhorita estudou?"

Uma pergunta inocente, dita pela sua boca, fere-me.

"Seria estranho para uma campesina, é o que o senhor dá por entender", murmuro.

"Não dou nada por entender, falo sempre de forma clara."

O comandante silencia e espera minha resposta, resistindo estoicamente ao meu mal-estar.

"Somente o necessário", convenço-me a dizer.

"Contudo, parece bem estudada."

"Eu leio."

Ele continua a estudar-me, reflexivo.

"Posso ir embora agora?"

"Devo mostrar-lhe algo."

Faz um gesto para que eu o siga, precedendo-me com rapidez pelos túneis. Das retaguardas até as trincheiras, perco-me num labirinto que aos poucos parece que conheço. No meu rosto, sopra o vento da altura que assobia entre os penhascos e os picos, o Pal descortina-se e rosna nos desfiladeiros com o sopro do abismo: estamos nos aproximando da linha do fronte. Ao passarmos, ouço o tilintar das espingardas e vejo mãos que se aproximam à terra. As defesas organizaram-se, homens armados até os dentes presidem o perímetro da última barragem depois da qual, além dos cavalos frísios[20] e da terra de ninguém, há o invasor.

As valas possuem escadas de pedra para proteger os pés do barro e aberturas para espiar o campo de batalha. O capitão sobe sobre o parapeito e entrega-me o seu binóculo de correia, convida-me para usá-lo. Encosto os olhos nas

---

20 Frísio (ou frisão), também chamado de friesian, é uma raça de cavalos de cor preta originária da Frísia.

lentes e o rosto na fenda e estremeço quando o fronte inimigo parece vir até mim, de repente tão próximo, quase como se eu pudesse roçá-lo. As trincheiras austríacas parecem estar a um braço de distância. Consigo ler as letras impressas nos sacos de areia, vejo uma fumaça fina levantar-se das chaminés improvisadas. Sigo uma sombra que termina intermitente entre as fissuras.

"Levante o olhar um palmo para cima, à direita. Nota algo?"

É só uma linha, mas é tão reta que revela sua origem antinatural entre as pedras.

"Sim, vejo-a."

O cano de uma espingarda surge de um barranco.

"É um território de guerra atravessado por fendas e relevos, os atiradores escolhidos são necessários para controlar todos os espaços desabitados", explica o comandante. "Disparam raramente, mas também são certeiros. Miram a cabeça com balas explosivas e ninguém escapa. São pacientes e sabem ler os sinais que uma caça semeia ao seu redor, sejam eles refletidos pelo metal de uma espingarda ou pelas breves chamas de um fósforo."

Reconheço nas descrições o pai que tive.

"Caçadores", murmuro.

Sei que está me olhando, mas não me viro. Continuo a encarar o posto avançado pela fissura, tão imóvel e, no entanto, letal.

"Sim, é provável que sejam todos caçadores de montanha", ele confirma. "Mas nós nos divertimos a chamá-los francisco-atiradores, em italiano *cecchini*."

"O que significa?"

"Filhos de *Cecco*: Francisco José, imperador da Áustria-Hungria."

Lembro-me de algumas vinhetas de sátira que nos jornais ridicularizavam o *Kaiser*, chamando-o com aquele nome sem nobreza. Devolvo o binóculo ao comandante, ainda que seja difícil interromper o contato visual com a outra bandeira: não é a parte escura especular a esta, não é o antro que se abre diante dos justos.

É só montanha, são só homens. Homens que têm fome, medo, saudade de casa e que precisam matar, assim como os nossos.

Não é natural estarem parados a poucos passos uns dos outros, compartilharem os mesmos sacrifícios e os mesmos sofrimentos. É preciso uma determinação sobre-humana para não ouvir o chamado de se reconhecer um no outro.

O capitão Colman cruza os braços sobre o parapeito de pedra solta, é sua vez de atacar o inimigo.

"Os francisco-atiradores não se encontram apenas aqui. Dominam tudo desde o começo do cume de Freikofel", ele murmura absorto. "Tiveram todo o tempo para tomar posição. De lá, eles têm amplos campos de tiro sobre as trilhas que ligam Pal Piccolo a Pal Grande e impedem qualquer tipo de movimento durante o dia. Controlam todo o espaço, exceto um grande canal deixado vazio: acidentado demais para que alguém tente fazer a subida."

É pela forma com que ele me olha que intuo a sua intenção.

"Conheço o grande canal do qual está falando", digo, e diante dos meus olhos forma-se a imagem de homens que, numa quietude, sobem a parede do precipício.

"Amanhã à noite teremos de caminhar sobre o veludo", continua, correndo atrás dos meus pensamentos. "Teremos de caminhar sobre estas montanhas assim como fazem vocês."

A queda dos seus olhos sobre os meus pés é eloquente.

"Pode nos ajudar?", pressiona-me, sem nem conceder um pouco de ar à minha surpresa.

"Para quantos dos seus homens?", consigo perguntar, mandando embora a confusão.

"Oitenta alpinos e um comandante."

São mais do que eu imaginava.

"Sim, podemos ajudá-los", respondo sem hesitação, e parece que o vejo sorrir, mas é uma centelha que só por um momento ilumina seu rosto.

"Nem contaram as horas de vigília às quais você e as outras mulheres estarão obrigadas", ele murmura.

"Não é assim. Eu o fiz. Parece até que sei fazer as contas."

Sua risada, dessa vez, explode límpida e ecoa no cânion que nos divide do inimigo. Imagino os *Kaiserjäger*[21] trepidando, posicionados do outro lado e recuperando o controle da mira, procurando a origem do som na sombra, desorientados pelo eco. Eu deveria temer por mim mesma, mas estou tranquila. Sei que o comandante levou em consideração cada detalhe, a surpresa e a confusão. Deu-se uma liberdade que ele sabe não poderá repetir.

Ele indica a vala que acabamos de atravessar e que daqui a pouco irei percorrer ao contrário, até voltar à vida.

"Batam continência quando voltarem", ele me intima. "Carregadoras, é como são chamadas. Consideram vocês uma divisão, e não estão errados. Acredito que seja a primeira vez na história de uma guerra."

Viro-me na direção dos homens agachados com suas espingardas entre as mãos.

Suas saudações respeitosas de até pouco tempo atrás não eram para o capitão.

Eram para mim. Para nós.

---

21 Em alemão, literalmente "caçadores do *Kaiser*". Os *Kaiserjäger* eram uma divisão da infantaria ligeira do Exército Imperial Austríaco, recrutada nos territórios alpinos do Império Austro--húngaro, sobretudo no Tirol. A denominação *Jäger* ("caçadores" em alemão) deriva da particular fidelidade sempre manifestada pela população tirolesa à figura do imperador austríaco; são considerados pelo soberano como sua guarda de defesa pessoal. [N. da T.]

XI

Naquelas montanhas, há anos não se viam lobos. Havia até quem dizia que nunca se aventuravam por lá, como se algo os empurrasse em direção aos bosques mais fechados da Eslavônia[22] ou em direção das profundezas da Caríntia.[23] Sem dúvida, este algo, nos últimos tempos, era a guerra que explodia sem trégua.

Contudo, enquanto caçava os inimigos pelos caminhos invisíveis aos olhos inexperientes, lá em cima, quase nas rochas, ele encontrava os vestígios. Restos de presas, excrementos, algumas pegadas. Numa noite passada em vigília nos desfiladeiros, quando a espingarda começava a pesar de forma insustentável nas mãos, após horas de imobilidade, e as pálpebras se fechavam, não obstante o esforço para deixá-las escancaradas, numa noite de silêncio em que a artilharia do inimigo tinha finalmente parado de ressoar, ele ouviu o chamado do lobo subindo pela encosta oposta. A pele arrepiou com violência. Aquele uivo parecia vir de um mundo já extinto, mas que, ao contrário, estava presente, escondido e feroz.

O lobo começou a segui-lo de longe nos últimos dias, sabia onde parava, em qual cavidade descansava: não o temia, mas o mapeava. Era

---
22 Região geográfica e histórica da Croácia Oriental. [N. da T.]
23 Estado da Áustria meridional. [N. da T.]

o soldado que invadia o território da besta. Ele também era uma besta, mas uma espécie ainda desconhecida de animal e por isso interessante, tinha em si o cheiro artificial da cordite[24] e o cheiro repulsivo do sangue dos seus semelhantes, em seu uniforme sujo de lama e musgo.

Mas talvez fosse só a imaginação doentia, uma fantasia alimentada pela solidão, pela meticulosa e monótona tarefa de que a divisão lhe encarregara e pela necessidade de se reconhecer num elemento da natureza para não se sentir monstruoso.

Não havia lobo nenhum. Ele era o lobo.

Não era só sua mente que gerava aquelas visões. Aconteciam fatos insólitos naquelas montanhas, naquele conflito, entre os caminhos de pedra que levavam até o topo das montanhas, como se o sangue sorvido pela terra houvesse embriagado a realidade. Acontecia de ver mulheres com saias longas subindo pelas encostas íngremes, ele as ouvia cantar, até lá em cima, onde ficava a linha do fronte, onde as bombas despencavam. Às vezes, quando estava a favor do vento em relação a elas, sentia o perfume de algodão lavado, dos mantimentos que carregavam em suas costas encurvadas, da lã trançada entre seus dedos.

---

24 Cordite é uma família de explosivos sem fumaça feita pela combinação de dois eficientes explosivos: nitrocelulose e nitroglicerina, isto é, um propelente de base dupla. A cordite é classificada como explosivo, mas é normalmente usada como um propelente para armas e foguetes.

O comandante não havia falado sobre isso, mas logo ele iria perguntar. Voltava raramente para o campo militar e, a essa altura, sentia-se um estranho, sua passagem por lá era rápida como a das patas selvagens sobre o pasto, para agarrar suprimentos e encher seu cantil e a bolsa para o pão.

Porém, quando olhava para si mesmo, só via as mãos. A terra do fronte penetrava sob suas unhas, desenhava meias-luas pretas, entrava em sua boca quando ele se jogava num buraco e quase a mordia. Alimentava-o como uma ama com seios ensanguentados e o preenchia até o coração.

Só o dedo no gatilho da espingarda o fazia lembrar o que realmente era.

Não, ele não era um lobo.

Era um atirador de elite.

Um caçador de outros seres humanos.

XII

Costuramos por horas, uma noite inteira, até esfolar as pontas dos nossos dedos e senti-las queimar contra a linha. Seguimos na luz do alvorecer até que o sol invadiu o celeiro através das treliças. Batizamos as camadas de tecido com o sangue dos nossos dedos e com a esperança dos nossos corações de mulher. Algumas cortaram pequenas medalhas com a efígie da Nossa Senhora nas solas e bordaram uma cruz minúscula e resplandecente do Cristo Redentor sobre o veludo preto.

Os *scarpetz* dos soldados foram feitos com nossas saias mais esplendorosas e preciosas. Ninguém quis que os garotos fossem para a batalha vestindo trapos e panos surrados.

Mais um dia passou e outra noite desceu no vale do Bût. Sentada no banco do lado de fora do correio, olho para o céu noturno e imagino as lutas furiosas no Freikofel.

O topo da montanha nos pertence, o capitão Colman e seus homens tomaram-no de volta subindo na escuridão das horas mais remotas, pelo barranco acidentado, transformado em rocha e silêncio, sombras fugidias e sinais. Com a ajuda de dois pelotões de apoio, apossaram-se dela e há um dia inteiro defendem a posição em alta quota contra as tentativas imperiais de retomá-la.

Não se ouvem os estouros dos canhões e isso me desinquieta: significa que a luta é corpo a corpo, feita de assaltos comandados pelos assobios perentórios dos oficiais, olhando olho no olho do inimigo, devorando a respiração do outro antes de subtraí-la, com gritos que nascem no estômago.

Fecho os olhos e aperto a mão de Viola. Nem ela tem coragem de largar esse banco e juntas mendigamos notícias que nunca aplacam nossa necessidade de saber se o inimigo recuou. As expedições deixam entender que o Exército Imperial teria se saído pior e que, finalmente, os italianos estão tremendo.

Mors tua vita mea.[25] O preço pago até aqui é um rio de sangue. O que sonhei no fim tornou-se realidade. A encosta que os nossos subiram de novo encheu-se de cadáveres, quase todos jovens húngaros, atingidos e caídos sobre as rochas como uma cascata de vidas ceifadas. Aquele trecho já foi batizado de o "pequeno vale dos mortos".

Dom Nereo saiu do correio, tem nas mãos uma mensagem telegrafada. Não diz uma palavra, mas o sorriso é comovido. Ao acenar com a cabeça, Viola irrompe num pranto de alívio nos meus braços.

Acabou, lá em cima. Estão a salvo. O topo do Freinkofel pode ser iluminado por pequenas chamas de noite para confortar as almas ainda trêmulas, da forma como os soldados aprenderam a fazer: caixas vazias, uma gota de óleo de sardinha e um pouco da gordura que sobrou da carne, um fio de uma meia como pavio e eis que

---

25 Locução latina de origem medieval: "A tua morte é a minha vida". [N. da T.]

a escuridão se retrai. Eu também levanto a lâmpada, levanto meu rosto para sentir o vento que sopra naquelas alturas, o mesmo respirado por aqueles homens.
 Vida, sussurra. Vida, pelo menos essa noite. Amos, o doutor Janes, o capitão. Dentro de mim, sinto que estão vivos.

XIII

Do fronte, uma carta para mim. Na sede das divisões de Paluzza, entregam-na em vez do cupom de alimentos. Seguro-a entre os dedos como se fosse possível cristalizar aquele momento no alvorecer iridescente que clareia o céu. Tenho medo das palavras impressas naquele papel, tenho medo de ler escrito o adeus de alguma outra pessoa. Afasto-me antes de abri-la, procuro uma proteção para esconder a dor, caso ela me subjugue. Quando abro a página, começo a ler pelo final: eu fazia assim até com as cartas dos meus irmãos, com a certeza de que o pior seja dito sempre nas últimas palavras, palavras de pesar, enquanto as primeiras e as do meio são sempre uma preparação cheia de compaixão para o golpe final. Começo pelo final e subo pelas frases como um peixe sobre a correnteza de um frio em que giram nomes e sentimentos. Capturo todos num rápido piscar de olhos e só quando minha rede está cheia é que volto para o começo e vou descendo. E finalmente volto a respirar.

Querida Agata,
Caso você tenha se perguntado, e sei que esse é o caso, aqui estamos todos bastante bem. Graças ao capitão Colman, as perdas foram limitadas e eu, no que pude, tentei ajudar a sorte. Deus e seus scarpetz *fizeram o resto. Trago os agradecimentos do comandante e de todos os soldados estacionados.*

Seu primo Amos manda saudações e pede que eu lhe diga que não há motivo para se preocupar: ele continua a esculpir pedras!
Retomamos nossos postos no Pal Piccolo, onde espero em breve receber a sua visita. A enfermaria está muito silenciosa e o fronte tornou-se um lugar desenxabido sem os sorrisos das carregadoras.
Sei que uma nova missão lhes será dada e que será uma missão pesada, mas tenho certeza de que ninguém mais teria a capacidade de levá-la a termo melhor do que as mulheres dessa terra. Há algo sagrado em sua compaixão.
Esperando revê-la, mando saudações, com gratidão.

Seu amigo, Doutor G. A. Janes

Lucia chegou até mim e sacudiu meu braço para arrancar-me do efeito entorpecente do alívio.
"Ouviu?", ela pergunta. "Hoje não vamos subir e talvez nem amanhã. Sabe-se lá por quanto tempo. Precisamos construir um cemitério."
Um cemitério? Nós?
Lucia desvia o olhar franzindo o rosto numa expressão que eu jamais havia visto. Onde eu só vejo as atividades militares habituais, ela parece ver uma sombra iminente, mas o que é que ainda pode acontecer que já não tenhamos enfrentado?

"A guerra", ela murmurou, como se isso explicasse tudo. "*Lottuns chann Vriin.*"²⁶ Ela diz que a guerra não nos dá paz. Mas nós podemos dar paz aos mortos, deve ter pensando alguém do alto-comando.
"Quando? E onde?", pergunto num sussurro.
"Imediatamente. Em Timau."

Construir um cemitério significa penetrar a terra, perfurar o primeiro ninho, escavar até expor o coração molhado. Quer dizer imergir as mãos e lavrar, arrancar raízes intumescidas de seiva. Não construir, mas atravessar, fazê-lo só com as mãos, com a alma despida de qualquer defesa diante do medo atávico de um dia preencher, precocemente demais, uma daquelas covas.

Covas, não capitéis nem arcos de mármore. Um campo retangular, uma paliçada a ser completada, e buracos escuros.

As mulheres de Timau são figuras reclinadas que peneiram o pó, limpam perímetros idênticos que se repetem até o horizonte e preparam jazigos sobre os quais chorar lágrimas nos lugares de mães e esposas distantes, para aquele sutil, porém inalterável, fio de carne e amor que as une à vida parida.

---

26 No original, frase em *tischlbongarisch*, língua germânica carinziana de Timau, da família dos dialetos bávaros meridionais, caracterizados por arcaísmos, numerosos empréstimos linguísticos italianos e friulanos e certos desvios fonéticos típicos dos bolsões linguísticos alemães ao sul dos Alpes em comparação com o alemão padrão, p.ex.: *Belt* em lugar de *Welt* ("mundo") e *Velt* em lugar de *Feld* ("campo"). O timavês ou tamauês possui ortografia própria, que descreve vários sons inexistentes, seja no italiano-padrão seja no alemão-padrão. [N. da T.]

Assim escavamos durante um dia inteiro e amanhã começaremos de novo.

Ao redor, voam asas pretas que dispersam sombras, planam bicos de corvo que revistam em busca de vermes.

Logo mais, essa terra será um enxame. Esperem, feras, esperem e serão saciadas.

Levando meu olhar, Viola está onde a deixei há horas: ajoelhada, imóvel, olhando as montanhas. Ainda não completou a sua primeira tumba, mas olha para o fronte como se esperasse a qualquer momento a chegada de um corpo para acomodar. Me perturba, me dá medo. Tenho medo. Temo que a mente não suporte — a sua, a minha, a nossa — que nunca mais seja possível voltar atrás e que o preto acabe por tingir todas as outras cores.

Dou vida a um canto, uma litania em voz baixa na língua da minha mãe, que preenche a minha garganta e intumesce os meus lábios. Estrofes antigas ganham vida como um beco sem saída na noite mais escura.

Só percebo os passos ao meu redor quando os sapatos, cobertos de leve pela poeira, se detêm sob o meu olhar. Não são *scarpetz* e também não são tamancos.

"Agata?"

Continuo cantando. Não quero que o silêncio volte a esse vale de covas, quero preenchê-lo de vida enquanto puder, enquanto o faz de conta se segurar sobre as pernas frágeis da minha obstinação.

"Agata, me ouça. Tenho um conselho importante para lhe dar."

Giuseppe é um notável desse vilarejo. Ele e meu pai estão ligados por terem sido cuidados pela mesma babá. A amizade nasceu na época em que ainda usavam fraldas, mas depois o destino os fez tomar caminhos distintos: bem-estar e miséria, saúde e doença.

No final, o silêncio vence e decido olhá-lo.

"Fui para você como um segundo pai, não é?", ele pergunta.

Mas um pai pode chegar somente nos momentos de festa? Um homem pode esquecer do seu irmão quando ele perde a capacidade de estar no mundo? Eu acho que não. Minha mudez parece deixá-lo nervoso. Bate com o chapéu numa perna. Um fio de pó se levanta, ele abaixa o tom de voz.

"Digo isso porque para mim você é como a filha que eu nunca tive, Agata. Alguém começou a fazer futrico sobre os seus irmãos. Desertores, dizem, e seu nome também acompanha, com frequência, certas palavras. Não tem ninguém que possa protegê-la."

"Qual é o seu conselho?", pergunto.

Giuseppe coloca novamente o chapéu, mas à essa altura já não consegue mais esconder nada de si.

"Encontre um marido, junte-se com alguém acima de qualquer suspeita. Se retire você mesma da dúvida", diz quase como uma ordem.

Remexo longamente os meus pensamentos, a ponto de vê-lo tremer de impaciência.

"Não sobraram muitos jovens", digo, enfim, sem nem piscar, afinar para não me deixar cegar por suas palavras.

Giuseppe desvia o olhar, afasta-o de forma repentina como se, por imprudência, tivesse uma brasa quente nas mãos.

"Tem alguém", ele sussurra. "Não precisa procurar tão longe."

Ah, sei bem que não é preciso dar uma volta ao mundo para encontrar o homem que Giuseppe tem em mente.

Evito o constrangimento despindo meu olhar e voltando para o trabalho.

"E se fosse eu o filho homem que você nunca teve?", pergunto, batendo uma grande pedra sobre a outra. "Você teria dado o mesmo conselho?" O terceiro golpe é seco, quebro a pedra e Giuseppe estremece. "Não me ofenda", lhe digo. "Não fale nunca mais como se meu pai estivesse morto."

Finalmente, a máscara cai e Giuseppe mostra o que realmente é: um homem vazio que se veste com os caprichos dos outros, mais poderosos do que ele, que, apesar disso, têm ainda mais fome de dominar.

Não é Giuseppe quem fala nesse momento. Francesco escolheu a ausência, mas paira sobre mim feito uma nuvem, ensombrece o dia e tem sabor de chuva, talvez de lágrimas — as que não vou deixar brotar. Sinto-me vibrar mesmo sem mexer um só músculo, sinto-me arder ainda que o vento seja fresco. Dentro de mim abriu-se uma fenda de carne viva que gostaria de devorá-lo.

"Você não ficou sabendo", digo. "Eu subo até o fronte transportando munições sob o fogo do inimigo. De quem você acha que eu preciso?"

"Não me sentirei responsável caso lhe acontecer alguma coisa." Giuseppe suspira e ainda tem o anseio na garganta enquanto seus passos se afastam e eu já não enxergo as pontas dos seus sapatos. Foge, Giuseppe, agarre o pudor que lhe sobrou e fuja bem longe dessa vergonha.

Sinto um abraço, Caterina reclina-se sobre mim. Os cabelos grisalhos formam um novelo fino de fios de ouro. Quando ela roça em minhas mãos, percebo que estão sujas e seguram na altura do ventre a metade de uma pedra.

"Você está bem?", ela pergunta.

"Sim."

"O sol está se pondo, vem."

A luz se deita sobre o mundo e vai delineando em relevo, encrespa o terreno e o tempo, mas eu continuo a encarar os veios minerais que mancham o coração da rocha, uma cruz preta.

"Parece um agouro", digo.

Caterina apoia seu rosto no meu.

"O que não seria um agouro, nestes tempos?"

Há séculos, nestes campos, depunham-se sementes, agora lavramos para acolher os mortos.

E então por que a terra está semeada com flores e eu canto?

Por que o sol continua a aquecer, as estações continuam a alternar-se e as mães continuam parindo seus filhos sob as constelações cintilantes? É a vida, tão intimamente ligada à morte a ponto de ser indistinguível.

O medo do homem, nesse imenso mistério, é pouco mais do que um grão de pó que dança no escuro do universo.

XIV

"Não há mais espaço, como posso dizê-lo?"

O capitão Colman teima no hábito que mais detesto, mas que agora faz com que ele me seja familiar.

"O senhor pode se virar?", pergunto, paciente.

"Não mudaria a resposta."

"Mas faria do senhor um cavalheiro."

Ele me dá essa satisfação, ainda que o tempo que me é dado seja só um lampejo antes que comece a se ocupar de outras questões. "Ou vocês fazem ou não fazem, Agata. Não tem outro jeito de colocar essa questão. Se lhes parece um pedido insustentável, digam e não pensamos mais no assunto. Ninguém irá obrigá-las, mas não me façam perder tempo."

"O senhor bem sabe que nenhuma de nós irá recusar", insisto.

"E é isso que é intolerável para a senhorita."

"O que é intolerável, comandante, é que, embora o senhor o saiba, não tenha recuado na intenção de pedi-lo."

Ele para de controlar os documentos. Não quero saber o que está escrito naqueles telegramas, quais ordens irão provocar noites insones para estes homens.

"Já estamos combatendo uma guerra, por que quer começar mais uma comigo?", ele pergunta, os dedos manchados de tinta colocados sobre a mesa.

"Não era essa minha intenção."

"Então eu não consigo entender."

"Não encontro outras palavras para explicar."

Levanta-se.

"Contudo, parece que nunca lhe faltam as palavras."

"Pelo contrário. Faltam até demais, acredite." Ele dá uma volta ao redor da mesa e interrompe o raio de sol que por um momento lhe devolve a juventude que a guerra arrancou a todos.

"Tem razão, é um pedido terrível e não me orgulho dele", diz, abrindo os braços. "Tive que tomar muitas decisões discutíveis desde que estou aqui e esta nem seria a pior. Todos os dias mando garotos de vinte anos para a morte, Agata. *Isso* sim é insustentável."

Ele os manda para a morte e nos pede para recolhê-los.

Hoje entendi que a nova missão à qual se referia o doutor Janes na carta não era construir um cemitério, mas preenchê-lo.

Sinto os ombros cederem, ainda que me esforce para mantê-los eretos.

"Eu só queria..."

"O quê?"

"Um pouco mais..."

"*O quê?* Pelo amor de Deus, Agata. Diga e alivie o meu e o seu pensamento."

"Eu gostaria que nos fosse demonstrada um pouco mais de consideração, capitão Colman."

Ele arregala os olhos.
"Vocês já têm", ele reafirma.
Não consigo olhar para ele. Não sei o porquê, mas de repente aquilo que sempre pude ser não me basta mais.
O comandante limpa a garganta.
"Caso esteja se perguntando, eu comi aquela meia batata", ele diz.
Não levanto os olhos que miram a ponta das suas botas. Elas dão mais um passo adiante.
"Teve de ser o suficiente para o dia seguinte, e para todo o tempo em que me perguntei como é que vocês conseguem. Vocês são mulheres com uma força insuspeita."
"A força parece ser o nosso fado", respondo abruptamente.
"Não estou falando só de força física, Agata, mas da determinação, da audácia, do valor. Vocês não são diferentes dos meus melhores oficiais ocupados na primeira linha de combate e, se de vez em quando pareço brusco, é porque não faço distinção alguma entre vocês e eles."
Levanto o olhar.
"Iguais?"
Sorri.
"Muitas vezes melhores."
Concordo.
"Que pelo menos não nos entreguem os corpos dos poucos que conhecemos", peço. "E que os outros fiquem escondidos à nossa vista."
O comandante retomou seu lugar atrás dos papéis.

"Será feito como quiserem", garante, e diz como se um vínculo nos unisse, como se fôssemos corpos da mesma engrenagem, partes que rangem e se empurram, na aparência, um contra o outro, mas que, na verdade, geram o movimento que leva as defesas a resistirem e as covas a serem preenchidas. Giramos porque não podemos fazer de outra maneira. Giramos porque, dentro de nós, em algum rincão que não queremos explorar, há um redemoinho, igual e ao contrário, a necessidade de que as coisas sejam feitas. É difícil admitir que é possível encontrar um propósito na tragédia.

Nos despedimos com um gesto e um olhar pudico sobre as coisas da vida nas quais nos reconhecemos.

Fora do comando, a barraca que ainda hospeda a secretaria da companhia militar agita-se ao vento como a vela de um barco. Nunca vi o mar, mas imagino que a sensação de isolamento que se experimenta nessas alturas não seja tão distante da que o oceano provoca. As montanhas são transatlânticos gigantes em rota de colisão na linha da fronteira. Como num navio, aqui é preciso aprender a se bastar, domesticar as necessidades, terminar a própria tarefa cotidiana para que a dos outros não seja feita em vão.

Ainda não encontrei o doutor Janes, mas o entrevi por um momento ao caminhar por trás de uma maca. Dois soldados o escoltavam, um deles segurava uma bandeira branca nas mãos. Aperto o passo e chamo-o, mas o grupo passa com rapidez até se enterrarem nas trincheiras.

"Aonde vão?", perguntei para Caterina tão logo cheguei até as outras. Elas também estão olhando o ponto em que a procissão desapareceu.

"Foram trocar um austríaco por um italiano", ela responde, a mão pressionando o abdômen desde manhã. "O médico disse que é uma prática comum, que não devemos nos preocupar."

Uma vida por outra, uma troca em terra de ninguém. Deus está ausente e o homem tenta, do jeito que consegue, ocupar seu lugar.

"Você deveria pedir uma consulta ao doutor Janes", digo-lhe.

"E para que serviria?", ela suspira. "Eu sei o que há no meu fígado. Sei chamar com um nome, já levou meu pai."

"Talvez devesse poupar-se do cansaço das subidas, Caterina".

"E ficar em casa esperando? Não."

É uma mulher sozinha. Nela vejo o meu futuro.

"As batatas estão prontas?", pergunto.

"A casca está quase saindo. Faltam poucos dias."

"Vou ajudar a colher", prometo.

Só agora percebo o homem montado sobre os barris. É o único, exceto nós, que não veste o uniforme e os cabelos brancos se destacam no meio de tantos soldados jovens. Tem um rolinho de couro sobre os joelhos e um pequeno carvão entre os dedos pretos. De vez em quando, levanta o olhar em nossa direção.

"É um pintor", sussurra Lucia, virando-se de costas. "E não faz nada além de olhar para cá."

"Um pintor?"

"É, ele vem de Veneza, ficará aqui por duas semanas, para conhecer a vida no fronte. Foi chamado pelo comandante."

"Colman? E por que raios?"

"Ele encomendou um quadro para a capela."

Não tenho tempo para reagir à notícia de um ânimo tão polivalente escondido em algum lugar dentro do comandante porque um cabo nos chama com um assobio. É hora de ir, mas, ao contrário do normal, nenhuma de nós demonstra entusiasmo pela ideia de começar a descer.

O carregamento do cabaz até parece feito de penas, os soldados garantiram não agravar o peso com nada a mais do que as macas que transportaremos em pares até o hospital de campanha de Paluzza. Não haverá urgência em nossos passos, pois não há nenhuma respiração aquecendo os cobertores. Nenhum canto hoje, só a reza do terço. Maria começou a dedilhar as contas. Ela irá levar as cartas do comando que serão recebidas no lugar de filhos e maridos nas famílias destinatárias.

O capelão militar já benzeu os corpos. As gotas de água santa desabrocharam como flores plúmbeas sobre os tecidos e misturaram-se com a chuva que começa a cair. Por enquanto é fina, mas para o oeste as nuvens estão carregadas.

Eu e Viola somos as últimas, ela espera o seu atirador. Enquanto o horizonte crepita novamente, eu imploro para irmos.

"Mais um minutinho, só mais um", ela sussurra, o olhar encarando o buraco escuro da trincheira.

"O temporal está chegando."

"Guglielmo vai chegar. Eu não vou embora daqui sem vê-lo."

Pulsa nela uma necessidade desesperada de viver. Entre nós, a liteira acolhe um embrulho de cobertores e cordas que já havia sido um soldado. Tão próximas à morte, não pedimos nada mais do que algum reflexo de um futuro possível.

Me resigno a esperar, enquanto Viola reza o nome dele em sua prece, cada vez mais feroz, como o vento que sopra, dá nó nos cabelos, traz a tempestade. Levanto o rosto em direção ao céu e uma gota fria cai em minha testa. Sobre nós brilham relâmpagos que provocam vertigens. É um catavento com sílabas cortadas. Ouço a badalada de um sino distante, talvez seja só o batimento do meu coração no meu flanco que se tornou uma caverna.

"Viola", chamo-a.

Sua boca continua invocando aquele nome sem trégua, mas o buraco permanece escuro.

Os trovões continuavam a ressoar, tão perto que posso senti-los arranhando a minha pele. Agarro-a pelo pulso e estou prestes a arrancá-la dali quando ele finalmente ressurge, abrindo caminho por entre os mesmos uniformes. O artilheiro alcança Viola e entrega-lhe uma trouxa de roupas para ferver, juntamente com um pedido urgente: "Trazes-me amanhã outra bomba de obus?".

Os lábios de Viola tremem.
"Mais nada?", ela consegue perguntar.
Alguém o chama e o jovem se despede sem nem responder.
Sinto pena dela, sinto pena por cada filhote de esperança que morrerá de fome.
"Estou bem", ela diz, quando toco em seu ombro.
"Pronta?", pergunto.
Ela parece finalmente acordar.
"Nunca estarei", ela responde, e seu olhar despenca atravessando a liteira.
Damos uma volta ao redor, as saias se roçam. Agitadas pela nortada, iluminadas pelos relâmpagos, chamamos a tempestade e cheiramos a erva e a floresta.
Levantamos a liteira. Então é isso que sobra de um garoto, um peso que desfaz qualquer intenção de ignorá-lo, que faz tremer nossos passos e nos faz reclinar para baixo, como se nos pedisse para acolhê-lo em nossos braços.
Vou levá-lo para baixo, penso. Vou levá-lo embora daqui e colocá-lo na terra. Nasceu de um ventre e voltará para outro ventre, frio e escuro.
O grupo nos deixou para trás, só Maria nos esperava pelo caminho. Continua rezando, move os lábios em silêncio, velozes, e no gris purulento da tempestade inquieta-me. Inquieta-me como começou a olhar para essas montanhas nos últimos dias, como se visse coisas se mexendo, mas não tem coragem de contá-lo. Quando era criança, sua avó beijava seus olhos e dizia que eram sagrados. Acho que agora entendi o porquê.

Maria, você os enxerga. Enxerga como se ainda estivessem vivos. O céu chora violência. Em poucos momentos as roupas estão ensopadas, o tilintar da parede d'água recobre todos os outros barulhos, enquanto a rocha parece rachar-se e novas crateras surgem com um ruído alarmante. A terra treme, tamanho é o ímpeto que recai sobre ela.

Movemo-nos pela queda-d'água, os pés escorregando, as mãos apertadas. Os cabelos são uma rede gotejando diante dos olhos e o frio se expande dentro de nós.

Os tecidos molhados decalcam o perfil de um homem, ele tornou-se evidente, e começo a sentir a presença que emerge do casulo como se a morte fosse somente outra forma de vida. Ele fala comigo com seu coração mudo, com o peito imóvel, pressiona o meu. É um eco ao contrário, que chama para si todas as respirações do mundo, até a minha.

"Agata!"

O grito de Viola me pega com um pé já no abismo. O caminho está desmoronando e eu junto com ele. Sinto o vazio, o vento que me golpeia, os dedos agarrados na liteira. Ouço Viola gritar mais alto, um apoio sob os pés, o desespero que leva a tentar. O apoio segura e consigo me levantar, enquanto o carregamento escorrega um pouco mais para baixo. Viola roga que Maria nos ajude, mas ela nem está olhando para nós. Olha para *ele*.

Não vou, penso. Não vou descer com você. Mas o rapaz é forte com a gravidade, com a inclinação que o dota de uma força oposta à nossa, e nós perdemos o equilíbrio.

"Agata!" Viola chama-me mais uma vez. Olhos nos olhos, reconhecemos uma na outra o lado selvagem que nos leva a largar a presa e deixá-la cair. Dentro de mim eu o vejo cair, lentamente, como caem as coisas imersas na água. Um mergulho nas fendas, o afrouxamento de todos os laços apertados por um sentido de dever. E sei que Viola também está vendo a cena com sua imaginação. É só um corpo, estamos nos dizendo.

Mas aquele jeito de nos olharmos também recobra com prepotência nossa humanidade e a loba que vibra em nós, para sobreviver, entoca-se uivando. Dessa vez perdeu o confronto.

Com o último esforço desesperado apertamos os dentes e levantamos o peso, num deslizamento de pedras e lama, o arrancamos do abismo com um golpe de lombar que nos faz gritar. Rastejamos para longe do precipício, arrastando-o como conseguimos, e só quando temos a certeza de que o chão por baixo de nós vai aguentar é que nos abandonamos deitadas, nossas bocas escancaradas à procura de ar e a encher-se de chuva.

Maria para de rezar. Deus está cada vez mais distante.

XV

A tempestade assobiava nas ravinas, era uma sinfonia furiosa. Reconhecia todos os instrumentos perfeitamente afinados com a natureza: os arcos feitos de ramos, com primeiros e segundos violinos, violoncelos e contrabaixos, cheios de folhagem. Em certos momentos de aparente calmaria, as flautas transversais emergiam das correntezas que varriam o desfiladeiro, mas o som assumia rapidamente os tons graves das trompas e do oboé. Depois, a percussão, batia com o vento em rajadas intermitentes sobre as rochas.

Pensou em seu pai, que, como admirador de Vivaldi, teria reconhecido o início do Verão.

Era a recordação de uma vida anterior, de outra existência. Viena e os confortos modernos eram luzes mais distantes do que as estrelas, mas ele esfregava as mãos sobre uma chama precária, ao abrigo de uma lona esticada entre encostas de um penhasco, como um selvagem.

Sempre tivera um coração selvagem e um temperamento que o colocara repetidamente em apuros na sociedade refinada e antiquada de onde provinha, mas que também o salvara naqueles dias de guerra. A medida das coisas e dos sentimentos havia mudado. O essencial mantinha-se. Até mesmo sua família parecia estar longe de seu coração, perguntando-se continuamente se seria possível recuperar aquele ardor no final da guerra.

Limpou a colher suja de ração entre os lábios e espelhou-se na cavidade opaca demais: não reconhecia a si próprio nem à herança da linhagem que o havia gerado. Sua avó havia sido uma princesa e ele era agora apenas uma cara pintada de lama, unhas pretas e pouco mais. Fazia parte da "juventude de ferro", mas sentia-se velho. O quartel tinha-o domesticado e forjado para ser um herói, mas ele só conseguia se sentir um sobrevivente.

Jogou a cumbuca de metal e apagou da sua mente a imagem do rapaz que havia sido. Já não valia a pena pensar nisso. Procurou outra imagem no bolso interior do casaco, uma visão de um futuro diferente: era um postal com as bordas amarrotadas, mostrando o contorno de um transatlântico. Ao longo das coordenadas em que tinha sido dobrado e redobrado, ranhuras brancas tinham gradualmente corroído os pormenores do desenho, mas a composição ainda continha a promessa de uma aventura grandiosa. Passou um dedo sobre o papel, que estava tão úmido que parecia pele. Aquela viagem poderia ter sido um novo começo onde o sangue derramado não o teria alcançado: teria se espalhado no oceano, se diluído e se misturado em ondas tão altas como palácios, até desaparecer. Agora, até esse projeto de vida lhe parecia insensato e vazio. O fronte transformava indivíduos em pelotões, meninos despreocupados em soldados rudes e cruéis. Ismar havia visto matar e havia matado. Aqueles mortos estavam pendurados nele como medalhas sem glória; temia que nem mesmo no fim da guerra fosse capaz de se livrar deles.

Tira do bolso do peito um presente que um sargento polonês lhe ofereceu. Era um homem de bigode comprido e de uma fé inabalável. Uma noite, tinha colocado um pequeno crucifixo entre seus dedos.

"Há dias que o observo", disse só isso, quando o olhou de forma interrogativa.

Chamava-se Karol, tinha visto nele o abismo mais negro.

Um ruído arrancou-o dos seus pensamentos. Ficou alerta, com a espingarda na mão e as costas suadas contra a rocha. Com uma bota, apagou o fogo e esperou na escuridão. Havia sido pouco mais do que uma queda de cascalho sobre a sua cabeça, mas a vida selvagem tinha-o habituado ao que era natural e ao que não era. Até mesmo o rolar de uma pedra pela encosta podia dizer muitas coisas sobre a sua origem.

Ficou parado durante muito tempo, como o predador que era, mas, para além da ira de Deus, nada parecia pisar aqueles caminhos.

Com a arma no ombro e a faca numa das mãos, subiu até à boca da fenda. O arame que tinha esticado entre as pedras estava na mesma posição. Observou a chuva, ouviu o uivo da montanha. Não havia nada lá fora além do vento e da água. Voltou à toca, tapou a entrada, mas não voltou a acender o fogo.

Naquela sombra profunda, por um momento, pensou ter ouvido o grito de uma mulher.

XVI

Ao chegar ao vale, nos deixamos enxugar pelo sol, os xales enrolados na cintura, os cabelos soltos. A tempestade agora era só um chapéu de nuvens em turbina ao redor do Pal Piccolo, mas havia deixado uma rede de arranhões sobre meus braços. Voltamos para o calor do fundo do vale, onde os bandos de pássaros ainda são os donos do céu. A luz está ofuscante, os campos perfumados. Volto à vida como Perséfone durante a primavera, abandono o reino dos mortos até a próxima descida ao Hades, que para mim será a subida.

Tão próximas à casa, o peso da liteira tornou-se leve, as palavras atrofiadas tornaram-se conversa.

Costeando o córrego, encontramos crianças brincando de correr umas atrás das outras, passando por respingos luminosos. A vitalidade delas me preenche, sinto-a dançar sobre a pele numa ciranda infantil. As crianças nos circundam brincando de cavaleiros descalços, com folhas em vez de espadas e um cão sem orelhas como único corcel. Jogo rapidamente meu xale sobre a liteira para não adivinharem o carregamento e deixo que nos escoltem até o vilarejo. Entre eles também encontra-se Pietro, sentado com os pés balançando sobre a pequena ponte.

"E a tua mãe?", pergunto.

Ele levanta os olhos do livro que está lendo. Reconheço o romance que lhe emprestei antes que começasse a guerra.

"Ela também passou com uma maca, mas não foi em direção ao hospital."

Ele olha para a liteira, mas não nos pergunta o que estamos transportando. Levanta-se e nos acompanha.

"Está gostando do livro?", pergunto.

Levanta os ombros.

"É legal."

"Mas...?"

Chuta um seixo pelo caminho.

"Francesco diz que eu não deveria perder tempo estudando, que assim eu não ajudo minha mãe", confessa.

Ao ouvir aquele nome, Viola nem se vira. Penso que seja um bom sinal.

"Sério? O que é que você deveria fazer, segundo ele?", pergunto, refreando a irritação.

"Ocupar-me, trabalhar. Mas eu que disse que só leio quando terminei todos os meus deveres!"

"Não dê ouvidos a ele. Entendeu?"

Faz que sim com a cabeça, mas parece estar abatido. Tenho que falar com ele novamente assim que possível.

Em Paluzza, os soldados afastam as crianças com um ar bem-humorado e pedem a medalha de condecoração do rapaz. Viola guardou-a no bolso do avental e a entregou sem olhar para ela. Dizem-nos para ir à casa do padre, onde vamos nos juntar às outras. Algumas já partiram, outras vão a pé para casa.

Encostamos a maca, nossas costas estalam após tantas horas de tensão.

"Eu ficaria, mas as crianças estão me esperando", nos diz Lucia, com os olhos mareados. "Preparei dois."
O carinho que coloca sobre o meu rosto e o de Viola é um encorajamento que não entendo, mas Viola parece compreender perfeitamente. Vejo-a mover a cabeça enquanto aperta o xale, já quase seco.
"Eu não vou conseguir", ela sussurra, e as palavras ressoam como um pedido de perdão enquanto passa ao meu lado sem me encarar.
Lucia hesita, é difícil para ela ir embora e eu gostaria de lhe dizer que deveria parar de sentir que somos todos seus filhos, que isso dói e a consome.
"Se conseguir, volto mais tarde", ela promete antes de nos deixar.
No pôr do sol claro do verão, me vejo sozinha com um morto em frente à igreja. Na torre da igreja, as gralhas disputam a presa com as suas asas pretas e sedosas.
"Pelo menos você, hein, não me abandone."
Viro-me em tempo para ver a preocupação de dom Nereo mascarar-se de sorriso.
"Agora não consigo", respondo.
Sua risada era uma lembrança distante deste lugar.
"Força, vamos levar esse pobre cristão pra dentro."
Na casa, uma mesa nos espera. Está livre, há um lençol colocado por cima, como um sudário, uma bacia cheia d'água e um tecido já ume-

decido. Não há outros corpos, imagino que já estejam esperando em frente ao altar.

Acomodamos a liteira. Soltamos as amarras, enrolamos os cobertores até os quadris. Não mais para baixo, porque seria inútil demorar-se com o olhar. Não o despimos, não teríamos outra roupa para vesti-lo e, no fundo, é justo que ele seja enterrado com o uniforme que honrou.

Abro as laterais e descubro seu rosto. Como é jovem! Queria consolá-lo e aquecer sua palidez.

"Ele pode sentir, se você o acariciar."

Olho para dom Nereo.

"Não, acho que não, padre."

"E você como pode saber?"

Sinto uma sobrancelha saltar para cima.

"Ninguém voltou para contar", respondo.

"Vergonha, vergonha, vergonha. Você sempre foi uma devota rebelde."

Na sua voz, há o orgulho de um pai postiço. Por fim, acaricio-o, preciso tocar nesse rapaz cuja vida o deixou. Enquanto dom Nereo lhe penteia o cabelo de lado, lavo-lhe as mãos e o rosto com o pano embebido em água da nascente. Finjo não reparar nos caminhos claros que as lágrimas abriram nas suas maçãs do rosto. Limpo-as, entrego-o serenamente ao paraíso.

Você teve medo? Sussurra meu coração. Já não tem mais o que temer.

Sofreu? Você agora foi liberado da dor.

Não está sozinho. Nós vamos acompanhá-lo.

Arrumamos seu uniforme, colocamos em ordem suas mãos, trançando os dedos. O chapéu com a pena é colocado sobre o peito.

"Pode ir embora, se quiser", dom Nereo me diz.

Não, não vou embora. Levamos esse jovem até seus companheiros sob o crucifixo de alguns séculos, assisto à benção e digo uma prece, ainda que sejam outras as palavras que gostaria de dizer a Deus. Mastigo-as em silêncio, engulo-as de olhos fechados. O cheiro de incenso, de velas e do passado encobre o cheiro da morte.

Até o crepúsculo, é um trabalho moderado de pás e cordas, um ir e vir curvo da igreja para o cemitério. Por fim, a noite chega com o roxo dos cardos depositados sobre a terra solta dos túmulos.

Tenho a impressão de que eu também enterrei algo de mim no fundo dessas covas. Algo de mim que já não respira.

XVII

Preencho as mãos com os músculos do meu pai. Aliso-os, estico-os e comprimo-os. Parecem cintilar por causa do unguento, mas é um engano que dura o tempo de secagem. Se pressiono um pouco mais, sinto o osso. Há muito tempo passaram os dias em que o seu corpo dominava estas florestas, vibrando golpes que derrubavam abetos centenários. Talvez sejam apenas um sonho os dias em que, feliz, ele me balançava pendurada em seu braço.

Não posso deixar de pensar que os músculos invisíveis que nos sustentam não são assim tão diferentes dos músculos de carne. Crescem conosco, disparam para dar saltos de vontade própria e são torneados pelo esforço da dor. Podem ser rasgados, e eu senti esse rasgo hoje mais do que nunca.

Visto o meu pai com os gestos consumados de um ritual. Ele cheira a criança e eu conduzo-o pela mão em direção a uma nova vida, cada dia um passo. A minha mãe costumava dizer: o nascimento e a morte pertencem às mulheres.

Estendo os braços dele sobre as almofadas, crio um círculo no qual me abrigo e fecho-os à minha volta. Conforta-me encontrar a voz do seu coração inalterada: é um pulsar borbulhante de vida. O seu peito ainda é um ninho quente.

"Fiz coisas que jamais teria imaginado", confesso.

"Vi o que é morrer pelas mãos de outra pessoa."

Passo a sua mão pelos meus cabelos e espero por um conforto que não vem.

Aprendi nos livros que a realidade é a nossa própria interpretação pessoal dos fatos. Tecemos incessantemente um tecido sobre as pessoas e as coisas, organizamos as suas dobras com juízos de valor ou as criamos com as dúvidas. Tecemos e cosemos, juntando com os pensamentos o nosso pequeno mundo no qual dizemos, a nós mesmos, quem somos e quem são os outros, mas o ponto de vista de uma personagem nunca é confiável por definição, mesmo que seja o do protagonista da história.

Por isso, é mais fácil aceitar a impressão que me sugere o silêncio inevitável do meu pai: a de ser a antecâmara de uma revelação — a minha revelação. O seu silêncio desafia-me a pronunciar as palavras que guardei para mim, quase como se ele estivesse decidido a não voltar a dirigir-me as suas até aquele momento.

Mais uma vez, estou narrando, contudo, aceito esse pacto como se fosse meu pai a contraparte, e não eu mesma.

Diga-o, Agata, e talvez esta noite a consciência não lhe bata à porta do sono, não esfole sua vontade de esquecer ao ponto de a despedaçar, ao ponto de tecer as gavinhas do remorso para construir gaiolas.

"Vi jovens destroçados pelas bombas", sussurro. "Do outro lado das trincheiras, deve ser a mesma coisa. Enterro garotos destroçados, pai." Aperto-lhe a mão com força na minha. "Eu também os matei um pouco."

XVIII

A dor me acorda. As têmporas pulsam, um quadril encosta-se à cabeceira da cama; adormeço na cadeira, debruçada sobre o meu pai. Ele dorme com uma expressão serena, mas precisa ser limpo.

É dia, a descoberta me faz disparar e sentar, os olhos pegajosos de sono, tão inchados que os sinto pesados. Desde que não sou mais uma criança, antecipo-me ao alvorecer.

Alguém bate à porta. Reconheço a veemência e voz estridente que vocifera vitupérios.

Corro para abrir. A velha osteopata me encara com os olhos leitosos como se soubesse exatamente onde cruzar o meu olhar.

"Seu pai morreu, finalmente?", ela pergunta.

"Não!"

"E então por que é que ainda estou aqui fora esperando?"

"Peço desculpas, eu estava exausta."

Ela entra arrastando a sua saia cheia de agulhas de pinheiro. Espalha no ar um cheiro de cachimbo fumado assim que acordou: não com tabaco, mas com folhas de nozes e genciana em pó, uso que virou comum no vale. Um saquinho com remédios está pendurado num dos flancos do quadril, garrafinhas que chacoalham a cada passo contra a bengala.

"Eu me canso de vir aqui todas as manhãs para tratar quem não pode ser curado", ela reclama.

Apresso-me em colocar os *scarpetz*.
"Suas mãos preciosas, preciso movê-lo. Não tive tempo de lavá-lo", digo.
Ela se detém. De costas, parece um embrulho preto, e na trama do xale há minúsculas penas presas, sua bárbula[27] clara cintila como se tivesse vida própria. A velha osteopata emite um som com os lábios, algo que nunca consegui decifrar: um estalo que termina com uma aspiração.
"Vai custar cinco liras a mais", anuncia.
"Cinco liras? Não tenho cinco liras!"
"Oh, não venha mendigar comigo, espertinha. Claro que você tem."
Dou uma volta ao redor dela, procuro o rosto enrugado. Quero que saiba de onde vem minha voz.
"Preciso da sua ajuda, só dessa vez."
"E você terá a minha ajuda. Por cinco liras a mais."
Suspiro.
"A água está na bacia sobre a mesa. Esquente-a, não a use fria. Você sabe como fazer, conhece esta casa." Por cinco liras a mais, posso até dar ordens. Coloco nas suas mãos as roupas limpas, ela as deixa cair. "Hoje vão pagar minha viagem e, na volta, você receberá o seu dinheiro."
Ela me fez chegar até a porta. Quando as dobradiças rangem, o seu sorriso é uma agitação de ossos velhos e pulmões danificados que vai crescendo pouco a pouco.

---

27 Cada um dos filamentos muito finos que unem as barbas das penas umas às outras.

"Temo que nenhuma de vocês irá subir hoje", ela ri. "E domingo os sinos vão tocar ao morto."[28]

"O que quer dizer?"

Mantenho meu olhar fixo nos poucos dentes que restaram à curandeira: abrem e fecham e logo soltam uma calamidade que sai daquele antro que fede feito um túmulo. Com as fuças, ela parece seguir algo no ar, até mim.

"Vocês não sente?", ela sussurra, segurando uma mão junto à orelha. "Não está ouvindo os gritos de Viola?"

Olho do lado de fora.

"Corra, Agata! Corra, mas ainda assim chegará tarde."

Logo deixo sua risada para trás, tanta é a pressa que agita minhas pernas. Jogo-me pela rua que desce em direção à casa de Viola e diante da paliçada me seguro para não cair. Sua mãe está na horta.

"E Viola?", pergunto, sem fôlego.

"Ela foi chamá-la quando ainda estava escuro", respondeu, "mas depois desceu sozinha para Paluzza. O que houve com você?".

Corro numa velocidade vertiginosa até Paluzza e vejo a praça no maior rebuliço. Finalmente ouço os gritos: não são de Viola, mas de uma mulher que parece me reconhecer. Arranca-se os cabelos, ajoelhada sobre o pó. Aproximo-me às mulheres que a circundam e nem tentam consolá-la. Não é preciso perguntar.

---

[28] Particular referência aos usos dos sinos para culto: *tocam na missa, no sermão, nas Vésperas, na Glória, na Festa, no Morto.*

"Perdeu o último filho que tinha. Pisou numa mina terrestre, no Carso."

"Giulio?", pergunto.

"Ele mesmo. Não terá nem o corpo de volta."

Éramos colegas de escola, Giulio e eu. Só agora vejo a carta no colo da sua mãe, é a cena contrária de uma anunciação. Gostaria de dizer-lhe pelo menos uma palavra, mas não consigo, o pudor me detém. A dor é um ato íntimo que impõe solidão, é um cumprimento de uma cesura que requer passagens lentas. Às vezes, toda uma existência. O xale da minha mãe ficara preso no ramo da pereira, por semanas, antes que meu pai encontrasse coragem para encarar o seu perfume.

Ele ficara preso ao amor, ao "antes", sabendo que não haveria mais um "depois", não para eles dois juntos.

A mãe enlutada agarra minha mão com violência. Encara o chão, a voz é dura como se viesse daquele lugar.

"Eu perdi um filho. Tem quem perdeu um noivo. No final somos iguais: ventres vazios."

Então ouço Viola. Reconheço o lamento com que ela me chama. Solto os dedos que gostariam de despejar a própria dor enfiando as unhas na existência dos outros. Sigo o queixume até a enfermaria número oitenta e oito, bem quando Caterina está saindo. Me vê e abana a cabeça, sobe uma mão para cobrir sua boca. Seus olhos saltam das órbitas.

"O que aconteceu?", pergunto.

Chega Lucia e responde por ela.

"Uma missão durante a madrugada", ela diz. "Uma matança."
"No Pal Piccolo?"
"Sim. Hoje não vamos subir."
"Onde está Viola?"

Abro espaço entre o ir e vir das loterias e carrinhos de remédios, entre essas novas mulheres-anjos vestidas de branco a que chamam de enfermeiras. Vejo-as caminhar rápidas e desaparecer atrás de biombos, falam com os médicos e confortam os parentes. Li nos jornais sobre o veto colocado pela Igreja sobre sua presença nos hospitais de campanha: muitos homens nus oferecidos aos seus olhares. Mas estes tempos não são pudicos e até o Pai Nosso já teve que fazer as contas com o acúmulo de mortos e feridos que a guerra gerou. Essas mulheres são necessárias aqui onde estão.

Deixo-me guiar pelo cheiro de sangue, o lamento de Viola parou. Quando a encontro por trás de uma divisória, tenho vontade de me virar e ir embora.

"Viola, vamos embora", forço-me a dizer.

Como Caterina, eu também levo a mão sobre a boca. Com a outra, procuro o ombro de Viola e puxo-a até mim.

"Deixe-o", insisto, quando ela começa a resistir.

Aqueles olhos opacos eu só vi em quem já havia morrido, mas ela respira, segura com força o que sobrou do seu atirador.

Se ficar por aqui, ela irá enlouquecer. Solto o que junta os dois, sem conceder nada à piedade nem à repulsa, coloco meus dedos entre eles, levo-a para longe, ignoro o grito feroz que incha sua garganta e suas veias. É para mim, esse grito. Uma advertência para não os separar.

Lutamos até que Lucia e Caterina me ajudam a carregá-la para fora do pequeno hospital, então ela se debate entre meus braços e começa a chorar. Nino-a, encho-a de beijos e palavras que, tenho certeza, ela nem está ouvindo.

Da praça sua mãe e seu pai a chamam, assustados. Devem ter descido para o vilarejo logo atrás de mim.

Quando chegam até nós, deixo Viola em seus abraços e afasto-me com uma tontura. O equilíbrio rompeu-se novamente. A energia vital de Viola alimentava a minha.

"Agata!"

Amos corre até mim e logo vejo sua mochila cheia que dança a cada passo.

Meu primo me abraça.

"Que sorte a encontrar", ele diz ofegante. "Estou partindo, só tenho tempo para um abraço."

"Fui mandado para o Carso, aceitaram meu pedido de transferência", ele diz. "Vou combater."

Gostaria de lhe perguntar o que ele acha que fez até aquele momento.

"E quem ficará aqui?", pergunto.

"Mandarei notícias", promete. "Faremos história, Agata."

Olho minhas mãos.

"A história é um conto que se escreve com sangue", observo, triste.

Amos percebe o que suja meus dedos e abaixa o tom de voz.

"Não é tempo de pensar no indivíduo. Fique bem."

"Espere!"

"Seja rápida."

"O que aconteceu esta noite no Pal Piccolo?"

Ele olha ao seu redor, cauteloso, mas ninguém está nos observando.

"Um oficial encontrou um trecho de trincheira desabitada, durante uma inspeção, bem onde as linhas inimigas estão mais próximas das italianas."

"Desabitada? Você quer dizer abandonada?"

Amos quase cospe a palavra.

"*Traição*. Traíram, Agata. Treze passaram para o lado do inimigo. A notícia foi telegrafada imediatamente aos comandos superiores, os desertores foram identificados e condenados à revelia pelo Tribunal Militar de Guerra. Sabe o que isso significa?"

Digo que não com a cabeça.

"Se colocarem os pés na Itália, eles serão fuzilados."

Ao dizê-lo, agarra com força a espingarda. Penso de novo em tudo que vi no pequeno hospital.

"E os jovens mortos despedaçados?"

Amos pesca uma bituca de cigarro do bolso e coloca-a entre os lábios.

"O capitão Colman teve que reabilitar a honra da companhia", sussurra. "Não havia outro jeito, ou teria se desfeito pelo gesto vergonhoso de poucos."

Seguro seu braço.

"O que ele fez?", pergunto.

"Montou um esquadrão da morte e retomou o monte no qual os austríacos acolheram os desertores. Com explosivos, armados com obuses *Bettica*[29] e tenaz."[30]

O esquadrão da morte. Sei o que é: um punhado de soldados que, rastejando na noite em direção às linhas inimigas, cortam o arame farpado e esgueiram-se para a retaguarda, carregados de explosivos. Soldados voluntários, porque a maioria deles explode com as trincheiras inimigas. Eles marcham para o suicídio.

"Preciso ir", diz Amos. "Nos vemos no final da guerra, ou pense em mim feliz, no paraíso."

Recebo seu beijo e vejo-o indo embora em direção ao fim com um entusiasmo extraviado de um garotinho.

Atravesso a praça sem sentir mais nada, sou uma taça esvaziada que logo irá se preencher com único estado de alma que aqui flui com abundância: o desespero. Na boca, uma só palavra remexe silenciosa: honra. Provoca-me raiva.

---

29 Armamento criado para ser utilizado contra campos e cercas de arame farpado.

30 Instrumento de metal composto de duas hastes unidas por um eixo, cujas extremidades, de forma variável, servem para agarrar e/ou arrancar um objeto.

Assim, quando eu o reconheço entre seus homens, sério e frio como sempre o vi, minhas pernas cobrem a distância sem que eu as comande.
"O que é a honra?", pergunto, quase gritando.
Todos se viram, o doutor Janes apaga seu sorriso como faria com um toco de cigarro.
Mas ele, o capitão Colman, não me concede nenhuma reação.
"O que é a honra?", pergunto de novo, e levanto as palmas da mão em direção a ele. É um sinal de rendição a uma lógica masculina que eu não compreendo, ou talvez seja um ataque. O sangue secou, está escurecendo, mas alguém como o comandante poderia identificá-lo até no escuro, digo a mim mesma.
"O que é a honra?", repito, e desta vez é um chiado.
"Para você, parece ser uma coisa maligna", ele observa.
"Não estou questionando a mim mesma."
"Tem certeza?"
"Você os mandou ao massacre para resgatar o orgulho que havia perdido!"
Fico em silêncio, de repente arredia em acrescentar qualquer palavra a mais. Mas a reação violenta que eu esperava não chega. O capitão Colman retira um cigarro da manga e o acende. A mão direita está enfaixada de qualquer jeito. É a primeira vez que o vejo fumar. Dá tragos profundos e, quando responde, o faz com autoridade em sua voz.

"A senhorita me pergunta sobre a honra como se não a conhecesse", ele diz.
"É isso mesmo. Não a reconheço no que vejo."
"Não reconheceria então um ente querido só porque a expressão do seu rosto mudou?"
"Não reconheceria se sua expressão fosse feroz, e não orgulhosa. Colocaria em dúvida sua identidade."
Perscruta-me por entre as pálpebras semicerradas.
"Chorou esta noite?", ele pergunta.
"Não existe honra em resguardar o próprio orgulho sacrificando a vida de outros."
"Sim, a senhorita chorou. E muito, observando como seus olhos estão inchados."
"Você me ouviu?"
Ele sopra a fumaça e talvez também a raiva. Expele-as, para não chegarem através das suas palavras.
"Orgulho... já é a segunda vez que o cita. Não sei o que fazer dele na trincheira. A senhorita fala daquilo que não conhece, não conhece as razões da guerra."
"E há razões?"
"Muitas, para dizer a verdade."
"Por exemplo?"
"Uma só? Vou contentá-la. Pense que um punhado de soldados tenha desertado sua companhia e decida juntar-se ao inimigo. Pensará que a lama jogada sobre os próprios companheiros e sobre o comandante seja só figurada. Entende?"

Faço que sim com a cabeça.

"Pois bem, não é bem assim, Agata. Aquela lama é verdadeira, é tão verdadeira que mancha até quem ficou fiel ao seu próprio lugar. Mancha de dúvida, e a dúvida é perigosa. Na guerra, há que se confiar nos próprios homens e nos próprios companheiros como se fossem pais e irmãos. É uma cadeia de sobrevivência. Respeito, confiança, valor: não são palavras."

Ele faz um gesto vago com a mão, como se recolocasse em movimento a história que começou a contar e então continua:

"Se o Supremo Comando começou a duvidar da fidelidade dos soldados que permaneceram, o comandante sabe quais poderiam ser as consequências: o desfazer-se da companhia por motivos de desonra, o envio dos seus homens para outros frontes, separados, marcados por uma vergonha indelével que irá isolá-los e expô-los a riscos mais graves. Ninguém irá proteger suas costas."

Começo a entender aonde quer chegar, mas deixo que ele termine.

"Então, o comandante sabe o que é preciso ser feito. Veja bem, Agata: é preciso. Segue-se adiante e se dá uma prova tangível do amor à pátria, porque o destino dos que sobrarem dependerá de como os superiores irão julgar a missão. Alguns não irão voltar e, por mais que isso possa ser incompreensível, por mais que possa parecer brutal, aqueles mortos irão ajudar os demais a seguirem adiante."

O cigarro acabou. O capitão Colman observa por um momento a brasa diminuir, depois lança-a ao longe. Com ela, foi embora também a minha raiva.

"Agora então me diga o que é a honra", peço-lhe.

Ele suspira, depois esboça um sorriso.

"Quando tudo está perdido, a honra é a única moeda de troca que sobra ao homem para que ele se sinta reconhecido como tal e não como um infame. É a única possibilidade que ele tem de não acabar diante de um pelotão de fuzilamento."

"O senhor não é um idealista."

Ele ri.

"Sou, mas a guerra, infelizmente, tende a nos tornar pragmáticos." Ele abaixa os olhos em direção às minhas mãos e volta a ficar sério. "Sinto muito pelos homens que foram mortos, sinto muito pela perda que sofreu a sua amiga, mas a verdade é que o sangue que está em seus dedos foi benzido, é o salvo-conduto para a vida dos demais."

Penso que se deveria falar com pudor sobre sacrifício, se não se está entre os primeiros a ir adiante, depois noto algo insólito no seu uniforme.

"O senhor estava com eles", digo, sentindo de repente a boca seca.

Ele olha para o seu peito, como se só naquele momento tivesse notado a placa de metal que o protege. Solta as alças e as deixa cair. Por um momento, cai por terra até a máscara de compostura por trás da qual ele está sempre protegido. Consigo perceber seu desconforto.

"O senhor quer saber o que é a honra?", pergunto-lhe.

"Diga."

"Um capitão que não abandona nunca os seus homens, nem na batalha, nem na lembrança."

Ele vira o rosto para as montanhas.

"Não os esquecerei jamais."

Eu sei.

O silêncio que permitimos invadir a distância entre nós é reconfortante, é paz, finalmente. Depois, o capitão volta a si, recolhe a placa e coloca-a sob o braço.

"Chegou o momento de subir novamente", ele diz, a voz outra vez possante. "De volta aos postos de combate."

"Amanhã chegaremos até vocês."

Ele parece querer acrescentar uma palavra, mas no final toca o chapéu, faz um gesto de saudação e vai embora.

XIX

O estrondo da explosão o acordara assustado. A montanha se abriu e rapidamente se fechou. Às vezes, ela parecia viva, gorgolejava como uma criatura que havia sobrevivido a épocas longínquas.

Da sua posição, havia visto a linha do fronte arder em chamas violentas pela passagem de terra que se estendia em direção às linhas do inimigo: uma beirada de terra com poucas dezenas de metros dividia os dos exércitos. Os italianos atacaram de madrugada, vingaram-se com uma ação insensata e audaciosa, fruto do temperamento pelo qual eram conhecidos: um povo latino, de humores variáveis, fácil de excitar e de desanimar diante de um inimigo frio e determinado, mas capaz de se recuperar da forma mais inesperada. A resistência que demonstraram ao cansaço era impressionante, assim como a forma fantasiosa de interpretar a disciplina. Eram imprevisíveis e, por isso, perigosos.

Eram temidos até mesmo pelos Kaiserjäger. Até ele, depois daquela noite, passara a considerá-los de outra forma.

Seus superiores haviam ensinado a ele tudo o que ele sabia sobre a arte da guerra, ele havia aprendido que um exército é um organismo vivo, fruto de uma obra coletiva imensa realizada ao longo de várias gerações. Era a expressão do povo e da nação que o havia gerado. O exército italiano era uma criatura jovem, sem a tradição militar, o treinamento e os arsenais que o Império possuía, era filho de uma nação subdesenvolvida e atravessada por divisões internas. No papel, não podia fazer nada. Contudo, não recuava um só passo naquelas montanhas. Algo da grandiosidade das legiões da antiga Roma estava latente dentro daqueles homens.

O que ele havia visto naquela noite o acompanharia para o resto da guerra, ou talvez até depois dela.

Com a ajuda da escuridão, cobertos pelo assobio da nortada, os italianos escorregaram até embaixo das linhas do inimigo e, a custo de graves perdas, conseguiram explodi-las. O comandante que os guiava ficou até o final, tanto que ele mesmo tinha tido tempo de colocá-lo na mira, avaliar a distância, a ação de distorção provocada pelo vento e até calcular o melhor momento para puxar o gatilho. No entanto, alguma coisa o distraiu de última hora. Aquele homem erguera o olhar em sua direção, através do visor pelo qual o observava. O italiano estava circundado de chamas, iluminado, perfeitamente visível. Olhava-o. Sabia que ele estava ali, à espreita, na rocha que domina a esplanada, porém, somente o brilho das estrelas refletido no metal da espingarda poderia ter denunciado a sua presença.

Mas naquela noite não havia estrelas e ele era um ponto preto numa folha da mesma cor. Significava que o italiano o estudava havia muito tempo, certamente até o cair da noite daquele dia.

Num certo momento, o italiano pegou a espingarda e apontou para ele.
Uma ação insensata que o deixou confuso. Nunca poderia vê-lo, muito menos acertá-lo.
Até que entendeu: o comandante italiano não o estava desafiando, mas dando tempo aos seus homens para entrarem pela retaguarda.
Haviam ensinado a ele tudo a respeito da guerra e seu pai muita coisa a respeito da caça, mas ele nunca havia se defrontado com algo assim, um comportamento tão distante da índole animal, do instinto de sobrevivência.
Quando ele era garoto, seu pai o levara consigo numa caçada sem armas. Para sua surpresa, o homem respondeu rindo discretamente:
"Hoje vamos observar, Ismar. Escolheremos a presa. Mantenha os olhos e as orelhas bem abertos."
Seguimos as pegadas de um grupo de cinco corças até a arena que os animais haviam escolhido para as lutas de disputa durante a temporada de acasalamento. Eram animais orgulhosos e poderosos, vimos como saltavam de forma impressionante entre as rochas molhadas. Num certo momento, um grupo virou-se, voltou atrás sobre seus passos, rejeitando o último da fila. Seu pai apontou imediatamente para o exemplar caído, um escuro, aparentemente era diferente dos outros.
"É a nossa presa, o mais fraco", ele disse. "A alcateia elegeu-o como dispensável. Se um lobo atacar, ninguém correrá em sua defesa. Ele já está condenado. É a natureza, Ismar."

E Ismar aprendeu cedo que o valor daquela lei estendia-se para além das fronteiras da floresta.

Mas não ali, não naquelas montanhas, no clã do comandante italiano que estava diante dele como um guerreiro invicto.

Ismar baixou a espingarda, sufocado.

O italiano olhou-o ainda mais um momento, depois desapareceu entre os rios de fogo, como uma visão. Fechara a fila. Nenhum ferido ficara para trás, nenhum dos seus mortos havia sido abandonado.

XX

Passaram algumas semanas, as montanhas são pirâmides iridescentes. Não há nada de triste nas folhas que caem no outono: as árvores cedem à terra o supérfluo e preparam-se para o longo sono invernal, mas antes enfeitam-se de púrpura e do ouro de um cardeal. É uma despedida vívida que antecede o último bocejo.

Mas quando caem brotos, aí é doença.

É o que está acontecendo, nossas crianças estão morrendo, ressecando as famílias do vale. Nunca perdemos tantas como agora, há mães chorando até a morte de três. Só posso tentar imaginar o eco gritante de um ventre cujo futuro foi ceifado.

Acho que estar sozinha é uma benção, não há nada de mais obsceno do que enterrar os próprios filhos. As crianças caem não com o disparo de uma espingarda, mas pela doença que acompanha a guerra, derramando uma saliva infectada, e como a legião dos demônios, tem muitos nomes: fome, pobreza, febres que devoram por dentro, privações. E mais fome.

Muitas daquelas mulheres enlutadas juntaram-se na subida, chamaram filhas sobreviventes que não têm nem treze anos e avós com os olhos ressequidos, da fronteira do passo do monte Croce até o inteiro caminho do Bût e do Degano, até o Vale Canale e mais para cima, no vilarejo de Dogna.

É como se a morte houvesse nos chamado às armas para defender a vida. Não podemos esperar, nem confiar na esperança. Às vezes penso que somos nós a esperança.

E somos muitas. Duas mil mulheres, dizem. Um batalhão.

XXI

"Agata, *anin*."

Mãos revistam-me o sono. Escancaro os olhos na escuridão. A noite uiva, o vento dobra as velhas tábuas mantidas juntas por pregos centenários.

É a voz de Viola que me acorda, ou talvez a da minha consciência. Queria responder a ambas. No meio da palha do estábulo, cercada pelo cheiro de cabras magras que por enquanto foram poupadas pela miséria, procuro os tamancos[31] às cegas. As chagas doem quando os calço, num gesto que já é natural.

O ar sabe a gelo, o inverno bate às portas com antecedência. Mordo os lábios rachados pelos ventos das alturas, num silêncio com gosto de sangue.

Anin. Vamos. Aperto o xale.

Anin. Outra subida. Uma outra escalada de horas com a umidade que tortura os ossos, a lã das meias pinicando, o frio que abre brechas dolorosas na pele e o peso extenuante do cabaz. O medo dos atiradores austríacos, que infestam como demônios brancos as extensões geladas do Vale do Inferno até Malpasso, não é nada quando comparado às avalanches.

Pergunto-me se, no final das contas, sou algo além desse fantasma, de uma carregadora.

"Você dormiu aqui?", Viola indaga.

---

[31] Tamancos confeccionados com sola de madeira maciça e parte superior em couro fixada com grandes tachas de ferro. A sola é reforçada com pregos enormes.

Não lhe digo que os animais estavam agitados, que às vezes sinto conforto na presença deles, na relação que há entre mãe e filho feita de proximidade e torpor. Viola também é um fantasma, olha-me como se, na verdade, eu não a enxergasse, não sente nada além da necessidade de voltar todos os dias para o lugar onde foi feliz. Há quem diga tê-la visto subir pelas encostas do Pal também à noite, com uma vela nas mãos.

"Precisamos ir, dom Nereo nos convocou para uma reunião", ela diz.

"Já raiou o dia?"

"Não, ainda é madrugada."

Só agora ouço os sinos tocando furiosos. Não é canto de júbilo. Levanto-me rapidamente.

"O que está acontecendo?"

"Encontraram na mochila de um oficial inimigo um plano de ataque para as primeiras horas da manhã. As trincheiras estão vazias, faltam homens e armas. Nós iremos para lá. O vilarejo inteiro está despertando."

Paro.

"Para ir para a batalha?"

"Ou nós subimos ou os austríacos descem."

Queria ver seu queixo tremer, sentir o ruído de algo que se despedaça, mas, agora, tudo nela é maciço, tão firme que faz com que eu a perceba irremediavelmente distante. Viola acredita ter perdido tudo o que tinha algum valor para ela.

"Rápido, mais tarde você pensa em seu pai."

Ela me empurra para fora, fecha a porta do estábulo. Consigo me soltar dela e dou uma olhada no fundo da casa: a horta foi arrancada. A presença que começou a atordoar as minhas noites torna-se cada vez mais violenta, tangível. Tão próxima que pode me ferir.

Viola também percebe o estrago.

"Que animal...", ela começa a dizer, mas depois nota o portão fechado e a paliçada intacta. Balança a cabeça, incrédula. "Não foi um animal."

"Depende de como você define um animal", digo. "Para mim, é."

"Quem é o infame?"

"Francesco."

No passado teria jurado vingança, teria corrido até seu pai exigindo-a em meu nome. Hoje, fica em silêncio.

Em Paluzza, nos juntamos às demais e a alguns velhos que ainda estão de pé.

"Crianças não", sussurro, olhando ao meu redor.

"Só farão um pedaço da subida, depois continuarão sozinhos", Lucia me conforta.

Seus filhos também estão lá e cada um carrega alguma coisa nos braços. Os sinos pararam de tocar e dom Nereo desceu até a praça para coordenar as colunas de carregadoras e carregadores que logo irão começar a subir pelas trilhas escuras.

"Rápido, por favor. Sejam rápidos", ele repete, passando entre os que esperam para receber um carregamento e outros que já estão prontos para subirem até o fronte.

Meus dentes estão batendo, penso que o cansaço irá nos aquecer, porém, quando finalmente começamos o trajeto, percebo que o barulho não para. Pelo menos o hábito dos passos acalma os pensamentos, até as crianças estão mais mansas.

Subo com o rosto voltado para as estrelas. Quando criança, eu tinha certeza de que podia ouvir a voz delas nas noites mais frias, procurava capturar os seus estalos com o ouvido atento. Fogo azul que arde nas faíscas de cristal, era assim que as imaginava, mas há tempo elas estão mudas e todo o meu esforço para voltar a ser criança é inútil.

Contudo, não preciso imaginar o gelo: ele nos circunda, mina os passos de quem não calça *dalminis*[32] com pregos, agarra-se nas beiras dos vestidos e espeta a pele descoberta. Quando chegamos à metade da encosta, ele paira na névoa e abre sulcos entre os pulmões.

Silenciamos a respiração ofegante para não sermos ouvidos e seguramos nas mãos as pedras daqueles que as deixaram deslizar incautamente ao caminharem à nossa frente. Sob nossos pés, elas são brancas como ossos, parecem crânios rolando.

Lembro-me de versos decorados sob a perseverança pujante da minha mãe: *Guarda come*

---
[32] Tipo de tamanco usado na região.

passi: va sì, che tu non calchi con le piante le teste de' fratei miseri lassi.[33]

Dante avançava sobre o Cócito[34] com o mesmo cuidado que nós: o lago com aparência vítrea prendia os homens na sua transparência, alimentado por rios infernais e gelado pelo vento das asas de Lúcifer.

Imagino meus irmãos como dois danados presos sob os pés do poeta, tão próximos um do outro que até seus cabelos se misturam, retorcem os pescoços para me olharem e dos seus olhos jorram lágrimas que solidificam imediatamente, os olhos fechados para a vida. Se estivessem mortos, os encontraria entre a Caína[35] da bacia infernal, onde estão os traidores da família, e a Antenora, com os jovens desertores que entre estas montanhas davam as costas à pátria.

Minha mãe tinha razão: os livros falam da humanidade e para a humanidade, homem e história se reconhecem neles e correm um atrás do outro, não importando há quanto tempo foram escritos. São imortais.

---
33 "Cuida de teus passos: não vás pisar aí com teu calcante os crânios dos irmãos míseros lassos", Dante Alighieri, *Inferno*. Tradução: Maurício Santana Dias, Emanuel França de Brito e Pedro Falleiros Heise. São Paulo: Companhia das Letras, 2021; canto XXXII, versos 19-21, p. 439). [N. da T.]

34 *A Divina Comédia* de Dante Alighieri envolve tradições gregas e católicas, na primeira parte da obra (*Inferno*): o rio Cócito é um rio de gelo no 9º Círculo do Inferno, onde estão os traidores, nesse rio estão quatro esferas por onde eles se distribuem, e é inclusive a morada de Lúcifer.

35 Em *A Divina Comédia* de Dante Alighieri, Caína é a primeira das quatro divisões (Cócito) do 9º Círculo onde são punidos os traidores de parentes.

A despedida das crianças é dolorosa. Não irão voltar para suas casas, ficarão à espera do nosso retorno no escuro, ou irão fugir para os bosques, em caso de derrota. Agora nos é claro o que deixamos para trás, o que move nossa necessidade de defender as margens desta nação até tornar-nos parte dela.

Olho para trás e vejo fios de tochas que se agarram à montanha como guirlandas. Somos muitos e estamos armados, mas será que vamos conseguir ir ao encontro da morte com coragem?

Há tempo me perguntei o que seria a valentia, agora pergunto-me se ela pode bater nesses peitos miseráveis, ou se o instinto de sobrevivência vai se sair melhor e nos fará fugir.

Ao chegarmos ao topo da montanha, apagamos as tochas nas pedras úmidas, mas o caminho continua no escuro. A neblina densa reflete cada pequena centelha até roubar à noite uma luz intensa azulzinha.

No fronte, emergimos da fuligem, fantasmas encharcados e mais assustados do que os vivos. Os vigias apontam as espingardas em nossa direção antes de nos reconhecer.

"Viemos para juntarmo-nos a vocês", anuncia dom Nereo.

Apoiamos os cabazes e as bolsas, o tilintar das armas ali contidas dissipa qualquer dúvida sobre a nossa intenção, mas a incredulidade permanece.

"O que vocês estão carregando?"

"Espingardas e braços para atirar. Vamos, não percam tempo."

Dom Nereo começa a esvaziar os cabazes. Os soldados ajudam e as armas passam de mão em mão pela retaguarda das primeiras linhas de combate. Alguém chega com o carrinho de mão e carrega os projéteis.

"Sua generosidade é comovente." O doutor Janes chegou pelas minhas costas. "Corri assim que fiquei sabendo."

"Não é generosidade", respondo, esforçando-me para sorrir. "Lá embaixo estão nossas famílias."

"Vocês não são pessoas que ficam à espera."

"Nem vocês", observo, notando que ele está vestindo o uniforme e está sujo de lama.

"As trincheiras tinham que ser reforçadas e agora é o turno da enfermeira. Mas vou dar uma limpada e voltar a fazer o que, todos esperam, eu faço de melhor."

Terá de fazê-lo por horas, por dias inteiros, depois da batalha. E sabe-se lá por quanto tempo.

"Não ficará para me ajudar com uma palavra de apoio?", pergunto.

"Ajudá-la? Suspeito que não seja você quem passará por dificuldade." Ele pega a minha mão, aproxima-a dos seus lábios e se despede com uma saudação respeitosa. "Imagino o que vão pedir ao comandante, mas eu não sei se consigo suportar vê-la ferida. Me perdoe."

Fazem um sinal para deixarmos tudo. Um oficial que muitas vezes subiu conosco nos últimos tempos reconhece Lucia e fala com ela em particular.

"Deus os abençoe, mas agora vocês precisam descer. A batalha vai começar."

"Estamos aqui para ajudar", repete Lucia, baixando o lenço sobre os ombros, descobrindo a cabeça. "Dê-nos uma espingarda."

Cada gesto está congelado nas suas últimas palavras.

"Lucia, vocês são velhos e mulheres... Voltem para suas casas, antes que comece o fim do mundo."

"Até agora, as mulheres os ajudaram a resistir e os velhos conseguiram chegar até aqui: vão conseguir também apertar o gatilho, não acha?"

O alpino parece estar em dificuldade diante do sorriso calmo de Lucia, quase como se tivesse se certificado com as mãos da sua verdadeira consistência.

Abre-se o círculo ao nosso redor, o capitão Colman faz caminho entre seus homens. Ele também está sujo, o rosto marcado de preto.

O oficial que falou mais cedo aponta para Lucia.

"Capitão Colman, as mulheres se oferecem para combater, mas esta aqui tem filhos."

Levanto os olhos para o céu.

"Quase todas têm filhos, santo Deus, e não desde hoje."

O comandante me percebe.

"Agata Primus."

"Capitão."

"O perigo...", insiste o soldado, mas ambos o ignoramos.

"Lucia deixou seus filhos nesta montanha para estar aqui e defendê-los", aviso, "e assim fizeram as outras. Não venham nos falar de perigo, ou de coragem. Não ousem".

O capitão Colman dispensou o oficial com um gesto.

"Quantas são?", ele pergunta, seguindo com o olhar uma longa fila.

"Não contamos. Todo o vale respondeu à chamada. Tem também alguns homens."

"Estou vendo."

Ele não faz nenhum comentário sobre o porte deles.

"Somos muitas, comandante. Querem mesmo que vamos embora?"

Ele dá alguns passos.

"O inimigo soube que a linha está momentaneamente sem recursos", diz em voz alta, para que todos possam ouvir. "Atacará com força para ocupá-la e o fronte irá arder. É agora ou nunca mais, está pensando."

"Está pensando mal. Já não está sem meios a linha", responde Lucia.

"*O fronte irá arder*", ele repete.

"Estamos prontos", responde dom Nereo.

Colman apoia uma mão no ombro de dom Nereo.

"Padre, o senhor deveria confortar as almas, não as incitar."

"É agora ou nunca também para nós", ele retruca.

"Só queremos protegê-los, Agata."

"E então deixem que façamos o mesmo."

Ele acena com a cabeça. Agora está diante de mim.

"As mulheres nunca fizeram parte do exército porque os homens não estão prontos para vê-las morrer."

"Está errado. Os homens estão prontos para matá-las. Nem todos os soldados são movidos por um espírito de cavalheirismo. O senhor sabe bem como terminam as invasões..."

Treme-lhe um músculo no rosto devido à força com que cerra o maxilar.

"Sabem atirar?", ele pergunta.

"A maioria de nós, sim", certifica-se Viola. "Somos filhas e esposas de caçadores há muitas gerações. Limpamos e montamos espingardas desde que éramos crianças. As demais podem aprender rapidamente."

"Disparar não significa atingir."

"Com essa neblina, ninguém pode ter certeza nem mesmo olhando pela mira!", respondo com sinceridade. "Mas se nos unirmos a vocês, o fronte de fogo será unido e imponente. O que fizemos até agora de tão diferente das suas missões?"

Fico em silêncio, não era o que eu queria dizer, mas é o que sinto.

Os olhos do comandante disparam sobre meu rosto. Eu não abaixo os meus.

"Capitão Colman, ou depois de tudo isso nos avalia como dignas para estar ao seu lado, ou..."

"Nunca foi uma questão de serem dignas ou não, Agata. Este lugar é de vocês por direito, você sabe. E não serei eu a dizer o contrário."

"Então faça o que deve ser feito."

Pergunto-me se algum de nós ainda consegue respirar, tamanha é a tensão.

O comandante estende uma das mãos e pede para que eu lhe entregue uma espingarda. Coloca-a nas minhas mãos, mas não solta.

"O peso dessa guerra se move das suas costas aos seus braços", ele diz. "Vocês conseguem aguentar?", pergunta.

A pergunta esconde outra. Penso nas crianças assustadas que esperam a volta das mães, penso em meu pai, nos outros doentes abandonados, nos animais indefesos. Podemos salvar tudo isso, podemos até manter se for necessário.

"Sim, conseguimos", é a minha resposta.

Ele solta a presa.

"Mulheres no fronte", sussurra. "Que seja, então. Como nós. Iguais a nós."

Permaneço encarando a capa, enquanto ele entrega aos seus homens novas ordens, me detenho no sorriso que o vi esconder, nas últimas palavras ditas, eco de uma conversa que tivemos e que o capitão não esqueceu.

Viola desenrola a bandeira que costurou nos últimos dias. Vejo-a subir numa encosta, ajudada por um soldado, e levantá-la ao lado daquela rasgada pelos ventos e pelas granadas. A oriente brilham as luzes das tochas: fogos de campo num posto avançado fajuto, para confundir o inimigo.

O comandante vira-se para me chamar.

"Você não vem?"

Sigo-o, a espingarda no ombro, os pés que tropeçam numa dezena de outros pés, cotovelo com cotovelo entre os outros soldados, comovida por um tremor que não encontra explicação. Não é só medo que há dentro de mim hoje. Não há só homens nessas trincheiras.

"Por essa seteira", ele me diz, enquanto todos ocupam uma posição e a confusão se acomoda numa ordem imóvel pelas trincheiras.

Organizamos as espingardas, o corpo pressionado na parede de pedras e sacos de areia.

"Respire. Preciso da senhorita viva."

"Como pode brincar?"

"Por hábito, suponho."

Ele me ajuda a encontrar uma posição melhor para o cotovelo.

"Assim sentirá menos o recuo."

Seus graus como oficial foram removidos das ombreiras e costurados na parte traseira da manga, para não serem visíveis para os atiradores.

"Realmente, o senhor não tem medo?", pergunto.

"O medo não é uma coisa ruim se soubermos controlá-lo."

"E o senhor sabe controlá-lo?"

"Se me pergunta, é porque não fui convincente."

"Foi até demais."

"O que você gostaria de ter feito em sua vida?"

A pergunta me surpreende, não consigo enxergar além das suas palavras, não consigo decifrar a intenção por trás delas. Só posso ser sincera.

"Dar aulas." As palavras tremem na minha garganta. "Minha mãe foi professora. Instruiu-me a respeito de tudo o que sei."

"E por que você não se tornou professora? Os homens me disseram que aprenderam bastante consigo, nestas semanas. Que foi muito capaz em pouco tempo."

"Fui ajudada por Lucia, Viola também..."

"Por que não?"

Não adiantava contar uma história que é igual a tantas outras.

"A vida, muitas vezes, manda os planos para o espaço", respondo. "E o senhor? O que é além do uniforme?"

Um assobio rasga a neblina e me faz estremecer. Vem das primeiras linhas do inimigo.

"É o sinal para que os *Kaiserjäger* tomem seus lugares e se preparem." O comandante aproxima o olho à mira. "O ataque começará em segundos."

Imito-o, mas diante de mim só vejo nuvens.

"E nós? Esperamos?", pergunto, sem reconhecer minha própria voz.

"Nós respondemos. Carreguem as armas!"

A ordem seca propaga-se carregada de boca em boca e o pigarrear metálico de centenas de espingardas alinhadas ecoam no horror, multiplicando-se. É o grunhido de uma fera nunca vista antes de atravessar essas alturas.

"Não passarão", ouço dizer, e não sei nem se é uma prece.

"Agata... não importa o que aconteça, aconteça o que acontecer, o respeito que você conquistou será eterno."

Abro a boca para responder, mas no final apoio-a sobre a coronha da espingarda.

O silêncio que se segue é algo que, eu sei, será impossível de se esquecer, se eu sobreviver. Em algum lugar na bruma, sobre nossas cabeças, está hasteada uma bandeira do Reino da Itália costurada por Viola. Não é preciso vê-la para tê-la diante dos olhos. Bordada um pouco abaixo da cruz sabauda, do lado do coração, sei que uma pequena estrela alpina é testemunha da nossa presença aqui, no meio destes homens, nas fronteiras sagradas.

O sangue zumbe nos ouvidos, as têmporas pulsam no ritmo furioso do coração, mas o segundo assobio não chega. Olho para o comandante, ele continua a apontar a arma para o nada.

"Estão com medo", alguém diz. "Os pegamos de surpresa."

Talvez já estejamos mortos e não o saibamos, é o que me ocorre no pensamento.

"Talvez já estejamos mortos e não o saibamos", responde outra pessoa. "Este aqui é o limbo."

O murmúrio transforma-se em conversa e, depois, em riso que irrompe e se apaga imediatamente.

Das linhas do inimigo, um sino ressoa com força. Anuncia a trégua, quando as bandeiras brancas não podem ser vistas.

"Não vão atacar", sussurra o comandante. Ainda é cauteloso, resistente a crer no que não está acontecendo.

A neblina, nossa presença inesperada e imponderável por trás da parede branca, esse sentir-se observado quando se pensava ser o único a observar, tudo isso fez com que o inimigo desistisse de executar o ataque.

Permanecemos na posição por um longo tempo, antes que o capitão Colman decida nossa retirada em grupos.

"Força, pode ir", ele me diz. "Hoje aqui não vai morrer ninguém."

"E o senhor?"

"Fico de guarda com as tropas."

Ele afasta o rosto da mira, tempo suficiente para acender um cigarro, depois volta a interrogar a neblina com a perícia de um adivinho.

Afasto-me, transtornada de alívio. Foguetes luminosos são lançados na terra de ninguém e outros são deixados cair no horror para certificar-se de que as tropas austro-húngaras não estejam tentando outra investida, mas nem as sombras se movem na bruma. A montanha está imóvel.

Muitas de nós ficaremos aqui até a chegada das novas divisões militares requisitadas pelo Supremo Comando. Nos fundos, cumprimento Lucia com um abraço.

"Pego as crianças e vou imediatamente até o seu pai", ela promete. "Não se preocupe."

"Obrigada. Cuide também da Caterina."

"Sim, vi que ela está exausta."

Viola e Maria ficam comigo, junto a outras mulheres do vale. Não conheço algumas, no entanto, quando os olhares se encontram, o sorriso nasce espontâneo. Logo irei até elas para trocar algumas palavras, mas tudo o que eu quero é tranquilidade.

Vou vagando pelos fundos, as atividades do fronte passam do meu lado sem roçar em mim. Sinto tecidos voarem, sigo o vento e os passos vão subindo, em meio ao branco surge um poste que segura a bandeira. É madeira dessas florestas, alimentada pelo vale. A neblina continua aumentando, move-se em ondas poderosas, ondas gigantes atravessam as ilhas de picos e fluem em cachoeiras de espuma. Um raio de sol irrompe incendiando esse mar etéreo e eu, com uma sensação de vertigem, seguro-me numa corda e sinto-me no céu, ao timão de um navio que é a minha vida. Por um momento, sou a Artemísia de Halicarnasso, narrada em antigas crônicas, almirante de Xerxes, o Grande, comandante de navios. Não é verdade que as mulheres nunca estiveram nas batalhas. É que simplesmente foram esquecidas pelos homens.

Esta é a minha terra, aqui estão enterrados os meus antepassados. Lá embaixo está a minha casa, onde o meu pai me espera. E eu, finalmente, sei do que sou capaz.

XXII

Caem os primeiros flocos de neve quando paramos de respirar.
A neve chegou um mês antes. Veio buscá-lo, foi o que pensei. Pintou sua pele de cinza e vestiu-o de frio. Cavou um espaço sem adereços dentro de mim.

Foi uma noite de vigília, na sua respiração eu reconheci a indolência de uma despedida preparada por muito tempo, mas ainda é difícil.

Não pedi ajuda. É um momento só nosso, papai.

Senti o adeus chegar. Tenho certeza de que a sua alma trêmula impediu que a minha dormisse, acordando-a com mil toques. Conheço você: teve paciência esperando essa filha cheia de sono, não quis assustar-me com sua imobilidade.

Ensinou-me a não chorar por quem está prestes a se encaminhar para uma longa viagem e agora não vou chorar, ou minhas lágrimas o seguiriam. Seguro e, se for impossível, cantarei a dor.

Quando eu era pequena, você me chamava de passarinha pintarroxa,[36] tão frágil na aparência, mas capaz de atravessar longos invernos. E esse inverno recém-começado não mostra um sinal de fim. Sua bochecha já está fria, você se encaminhou.

---

36 O pisco-de-peito-ruivo (*Erithacus rubecula*) ou simplesmente pisco, também chamado regionalmente, pintarroxo, papo-ruivo ou papo-roxo é uma pequena ave que se reconhece facilmente pela mancha alaranjada que lhe ornamenta o peito.

Não tenha medo e eu também não terei, era o que você me dizia quando eu era pequena. Então, para deixá-lo seguro, eu fingia ser forte e realmente me fortalecia.

Penteio com os dedos seus cabelos grossos. O cansaço dessas horas desarrumou-os, mas foi o último. Arrumo as dobras dos cobertores e sou atravessada pelo pensamento de que terei que encontrar novos gestos cotidianos para amá-lo.

O último batimento de uma família é o do seu coração, com você o "nós" extingue-se, só resta este "eu", um pedaço pequeno demais para construir algo.

Perdoe o meu cansaço, se puder. Perdoe se de vez em quando eu acreditei que tudo isso fosse demais para suportar.

Você vai embora com a mesma gentileza com a qual viveu, num alvorecer rosado que filtra por entre as nuvens e espalha cristais no silêncio solene das florestas.

Beijo-lhe pela última vez, não acredito mais no "até logo". Você foi meu pai e tornou-se meu filho, sinto um corte na altura do ventre.

Obrigada pela vida que você me deu.

E não tenha medo. Eu também não terei.

XXIII

A velha osteopata farejou a morte assim que passou pelo batente da porta. Entendi pelo seu silêncio. Sua língua ferina respeita a memória do meu pai, ou talvez só tenha pena de mim.

Juntas, quebramos o gelo da fonte e recolhemos a pouca água que sobra num balde. Não me deixa sozinha e lhe sou grata. Seguramo-nos uma na outra até chegar em casa. Os flocos de neve roçam meu rosto, molham-no do choro que carrego por dentro.

Estou prestes a colocar o caldeirão no fogo quando percebo que isso não é necessário.

Preparamos meu pai, acendemos uma vela ao lado do seu jazigo, queimamos ramos de ervas recolhidos na noite de são João.

Quando terminamos tudo, sento-me. Amanhã haverá mais um túmulo para escavar e será um trabalho para mim.

O vilarejo acordou, a notícia propagou-se de casa em casa e seus habitantes começaram a chegar para trazer conforto e a última despedida.

Aceito com gratidão os abraços e as palavras de afeto, mas sinto-me distante.

Cada um trouxe um pouco de comida e deixou-a sobre a mesa. Alimentam a última que sobrou.

Também chegou Francesco. Deixou escorregar uma mão na minha cintura com a mesma atenção premeditada com a qual promete cuidados e ajuda. Viola e Lucia acompanham-no até meu pai. Sabem que Francesco não suporta ver os mortos e de fato só permanece poucos momentos antes de deixar a casa.

"Você tem que ser forte, Agata", diz-me dom Nereo.

Seu olhar escorrega sobre uma garrafinha com a qual meus dedos brincavam o tempo todo. Toma-a de mim rapidamente, coloca-a num bolso e olha-me com uma advertência, entre medo e perturbação. Sabe melhor do que eu que o óleo de erva-de-são-joão é também um veneno.

Eu não o faria nunca. Essa respiração que me mantém é a única coisa que me sobra dos meus pais.

Permaneço sentada até o cair da noite. As preces das mulheres provêm do quarto do meu pai.

É só quando tudo se cala, na hora mais escura, que encontro forças para me levantar, mas não vou até ele. Ele já não está mais lá.

Saio na neve, a noite é estrelada.

A respiração torna-se um grito. Chamo-lhe, ou talvez esteja dizendo à minha terra que estou viva.

XXIV

Ismar ouviu-a. Desta vez ele tinha certeza: não se tratava de imaginação nem do vento.
Uma mulher estava gritando na madrugada.
A tempestade de neve havia varrido a montanha do amanhecer ao entardecer, obrigando-o a descer de altitude para se proteger nos primeiros pinheirais, a um passo da fronteira.
Com a escuridão, o grito subira nítido lá do vale, agora que a natureza calava. Não era de raiva, nem de medo. Encerrava dor, mas só em parte.
Ao primeiro, seguiram um segundo e terceiro grito.
Ismar ficou ouvindo, o rosto tensionado sobre a espingarda como um travesseiro.
A noite da floresta ressoava com vocalizações como aquela, ele aprendeu a reconhecê-las. Os animais faziam uso delas para reforçar as fronteiras que não deveriam ser cruzadas. Em outros momentos, convidavam os animais gregários a conhecerem os filhotes do líder da matilha, mas muitas vezes eram só cantos secretos que celebravam os mistérios da vida.
A guerra a qual ele fora chamado para combater pertencia ao intelecto, mas nunca como naquele tempo e naquele lugar, homem e animal, voltaram a contemplar-se um no outro e reconhecer naquele olhar um caminho comum.

XXV

Passou o Natal, um aniversário solitário e chegou o Ano-Novo. Nada mudou, só uma coisa: criei o hábito de parar para conversar um pouco com o capitão Colman quando subo para o fronte. Tão logo consegue, o doutor Janes une-se a nós. As temperaturas rígidas requerem paradas mais longas antes de começar a descer, mas, mesmo que não fosse assim, sinto que nossas conversas são reconfortantes para todos. Não há mais ninguém que me espera em casa e o comandante não tem pressa em voltar para suas funções: o inverno congelou a guerra, que mais do que nunca agora é feita de escaramuças nos topos entre patrulhas de reconhecimento. As trincheiras e os quartéis estão enterrados sob metros de neve. Não há escassez de mortes, mas o congelamento e as avalanches matam mais.

"Desceu mais uma", conta-me o comandante, enquanto retira o chá do fogareiro portátil. "Enterrou treze em Malpasso. O acampamento foi construído no trajeto das avalanches. Não demos ouvidos aos soldados locais."

Ele enche a xícara de lata que seguro nas mãos e pouco a pouco consigo mover os dedos.

"Eu sei."

Aproximo meu rosto ao vapor.

O comandante joga um outro toco no fogo. Olha-me, sério.

"Aqui podemos estar tranquilos?"

Sorrio e bebo um golinho. O comando do Pal Piccolo foi erguido de pedra sobre um lugar seguro, e agora o espírito um pouco louco e também prático desses homens tentou criar aqui algum conforto. Muitos soldados vão e voltam e são sempre bem-vindos.

"Sim", respondo, "ou eu não me demoraria assim".

"É verdade. Se não tivesse visto você voltando outras vezes, teria começado a me perguntar o motivo"

Esfrega as mãos. A pele está tão ressecada e rachada pelo gelo que soa como uma madeira áspera. Contou-me das roupas inadequadas com que o Supremo Comando vestiu o exército, da falta de roupas brancas para serem usadas e não se tornarem alvos fáceis na neve, das botas que se desfazem quando molhadas, das garrafas de madeira nas quais a água congela no inverno e apodrece no verão, a proteção de couro para as botas, meramente aceitável para aguentar as muitas horas de vigília passadas em posição imóvel.

"Deviam ter confiado nos que tinham mais experiência", sussurra. "Ainda estariam vivos."

"Para confiar é preciso antes admitir que não se sabe", reflito. "Para o senhor seria fácil?"

Ele senta-se num banquinho à minha frente, os cotovelos apoiados sobre os joelhos.

"Suas perguntas são raras, sempre me colocam em dificuldade."

"Admiti-lo é outra forma de não responder."

"A senhorita é implacável. Tem certeza de que você não tem sangue teutônico nas veias?"

"Orgulho e ignorância matam mais do que os austríacos e as avalanches."

Ele abaixa a cabeça.

"Não sabe como a senhorita tem razão."

"O que quer dizer?"

"Houve um motim nos picos de Cellon."

"Outro?"

Ele balança a cabeça, acende um dos cigarros enrolados com folhas de nogueira que eu trouxe. Os estoques de tabaco acabaram. Ele expele a fumaça com uma expressão de desgosto, mas dá outra tragada mesmo assim.

"Não, algo bem diferente", responde. "Nenhum dos nossos tentou fugir nem se juntou ao inimigo. Um comandante recém-chegado, inexperiente a respeito do lugar e das táticas, deu ordens à companhia para atacar os picos orientais. Alguns soldados do vale, lenhadores, tentaram dissuadi-lo."

"Conseguiram?"

"Não. E foi uma derrota."

"E...?"

"No dia seguinte, o comandante deu ordens para repetirem o ataque. Os mesmos soldados sugeriram outro caminho, mais seguro, mas ele não lhes deu ouvidos. Houve fortes reações na companhia que terminaram num motim."

"Os homens não queriam ser enviados à morte de uma forma tão boba."

"Eu diria que não."

"E como terminou?"

"Estão presos. Amanhã no alvorecer serão julgados pelo tribunal militar de guerra. Correm o risco de serem fuzilados."

"É um absurdo!"

"Absurdamente humano, mas necessário."

"*Necessário?*"

Ele se aproxima de mim.

"Se comando uma companhia, minha expectativa é de ser obedecido. Preciso ter *certeza* de que serei obedecido."

"E sua expectativa é ser seguido também na loucura?"

Ele cruza as pernas, o cigarro já queimado entre os dedos.

"A questão é outra: eu, no lugar daquele capitão, teria conseguido confiar? Teria a capacidade de admitir que não sabia o suficiente?"

"Talvez não, o senhor é um homem. Mas eu teria atormentado-o até o senhor ceder."

Começa a rir.

"Disso eu tenho certeza."

A porta se abre e é imediatamente fechada, o pó de neve flutua na corrente de ar. O doutor Janes bate os pés no chão, soltando o gelo das solas.

"Lembrem-me de tudo isso quando eu reclamar do calor", ele bufa, abrindo o casaco ao lado da estufa: retira do bolso uma garrafa de *grappa* pela metade e três copinhos.

"Aceitam?", pergunta.

"Não, obrigada."

Mesmo assim, ele serve uma dose generosa para mim também.

"Não sabe que alimenta a coragem?", pergunta-me. "E o mais importante, aquece."

Cheiro o líquido transparente e sinto os olhos lacrimejarem.

"Preciso descer...", protesto.

"Descerá mais rápido, confie."

"...com um dos seus."

"Ah, bom, não poderá fazer-lhe mal, com certeza."

"De quem está falando?", pergunta o capitão.

O doutor faz o sinal da cruz no ar e nenhum de nós tem ânimo de comentar. Suspeito que ambos evitem olhar para a espingarda do meu pai, apoiada ao lado da minha cadeira. Agora, quando subo, está sempre comigo.

"Antes que me esqueça, tenho uma mensagem para você, Agata."

O doutor Janes procura nos bolsos das calças e me entrega um papelzinho dobrado pela metade.

"Para mim?"

Abro e leio as poucas linhas com um alívio crescente.

"É de um soldado atirador no Carso,[37] dando-me notícias do meu primo Amos", digo. "Ele está bem."

---

[37] Carso, também conhecido como Planalto Cársico, é um planalto rochoso calcário.

"Perguntou de você a todos, até chegar a mim", diz o doutor Janes. "Estava aqui de passagem, havia subido especialmente para encontrá-la. Foi enviado para um lugar um pouco distante, Forni Avoltri. Não queria partir novamente antes de falar com você, então sugeri que lhe escrevesse. A senhorita o conhece?"

Leio a assinatura.

"É um cabo do décimo primeiro pelotão dos *bersaglieri*, artilheiros de elite. Não, não o conheço."

"O importante é que seu primo esteja bem."

"E a situação na enfermaria?", pergunta o capitão Colman.

"Estável. As febres estão controladas, os casos de congelamento dos dedos do pé estão sarando."

"O corpo já foi levado para o vale?"

"O sargento atingido por um franco-atirador. Não tive tempo de lhe contar, ele faleceu esta manhã."

O comandante esvaziou seu copo e se despediu.

"Acho que já é o suficiente. Está na hora de fazer uma limpeza", reclama, colocando o chapéu e o sobretudo. "Abatem homens e humores. Tivemos que inventar um sistema de espelhos para atirar. Assim não dá para continuar.""Qual é sua intenção?", pergunta-lhe o médico.

Ele não responde. Janes olha para mim.

"Perdoe, preciso ir atrás dele."

"Cuidem-se", digo, mas já saíram.

A porta bate, mas não consegue deter a rajada de vento, que me dá calafrios.
Olho para o papel que seguro nas mãos. A mensagem é reconfortante, mas os tons enfáticos me perturbam.
Como é possível exaltar a guerra quando se vive rodeado de companheiros que morrem?
Jogo o bilhete no fogo e esvazio o copo.
A guerra é sempre e somente uma desgraça.

Encaminho-me sozinha e com cuidado para não sair do percurso já traçado. "A neve pode engolir", dizia-me minha mãe, tentando conter com uma advertência a impetuosidade da juventude que me cegava: "A neve pode sufocar e fazer com que você não volte mais para mim".
O trenó desliza atrás dos meus passos sem resistência, o cabaz vazio está bem preso de um lado e captura gelo na sua trama. O vento acalmou-se após a primeira tempestade e o frio parece quase tornar-se mais gentil. A fronteira entre a floresta é um limiar que a miséria e o conflito não ultrapassam. Adentro a folhagem brilhante com suas agulhas gordas como se estivesse em um reino de conto de fadas. O manto nevado estala e brilha, está pontilhado de pegadas: cabras, raposas, esquilos e pássaros abriram caminho pela vegetação rasteira.
Entre flocos espalhados e novos riachos borbulhantes, uma silhueta marrom-acinzentada cruza o meu caminho. Paro o trenó. A lebre parece não ter notado minha presença, mas fa-

reja o ar com movimentos rápidos do focinho. É jovem, provavelmente nunca encontrou um ser humano e não consegue decifrar o meu cheiro. Talvez ache que eu seja uma estranha espécie de árvore, parada no meio de uma pequena clareira. Dá mais uns saltos e me mostra o seu traseiro.
 Deixo cair as alças de puxar, pego e carrego a espingarda.
 O animalzinho mergulha na neve e emerge com as vibrissas e os pelos tremendo.
 Abaixo o cano da espingarda, mas levanto-o em seguida. Fantasio um ensopado cozido por horas, no fogo baixo, com batatas e cebolas cortadas em tiras grandes, afogado no vinho tinto e temperado com sálvia.
 Engulo sem resistência. Se o bom Deus nos deu a fome, então é justo nos alimentarmos com tudo aquilo que está à nossa disposição, é o que digo a mim mesma.
 Sigo a lebre com passos cuidados. Bastou-me um olhar de relance para escolher o lugar do qual atirar, uma elevação da terra coberta de estepe. Reclino-me e me apoio sobre os cotovelos, faço a pontaria, mas de repente o monte se eleva e caio. O susto é tanto que nem consigo gritar.
 É um homem que está diante de mim, branco como a neve que cai sobre seus ombros.
 Reconheço instintivamente sua espécie e disparo.

XXVI

Era só um diabo. Um diabo branco. Continuo a repeti-lo enquanto corro até o vilarejo, o trenó derrapa atrás de mim com o carregamento. A morte parece seguir-me aonde quer que eu vá.

"Era só um diabo branco", repito em voz alta, em nome da minha consciência. Era só um atirador austríaco, sabe-se lá como foi parar do lado errado da fronteira. Deveria sentir-me aliviada, o pior foi para ele, mas não consigo sentir-me em paz.

Eu realmente matei um homem? Nem mesmo a visão das chaminés fumegantes além das últimas árvores me dá ânimo. O que vou dizer — se disser — para quem e de que jeito?

Terminada a descida, o peso do trenó se faz concreto. Amarro as alças ao redor da cintura e carrego-o como se fosse um boi, bufando entre os dentes. Crianças e idosos curiosos se aproximam, mas, quando entendem que estou carregando um corpo, afastam-se rapidamente.

"Dom Nereo!", chamo, diante da casa do padre. "*Dom Nereo!*"

"Já venho, já venho!"

Dom Nereo aparece na janela da sua casa. Olha o trenó e sua expressão entristece.

"Mais um", murmura. "Vamos levá-lo para trás."

Faço o que ele pede, ainda que seja difícil para mim manusear a morte agora que fui também uma artífice em primeira pessoa. Este infeliz é a imagem do inimigo que deixei exangue no bosque. O sangue alarga-se na neve e derrete-a. Não é o sangue de um demônio. É vermelho como o meu.

"Agata? Você está bem?"

"Não."

Afasto-me quando dom Nereo segura-me pelos ombros. Tento falar, mas dos meus lábios só sai um gaguejar confuso.

"...matei..."

"Agata, você está me deixando preocupado. Vem, sente-se um pouco aqui."

Dou um passo para trás, levanto os olhos para o crucifixo que está pendurado na parede. Cristo parece enfurecido, e olha para mim. Percebo o quanto este é um lugar sagrado, mas vou me redimir confessando.

"Não posso estar aqui."

O relógio do meu pai marca meia-noite. A última brasa se desfaz na lareira, soltando um esguicho de fogo. Olhei para a lenha ardendo junto ao meu remorso: uma é quase cinza, o outro, uma brasa crepitante, mais perigosa do que a chama.

A espingarda pendurada na parede parece falar comigo no silêncio: você realmente acha que foi melhor e mais rápida do que um atirador de elite? — pergunta. Você realmente acha que atingiu antes do que o inimigo?

Boba. Você não atirou primeiro. Simplesmente, o inimigo estava prestes a disparar.

São três da manhã e passei a noite em claro, ouvindo o vento sacudir a casa. Parece que alguém estava batendo nela com as mãos enfurecidas e senti medo. Imaginava o demônio branco sangrando pela neve, encarando-a com olhos de gelo.

Porque a pergunta que me mantém acordada é só uma.

E se ele ainda estiver vivo?

XXVII

Tirei os tijolos do fogo e enrolei-os em panos quentes antes de carregá-los no cabaz. Quando abro a porta do estábulo, o azul da noite minguante já está descolorindo. Tenho muitas coisas para cumprir antes que o vale acorde. Me despeço das cabras com um carinho e um punhado de feno. Faz dois dias que a mãe não amamenta e três que Caterina não sai de casa. Sua janela está escura e ficará assim. Pediu-nos para escavar seu jazigo, para estar pronto para acolhê-la. O terreno está tão congelado que não é possível fendê-lo sem o dobro de trabalho. Creio que o momento do adeus chegará em breve e haverá outras preces a serem ditas. As que disse esta madrugada foram um conforto.

A lamparina oscila como a minha determinação e ilumina as pegadas que deixei para trás ontem, na minha fuga precipitada em direção ao vilarejo: reconheço os sulcos perigosamente próximos do barranco que o trenó marcou carregado pelo meu terror. Subo em contracorrente pelos vestígios como se me forçasse a refazer meus passos. De vez em quando, distantes, as avalanches murmuram assustadoras. É a voz da "morte branca". Tomo coragem, pensando que é mais seguro aventurar-se pelas montanhas de noite do que de dia.

Às vezes, é difícil fazer o que é certo, é tão assustador que chego a senti-lo como um ato an-

tinatural. Será que o homem consegue ter compaixão neste mundo que nos empurra um contra o outro, que puxa continuamente e empurra usando os dentes e garras como animais para defender o que nos resta?
 Também me descobri feroz no momento em que não hesitei em puxar o gatilho.
 Eu e você, diabo branco. É a eterna luta pela sobrevivência.
 Ao chegar próximo à estepe, sigo as manchas de sangue como uma personagem numa fábula, imagino o diabo ferido arrastando-se sobre os cotovelos na esperança de fugir desta floresta hostil.
 Quem é bom e quem é mau, é impossível dizer.
 Onde as pegadas acabam, o peito estremece. Levanto a lamparina e ela treme.
 De uma toca escavada na neve sai um pedaço de tecido, como uma pata ferida que não conseguiu ser resguardada.
 Ele está lá e está armado, mas eu não trouxe a espingarda. Não quis armar o meu medo.
 Pego um ramo seco, jogo-o e fujo para me esconder atrás de uma árvore.
 Olhar é talvez a coisa mais difícil que eu já fiz. Não parece que algo se moveu. Procuro uma pedra para atingir o abrigo, mas novamente o pedaço de tecido permanece imóvel. Então, recolho uma pedra maior, mas depois penso que estou lá para remediar o meu erro, não para fazer algo pior, então a deixo cair.

Preciso olhar dentro da toca, não tem outro jeito, porque de lá, de qualquer jeito, ele não sairá por sua livre e espontânea vontade.

Aproximo-me, pronta para implorar misericórdia caso o inimigo pule sobre mim.

Ajoelho-me na neve e penso que seria, de fato, um jeito bobo para morrer, depois de tudo aquilo que superei.

"Oh, Deus..."

O diabo realmente está lá, abraçado à espingarda. O manto branco do exército invasor cobre seu corpo. O rosto é escondido por uma capa de lã e capuz, apenas as pálpebras pálidas permanecem expostas: alguns cristais estão presos entre os cílios, a pele está quase azul. As pernas estão apertadas no peito. As botas que ele usa parecem resistentes e certamente, no inverno destas montanhas, podem fazer a diferença entre viver e morrer.

Aproximo-me mais uma vez, tremendo de medo. Não preciso apoiar o ouvido no corpo imóvel. Sinto em sua bochecha: respira.

Afasto o manto. Seu lado esquerdo está vermelho e há neve na ferida. O gelo interrompeu o fluxo de sangue, mas fez dele um fantasma frio.

Cubro-o novamente e respiro fundo. Ainda não é um fantasma, mas em breve será. Olho para o céu por entre o topo dos pinheiros. O dia está nascendo, no caminho de volta vou encontrar as outras que estão subindo para o fronte.

Preciso deixá-lo aqui, ele encontrou um bom abrigo. Removo do cabaz o saco com os panos e os tijolos. Deixo-os junto ao corpo enrijecido, sobre as pernas e ao redor do peito. A vida retomará força nas veias, mas um pouco de calor não será o suficiente para preservá-la.

Uma tremida no rosto do diabo me pegou de surpresa e com uma mão cobri o grito que estava prestes a sair da minha boca.

Ele abriu os olhos, uma pequena fissura pela qual vislumbro pupilas dilatadas. Parece perceber, com dificuldade, o que está diante dele.

"Tente não morrer", digo-lhe, mas ele já desmaiou.

"Agata... é a senhorita. Mas ainda é madrugada."

"Para dizer a verdade, o sol já está quase nascendo, doutor."

O doutor Janes saiu do alojamento dos oficiais tremendo debaixo do casaco. Abraça os braços, seu rosto sonolento tem a inocência de uma criança. Os óculos pendem tortos sobre o nariz.

"E por quê, meu Deus, subiu até aqui na escuridão?", ele perguntou.

"Mais tarde me aguardam outros trabalhos e... eu queria ser útil, não tinha outras funções para cumprir. Não posso esperar o amanhecer", balbucio.

Ele passa uma mão entre os cabelos desgrenhados e dispensa o soldado que o chamou por insistência minha.

"Até a guerra dorme, mas a senhorita não", ele murmura.

"Não queria acordá-lo, peço desculpas."
Olho ao meu redor. "E o comandante?"
"Ainda não voltou. Está caçando com uma tropa os atiradores que infestam esta zona. Quer tirá-los das tocas de forma definitiva."
Levo uma mão sobre meu estômago.
"De que forma?", pergunto.
"Com granadas."
"Com granadas?"
O doutor Janes faz um gesto para que eu o acompanhe até a enfermaria. Dentro, um fogão de ferro fundido irradia calor e cheiro de fumaça.
"Durmo mal, de toda forma", ele diz. "Com certeza fui acordado de um pesadelo do qual não me lembro. Vamos lá, me passe o caderno de anotações, quero ver o que está carregando."
Fico rígida.
"Não trouxe comigo o caderno de anotações."
O doutor Janes parece não entender de imediato minha resposta.
"Não trouxe o caderno? Sabe que, sem as anotações nele, essa viagem não será paga", ele diz.
"Mas eu não trouxe nada."
"A senhorita está bem?"
"Sim."
"Não parece. Está divagando. Agata, o que a senhorita veio fazer?"
Nos bolsos, retorço as mãos até sentir dor.
"O senhor poderia me dar um pouco de tintura de iodo, por favor?", peço.

Vejo-o franzindo a testa.
"Tintura de iodo?", ele retruca.
Afasto o olhar.
"Está escrito nos folhetos distribuídos para os soldados", digo. "Em caso de ferida, devem pressionar com gazes limpas e..."
"Eu sei o que está escrito", diz. "Para que lhe serve isso? Alguém no vilarejo está ferido?"
Sinto meus olhos umedecer. Entre todos, ele é para quem eu menos gostaria de mentir, então não minto. Meu silêncio é um muro que ele sabe que não poderá derrubar.
Ouço-o suspirar enquanto dá alguns passos. Espio e vejo-o mexer no pequeno móvel com medicamentos.
"Se alguém estiver mal, me avise. Gostaria de ajudá-la", ele diz.
Pega minha mão e nela coloca uma pequena garrafa de iodo.
"Obrigada", murmuro.
"Há algo mais que eu possa fazer pela senhorita?", ele pergunta.
Agora realmente preciso encará-lo.
"Sim, doutor. Tem um morto para me entregar?"

XXVIII

Contei mentiras e entreguei um corpo que escondia o seu. Fechei janelas e portas, deixei para fora tudo o que fui até agora. E agora ei-lo aqui, diabo estrangeiro, na cama que foi do meu pai. O manto e as botas já estão no baú, com a espingarda, as meias e as luvas. Esta casa está ficando cheia de segredos. Desenrolo a balaclava e descubro seu rosto. Por um momento, sinto minhas pernas tremerem. No fundo, o diabo austro-húngaro não parece tão cruel assim. Há algo de nobre em seus traços masculinos e nada das charges que os pintam com um maxilar canino, pescoço taurino e olhos impassíveis. Lembro do seu olhar antes de atirar: a surpresa acendeu-o com mil perturbações. Os jornais escrevem que os *Freiwillige Schützen*[38] recebem jovenzinhos de dezesseis anos como atiradores voluntários e que o gênio do inimigo é impiedoso por natureza: só o fato de que respire já é um perigo. Mas eu, à minha frente, só tenho um jovem homem ferido.

Acendi o fogareiro, sua pele continua ardendo em febre, o pouco sangue que lhe sobrou ferve. Gostaria de ser brusca, mas é difícil conservar a raiva em meus dedos. Às vezes, escapam para roçar as maçãs do rosto dele. É tão estranho poder tomar essa liberdade, tocar aquilo do

---

[38] Em alemão no original: "atiradores voluntários". [N. da T.]

qual passei meses fugindo. É como acariciar um animal feroz adormecido, alisar o pelo sem ser devorada. Um véu de barba cintila no brilho da chama, onde o queixo ondula no sulco de uma cicatriz clareada pelo tempo. Imagino que seja o espólio de uma infância vivaz. Do garotinho que foi, o diabo preservou os cílios longos que suavizam os traços.

Empurro e viro-o de lado: não vejo o furo de saída. Desabotoo e removo a camisa, o buraco fica evidente quando olho a camisa contra a luz: a bala ainda está alojada dentro dele. Eu deveria entregar para os santos, já vi as consequências da infecção em outros soldados.

Os arrepios desabrocham como flores no peito sem pelos do inimigo. O loiro da pele e do cabelo é tão claro e diferente do italiano, há uma divisão de águas entre nós, nítida como a crista afiada das montanhas que separam as nossas terras. Os filhos do norte carregam em seus corpos o sol que brilha tão raro em suas latitudes. Sobreponho minha palma da mão à sua. Contudo, nossas mãos não são assim tão diferentes: maiores e mais pontudas a do diabo, mostram, porém, em sua superfície, a marchetaria de uma história conturbada. Sempre pensei que um corpo pudesse contar mais do que as palavras, sendo mais sincero.

"Os ensinam a matar antes de terem uma família", murmuro. "É o problema da guerra: nos convencem que a pátria é um ventre fecundo e que devorar fronteiras irá nutrir-nos mais do que

plantar o trigo." Falo mais do que é natural para mim enquanto enrolo suas roupas. Parece que as palavras tiram o peso do olhar, aliviam da morosidade que acompanha a medida do proibido.
"Ou você não se orienta na neve ou confiou demais em si mesmo." Viro em meus dedos sua plaqueta de identificação militar. "Ismar."
 Ele cheira a sangue e bosque, a seiva dos nossos tempos.
 Tomo um gole generoso da meia garrafa que encontrei na cantina. A *grappa* retorce meu estômago, mas me dará coragem. Nunca enfiei os dedos na carne viva de um homem.
 "Mas já o vi várias vezes", dou coragem a mim mesma. Porém, a voz saiu sibilante.
 Despejo a tintura de iodo sobre a ferida e espalho-a com as mãos. A lâmina da faca já foi esterilizada no calor da chama do candeeiro.
 Em vez de dizer uma prece, tomo mais um gole.
 Afundo a lâmina, um jato de sangue desce pela lateral e outro preenche o umbigo. Sinto repulsa. Talvez o esteja matando. Esforço-me para lembrar dos gestos do doutor Janes, ajudei-o diversas vezes, só preciso repetir aquilo que vi. Após diversas tentativas, pareço sentir algo na ponta da faca, uma consistência mais dura. Desloco a lâmina para baixo do corpo estranho e faço uma alavanca. Aos poucos, levanto uma protuberância escura até fazê-la sair. A bala reluz entre os dedos, a ponta está enroscada no algodão rasgado pelo impacto.

Quero gritar de alívio, mas quando baixo os olhos, sinto que vou desmaiar.
Está completamente vermelho.
"Oh não, não..."
O líquido quente transborda das mãos. Parece inestancável.
Realmente o estou matando.
A dimensão do que fiz fica clara para mim em toda a sua imprudência. Penso em Viola, agora tão longe. Penso em dom Nereo, na confiança que indignamente traí, e percebo que só há uma pessoa a quem eu possa pedir ajuda. Quando, um pouco mais tarde, bato à sua porta, pareço cheirar o sangue que escondo debaixo do meu xale.
"Preciso da sua ajuda, osteopata, mas preciso ter certeza do seu silêncio", sussurro sem respirar.
Ela encosta-se à ombreira da porta. Ela tem muito tempo e eu não tenho nem um minuto. Não haverá negociação.
"Tudo tem seu preço", ela afirma.
"Eu sei. Agora se apresse."
A risada da velha é um sobressaltar que cresce aos poucos.
"Você nem pergunta quanto", resmunga bem-humorada. "Isso tem um nome. Chama-se 'segredo'."

"A bala? O tecido?"
"Tirei tudo que havia, mas ele perdeu muito sangue", digo, enfiando um pedaço de couro entre os lábios do garoto.

"Isso eu percebo."

"Fiz algo errado."

A osteopata avalia a ferida enfiando os dedos. Preciso desviar o olhar.

"Não fez nada errado, fez um bom trabalho."

"Mas..."

"O sangue velho provoca infecção", resmunga. "Acontecerá outra vez. Mas não há nada quebrado aqui dentro. A lâmina."

Passo-lhe a faca esterilizada. Vira-a por dentro do furo até cauterizar todas as partes.

"Agora costure", ela ordena.

Ela acompanha o meu trabalho do único jeito que consegue: com os olhos rápidos, com um sentido misterioso que faz com que ela perceba até demais aquilo que eu gostaria de esconder.

"Ele só precisa descansar. Não se preocupe se dormir por dias seguidos, mas mantenha-o hidratado", ela diz, depois de ter aprovado o último ponto que dei. Cheira o ar. "Por que você não está queimando sálvia? Como vai afastar a morte se você acolhe o seu cheiro", desabafa. "E traga tecidos embebidos no vinagre."

Corro para apanhar as folhas secas de sálvia na despensa para acendê-las dentro de um balde. A fumaça perfumada espalha-se pela casa. Volto até ela com o que me pediu e juntas, com paciência, friccionamos o corpo para baixar a febre. De vez em quando, a osteopata aperta com mais força, solta os nós nos membros que eu não consigo ver.

"Está enrolado como um novelo", ela resmunga.
"O que devo fazer se piorar?"
"Compressas e palavras. Fale com ele, isso o ajudará a aguentar."
"Você acha que ele sobreviverá?", pergunto quando terminamos, já que não consigo mais segurar a pergunta.
A velha ri, enrola-se em seu xale.
"E o que você quer fazer, hein, se ele sobreviver?"
"Você consegue ser sempre desagradável."
"Exatamente como a consciência de um pecador, querida."
Não respondo à provocação.
"Exatamente como a consciência..."
"Já ouvi", silencio-a.
Ela retira do xale a palma da mão.
"Agora a minha recompensa."
"Quanto você quer?"
"Não quanto, mas o quê. Algo que lhe é caro tanto quanto seu segredo."
"Não tenho nada de valor."
"Ah, vá. Faça um pouco de esforço com a sua memória."
Um brilho nos seus olhos leitosos me perturba. Ela parece me enxergar naquilo que realmente sou, mas não é ela que está olhando dentro de mim, sou eu quem está diante dos meus temores e das minhas baixezas. Ela sabe e eu também sei, se este homem está aqui, não é para que eu salve a sua vida, mas para que a minha seja salva.

"A solidão mata", ouço-a sibilar, dona das minhas perturbações. "Você realmente quer cair nessa outra vez para preservar uma lembrança?"

Olho para a estante de livros, a caixa de veludo vermelho está apoiada numa estante. O que ela está pedindo em troca é a imagem da minha mãe, presa lá dentro. Quer minha esperança de conseguir, um dia, revê-la.

"Tudo, menos aquilo."

"Mas é aquilo o que eu realmente quero."

Tremo de raiva e medo.

"O que uma cega fará com isso?", pergunto quase gritando.

"O que uma pobre coitada, que nem dinheiro tem para fazer funcionar, fará com isso? Eu vou tirar dinheiro disso, é o que vou fazer."

"Haverá outra coisa que você deseja ter."

Bufa, o queixo hirsuto treme.

"Você me desaponta, mas se realmente não quer ceder o que estou pedindo, então o cabrito é um preço honesto", diz.

"Não..."

"Sim."

"O que você fará com ele?"

"Ele não dá leite, mas não é fibroso demais."

"Quer comê-lo."

Procura meu rosto e bate com um dedo na minha testa.

"Acorda, garotinha! Às vezes, você parece devagar como seu pai. Os machos não servem para nada se forem cruzados. Ele será mais útil na minha panela."

Afasto a mão dela.

"Para, velha megera."

"E você, me dê o que é meu por direito, ou direi a todos que você está escondendo um homem nos seus lençóis. Acha que eu não percebi que você cobriu a boca dele? É um desertor, um covarde como os seus irmãos?"

"Agora basta!"

Empurro-a em direção à porta. Vira-se de repente.

"Então?", ela pergunta.

Cada um é livre de sobreviver como lhe é possível, ambas estamos tentando fazer isso. Pedir a sua ajuda e o seu silêncio. A raiva é direcionada a mim mesma.

"Você terá o que é seu."

XXIX

A cabra não parou de reclamar desde que a separei do filhote. O cabrito já estava crescido, mas a mãe tentou defendê-lo de todas as formas possíveis. Porém, como é possível opor-se a quem quer levar embora uma parte de si se não tem mãos nem garras, nem presas para morder? Pobre animal, só podia arregalar os olhos e vibrar os lábios. Nem olhamos para ela, nem a ouvimos.

Agora poderia jurar que é o choro dela. Não consigo dormir.

O diabo nu nem me provoca um aturdimento. A febre baixou, mas parece que pesadelos horríveis começaram a devorá-lo. Ele se contorce, fazendo o ferimento abrir-se novamente, no delírio da doença sua força é impressionante. Exaurida, tive que amarrá-lo.

Os dois não me dão paz, até parecem aliados na tentativa de fazer com que eu me arrependa de todas as minhas escolhas.

Acaricio a caixa de veludo vermelho. Em um estojo de madeira, a placa de brometo de prata preserva a última imagem da minha mãe. A osteopata sabe que a placa é preciosa e pode ser reutilizada.

"O negativo espera ser trazido à vida", murmuro, "mas eu sou pobre demais, Ismar. Não posso me permitir revelá-lo em fotografia. Nunca pude sequer olhar a placa: ao abri-la, a luz iria estragá-la de forma irremediável".

Percebo que ele se agita, resmunga palavras incompreensíveis em seu estado inconsciente.

"Eu que tirei essa foto dela, muito antes que começasse esta guerra, numa tarde de verão. Minha mãe já indo embora, mas ainda era tão bonita", começo a contar, deixando a caixa e sentando-me ao lado dele. "Pessoas da cidade estavam de passagem pelo vilarejo. Um fotógrafo e sua família. O eixo da sua carroça quebrou e mandaram-nos até meu pai. Foi preciso um dia inteiro para consertá-lo e eu acabei fazendo amizade com a sobrinha do homem. Chamava-se Tina, era só um ano mais jovem do que eu e estava prestes a partir para os Estados Unidos. Queria ser fotógrafa e atriz. Foi ela quem me ensinou como tirar a fotografia. Quando era o momento de partirem, insistiram para que ficássemos com a placa como parte do pagamento. Nenhum de nós teve a coragem de dizer que não poderíamos nunca a utilizar e que, ao contrário, alguma moeda a mais teria sido muito bem-vinda."

Apoio os cotovelos sobre a cama.

"Penso com frequência naquela garota e abençoo seu presente. Da minha mãe, só sobraram lembranças, mas o tempo carrega consigo os detalhes. Tranquiliza-me saber que talvez um dia eu possa rever como era o seu rosto. A fotografia, no fundo, é também um ato de amor, não acha? Serve para manter do nosso lado as pessoas que amamos."

Começo a sentir-me boba por conversar sozinha, mas a velha osteopata tinha razão: de alguma forma, minhas palavras o seguram no mundo. Ele parou de se agitar.

"Os soldados também fotografam, eu os vi. Mas não há amor naquilo que fazem, é só propaganda bélica. Pensei que poderia levar a eles a placa e pedir ajuda para revelá-la. Talvez um dia eu faça isso." Hesito, recolho os joelhos entre os braços. "Digo a mim mesma que quero ter o dinheiro para pagar pelo trabalho, mas talvez não seja toda a verdade."

Olho para a caixa.

"E se não houvesse imagem nenhuma lá dentro?"

O silêncio com o qual a casa me responde já não me causa medo. Há duas respirações, agora, que a atravessam.

"Você também ama uma fotografia específica. Eu a encontrei."

Retiro-a do bolso do avental e coloco-a sobre a mesa de cabeceira, ao lado da carta dobrada e um crucifixo que encontrei no bolsinho.

Ambas estavam costuradas por dentro do casaco, reunidas com um barbante: a fotografia de um navio transatlântico e uma espécie de carta de recomendação. Reconheci algumas palavras, muitas outras eu intuí, pois são parecidas com o dialeto de Timau.

Ismar é um engenheiro: ama construir, mas a guerra obrigou-o a destruir.

"Você sonhava em partir, não é? Como Tina."

Quer enfrentar o oceano num navio transatlântico, depois de o oceano ter demonstrado ao mundo inteiro que nenhuma obra do homem, por mais genial e portentosa que seja, é inafundável.

O que pode levar um ser humano a enfrentar uma besta viva como a água, que engole e arranca o ar, se não mera esperança maior do que qualquer outro medo?

O inimigo parece ter, finalmente, deposto as armas. Sua respiração está mais quieta, o corpo inteiro tornou-se manso. Solto as cordas e apoio uma mão sobre seu coração: é potente, o vigor propaga-se até o meu e o faz galopar selvagem.

Aproximo o rosto. Seus lábios estão entreabertos, como se quisesse deixar escapar uma palavra que permanece presa na garganta.

"Mas se dentro de você há uma esperança assim, como é possível ser malvado?"

No estábulo, a cabra continua seu lamento de dor e eu já não tenho forças para ignorá-lo.

Entrego-me sobre a cadeira. O ranger da madeira parece o mesmo dos ossos cansados.

"Tirei um filho da sua mãe só porque queria manter perto de mim a lembrança da minha", confesso num sussurro. "O que você teria feito?"

XXX

Enterramos Caterina ao amanhecer. Eu estava no vestíbulo com um cabritinho a mais e uma caixa vermelha a menos, quando ela veio se despedir. A porta escancarou-se e um sopro de vento chegou a levantar meus cabelos. Ainda fazia frio, mas havia o perfume dos brotos, que desapareceu como uma fantasia. Ela foi para o céu, pensei.

"Perdi minha mãe por um cabrito", lhe disse. Sei que ela teria entendido a minha urgência de vida.

A necessidade arrancou-me de casa sem me dar o tempo de ver como estava o ferido. Agora estou agitada pelo risco que corremos ambos: ele de morrer, eu de muito pior. Cada olhar e cada palavra dirigidos a mim fazem-me temer por ter traído o segredo.

Minha vida sempre foi límpida, desde suas profundidades, até me fazer sentir, às vezes, transparente. Habitualmente, os pensamentos pulavam à superfície, encrespando-a em sorrisos e testa franzida. Jamais, até agora, eu os havia exilado no fundo do meu ser, tão secretos até tornarem-se insondáveis mesmo para mim.

Só vejo sombra e não enxergo a mim mesma, mas talvez essa sombra agitada e incompleta seja eu.

Não foi a Agata que me é familiar quem cedeu o que tinha de mais valioso, mas uma mulher que nela habitou a vida inteira, permanecendo oculta. Talvez tenha nascido hoje, erguendo-se das suas cinzas como um broto disforme e macilento, porém decidido a aguentar.

Já não consigo mais nutrir-me só de passado, tenho fome de futuro, palavra que soa como um anátema em tempos de guerra e pode até parecer um bafejo louco, desde que me leve para longe da mera sobrevivência. Estou louca. Estou viva.

Não subimos até o fronte porque, na metade da subida, encontramos o capitão Colman comandando uma tropa que faz guarda à construção de uma ponte arriscada. Os sapadores cinzelam e fazem piquetes sem parar, enquanto os alpinos, posicionados em escadas de ferro presas à face da rocha, fazem a vigia. Quando ele nos vê, dá dois pulos e junta-se a nós.

"Estávamos à espera de vocês", ele diz. "Hoje não terão que se desgastar até o topo."

"A guerra acabou?", pergunta Viola.

"O cão austro-húngaro tira um cochilo sob o sol, é o que parece. Melhor não o acordar."

Ele nos ajuda na remoção dos nossos cabazes e seus homens transferem o conteúdo para suas mochilas.

"Trouxemos-lhes pão e vinho. Dividam conosco."

Fazemos uma parada sentadas sobre a neve congelada. Sob a camada cintilante, atravessada por pequenas pegadas de roedores, ouvimos a água correndo. Em algumas partes, surgem tufos verdes brilhantes e as corolas rosadas e car-

nudas dos heléboros.[39] O gelo parece distante, mas ainda é cedo para ter esperança na chegada da primavera.
"A senhorita está taciturna", diz o comandante. "E com pouco apetite."
Faço o pedaço de queijo rodar entre meus dedos.
"Dormi pouco", admito, mas o que revelo ainda está longe de ser a completa verdade.
"Eu também."
"Problemas no fronte?" Percebo a estupidez da minha pergunta. "Peço perdão. Às vezes esqueço quem o senhor é."
O comandante sorri.
"Mas isso é uma coisa boa. Faça-o com maior frequência."
Uma sombra gigante encobre o sol e plana sobre as nossas cabeças, prosseguindo em direção oeste.
Nós, mulheres, instintivamente gritamos e nos agachamos no chão.
"Não tenham medo", conforta-nos o capitão Colman. Ele também grita, mas só para ser ouvido para além do tumulto. "São parte da aeronáutica do exército."
"São italianos?", pergunta Lucia, incrédula.
"Sim. Em Cavazzo Carnico foi preparado um campo de aviação para hospedar os primeiros quatro aviões do vigésimo 9º esquadrão de reconhecimento aéreo."

---
39 Os heléboros pertencem à família *Ranunculaceae*, preferem regiões de climas mais frios e florescem no inverno.

Olhamos transtornadas para eles, com nossos narizes para o alto e os peitos arquejantes. O estrondo produzido pelos motores e pelas hélices é ensurdecedor.

"São toneladas de metal pairando no ar", diz o comandante.

"Contudo, parecem elefantes preguiçosos." Levanto-me e sigo com o olhar as silhuetas cinzentas que se afastam para desenhar amplas trajetórias elípticas.

"Você já os tinha visto antes?", ele pergunta.

"Só desenhados, ambos."

"É surpreendente o que o homem é capaz de fazer."

"Obras grandiosas de engenharia que na guerra se tornam instrumentos de morte muito eficazes." Perco a vontade de olhar.

"No fim das contas, ainda não são tão eficazes assim." Ele coloca um pé num afloramento rochoso e aponta-os, já distantes. "Designaram os Farman[40] para esta localidade. Demoram uma hora e meia para levantar após terem recebido ordem de decolar e requerem mais uma hora para alcançarem a altitude de voo. Neste terreno de batalha, são úteis somente para os voos de reconhecimento."

São realmente uns paquidermes.

"E querem saber uma coisa engraçada?", pergunta baixinho. "O sistema de artilharia deve

---

[40] Refere-se ao Farman MF.11, avião monomotor francês de reconhecimento projetado por Maurice Farman e operado a partir de 1914, ou seja, ano de início da Primeira Grande Guerra, na qual também foi utilizado como bombardeiro. [N. da T.]

ser revisto: os projéteis da metralhadora às vezes perfuram a hélice. Os pilotos tiveram que corrigir o problema com enjambres caseiros."

Nos olhamos por um momento com os olhos arregalados, é impossível segurar as risadas, mas a minha dura pouco.

"Em breve o inimigo também irá nos atacar pelo céu, não é mesmo?", pergunto.

O comandante acende um cigarro.

"Estamos preparados, só estou aliviando um pouco o drama. Temos aviões com motores poderosos e novos heróis também estão ganhando destaque nas batalhas aéreas. O capitão da cavalaria Baracca é conhecido como o 'cavalheiro do céu'. Em seu avião foi pintado um cavalinho galopante", responde em meio à fumaça exalada.

"Essa é agradável."

"É genciana."

"Melhor do que folha de nogueira."

"Vou trazer outras, mas só se você prometer não fazer propaganda a favor da guerra comigo."

"Só porque eu lhes conto sobre o andamento da guerra?"

"Pelos tons e pelas palavras usadas. Normalmente, os heróis morrem de forma desastrosa, não sabia disso?"

Sorri.

"A senhorita parece estar nervosa, mas tem razão. Heróis morrem. Na maioria dos casos, sozinhos."

"Agora preciso ir."

"Não vai ficar para uma conversa?"

"Acabamos de conversar."
"Foi breve e hoje Deus não nos ameaça com a morte. Fique mais um pouco."
"Se dom Nereo o ouvisse, não hesitaria em puni-lo com um tabefe."
"Por sorte, aqui está você e não ele", ele diz. É impossível não notar a consideração em sua voz. "Sua amizade é preciosa."

Quando ouço a palavra "amizade" abaixo os olhos, e não é por timidez.

"Volto amanhã", garanto-lhe com um sorriso.

"Quando quiser."

Ele me auxilia a vestir o cabaz.

"Pelo menos agora estou mais tranquilo por você e suas companheiras."

"O que quer dizer com isso?"

"Havia um atirador mais duro do que os outros que estava se aproximando demais da trilha que vocês normalmente percorrem. Foram necessários dois dias de reconhecimento do território, fomos de degrau em degrau nas paredes rochosas e desencadeamos o inferno em cada canto, mas conseguimos retirá-lo da toca."

Viro para ele.

"Vocês o pegaram?", pergunto com a voz rouca. Pela sua expressão entendo que não se desce para recolher o que foi espalhado por uma granada.

"Aquele diabo não atira mais", garante, e para ele, isso é uma prova.

Seu orgulho é a minha vergonha. O capitão Colman acredita ter eliminado um atirador perigoso. Eu levei o atirador para casa.

Comporto-me feito uma pestilenta, sinto que estou contaminada pelo segredo que guardo e não ouso chamá-lo por seu nome próprio. Durante a descida, mantenho-me afastada das demais, porém, quando as conversas se tornam sombrias, não consigo deixar de prestar atenção.

"Foram executados com um tiro de espingarda no peito", diz Maria para Lucia. "Rezei por eles."

Aumento meu passo.

"De quem vocês estão falando?", pergunto.

"Dos alpinos que se recusaram a atacar o topo do monte Cellon dois dias atrás", diz Lucia. "O tribunal militar de guerra os julgou culpados. O processo foi rápido como um raio, na escola de Cercamento."

"Não foi um motim!", fico desestabilizada. "Tinham sugerido outro caminho."

"Não importou nada para o Supremo Comando. Aqueles homens desobedeceram."

Não consigo continuar. Lucia se vira e me espera.

"Agata, não fique aflita. É a guerra."

"Eles sugeriram outro caminho", repito entre lágrimas. Não sei por que sua morte me fere tanto. Soldados morrem todos os dias.

Lucia volta até mim e com uma carícia enxuga meu rosto.

"São tempos sombrios", ela murmura. "Ouvi dizer que alguns militares tiveram o mesmo destino só por terem dito que a guerra é injusta. A dúvida parece ser considerada um mal maior do que a febre das trincheiras.[41] Algo a ser extirpado."

Lembro de ter lido a respeito disso nos jornais, chamavam aquilo de "derrotismo" e a repressão era impiedosa. *Não quero morrer pela pátria*, escreveu um filho ao seu pai. A pátria o executou, como fez com os que hesitaram durante um ataque ou com quem no fronte se automutilou ao ser tomado pela loucura.

Viro-me para olhar o topo do qual acabo de descer. Lá em cima, tudo parece tão distante dessa mesquinhez. Do capitão Colman até o último soldado que distribui as rações de alimentos, todos parecem ser animados por uma coragem que eu definiria como sobre-humana, mas agora me pergunto se, pelo contrário, numa medida insondável aos meus olhos, eles não seriam reféns da Itália, sempre representada como uma mulher.

"Teve notícias dos seus irmãos?", pergunta Lucia.

"Não, não me escrevem desde antes de a guerra começar."

Ela aproxima-se como que para confidenciar-me alguma coisa.

---

[41] Febre das trincheiras, "febre de cinco dias" ou "febris quintana" é uma doença causada pela bactéria *Bartonella quintana* (antigamente considerado uma *Rickettsia*) e transmitida pelo piolho humano (*Pediculus humanus*) ou por lesões de pele. Foi associada à trincheiras, porque ocorreram terríveis pandemias na Primeira e Segunda Guerra Mundial.

"Se o fizerem, queime a carta imediatamente."

"Por quê?"

"Respiramos um ar envenenado, Agata. A suspeita pode matar, especialmente se for bem paga. Anunciaram uma recompensa de cinquenta liras pela cabeça de quem se mancha com a traição."

"Cinquenta liras?"

"É uma pequena fortuna numa terra de famintos." Lucia dá alguns passos, vira-se novamente. "Qualquer um pode ter vontade de acusar."

XXXI

Às vezes, um piscar de olhos pode ser mais importante do que o estrondo do coração. Revela que pelo menos uma parte do porto, por mais infinitesimal que seja, ainda se move.

Aquele tremor no rosto trouxe Ismar lentamente a um estado consciente. Sonhava que havia uma borboleta sobre o seu rosto, porém, quando a sua mão fez um gesto para agarrá-la, a borboleta transformou-se num tufo de cabelos arrancados de um companheiro por uma granada.

Sobressaltou-se, finalmente acordado. As mãos correram até os olhos. Não havia tufos ensanguentados movidos pelo vento da guerra, a pele cheirava a limpeza, a terra do fronte havia sido removida com paciência por debaixo das unhas. A vista havia voltado com a insinuação da luz entre as pálpebras, e depois foi uma explosão de cores que provocou uma dor de cabeça.

Engoliu o formigamento do pânico que subia pelas pernas como milhões de insetos.

Não havia nenhum bosque ao seu redor. A tepidez da cama, a proteção de um teto e a maciez de cuecas listradas até então desconhecidas eram pior do que um bombardeio pronto a explodir sobre a cabeça. Ele aprendera a distinguir o sibilo característico das balas em movimento de chegada, reconhecer o calibre significava saber encontrar o abrigo mais adequado, mas não estava preparado para esse golpe. Não sabia como rechaçá-lo, mas de uma coisa tinha certeza: era perigoso.

Sentou-se e sentiu uma pontada lancinante em sua cintura tirar-lhe o ar. A barriga estava enfaixada com ataduras de pano.

Aos poucos, a lembrança do encontro na floresta surgiu da confusão nebulosa que o permeava.

Levantou-se mantendo a máxima atenção, as tábuas de madeira do assoalho rangiam debaixo dos dedos dos pés descalços, fazendo-o suar de medo. Os olhos correram até a porta, mas essa permaneceu fechada. A casa estava silenciosa como se só ele morasse ali. Deixou o olhar vagar, não havia vestígio da mochila com seus objetos pessoais. As mãos sentiam a falta da espingarda e da faca como um aleijado sentia falta das pernas recém-amputadas. Tinha ajudado um camarada nas suas últimas horas de agonia, enquanto ele se lamentava pela dor que sentia no pé. Um pé que não estava mais lá, da mesma forma que a perna inteira.

Com uma das mãos, ele fazia força contra a ferida, aproximou-se da janela e olhou pelo intervalo entre as persianas.

Chaminés fumegantes, tetos ainda cheios de neve. Um velho claudicava pela rua com um cachimbo apagado entre os bigodes, um cão sem muitos pelos fazia-lhe companhia. As casas não tinham nada da arquitetura típica austríaca e Ismar conhecia bem o perfil das montanhas no horizonte. Aos poucos, calculava sua própria posição, então suas pernas amoleceram.

Virou-se. A estante de livros estava cheia de volumes, as cobertas eram trabalhadas em tricô, o braseiro ainda estava quente ao lado da cama. Tudo lhe pareceu mortífero como uma armadilha.

Deixou-se escorregar até o chão.

Estava do outro lado da linha do fronte, no meio de um vilarejo italiano, vestindo somente as malditas cuecas listradas.

XXXII

Um grito de raiva ao ver a pilha de lenha espalhada pelo pátio. Demorei horas e cansei muito para organizá-las do lado da casa onde bate sol, onde ficam protegidas. Agora está toda molhada, o fogo não vai acender e a casa ficará cheia de fumaça. Um pensamento repentino me faz desistir de ficar parada observando-a ou recolhendo um só tronco. Entro no estábulo e abro o trinco.

"Se eu te pegar, te espeto!"

Aponto a forquilha sobre o batente. Sei que foi Francesco e sei que ele está me observando, escondido em algum lugar. Começo a suspeitar que ele escapou do fronte não pela influência exercida pela sua família, mas porque há algum parafuso solto na sua cabeça. Não ouso imaginar o que ele faria com uma arma nas mãos, com uma mulher prisioneira entre os braços.

Remexo o bolso e com dificuldade encontro a chave. Muito tremor, muito susto. As cabras balem, estão agitadas.

"Não é nada. Não é nada..."

A voz tem um prenúncio de choro.

Corro para casa e espio entre as frestas de janela em janela, de cômodo em cômodo. Não há alma viva, mas alguém entre as ruelas que levam até a praça cantarola uma música romântica. Porém, nos lábios de Francesco aquelas palavras de amor se tornam obscenas e lascivas.

Não desfaço a guarda até ouvir que ele está se afastando, só então me entrego ao alívio. O frio do vidro sobre a pele acalma a martelação nas têmporas.

Viro o rosto em direção à estante de livros, procuro o vazio deixado pela caixa vermelha. Agora, mais do que nunca, é um rasgo. A lombada verde de um livro interrompe a sinfonia dos amarelos.

Endireito-me.

A lombada verde de um livro interrompe a sinfonia dos amarelos e não fui eu quem mudou de lugar.

Olho em direção à cama. Dois olhos glaciais me observam.

"*Keine Angst...*"[42]

Não deixo ele dizer mais nada e jogo a forquilha. Os dentes plantam-se na cabeceira da cama, fazendo com que o diabo loiro salte para fora dos lençóis. Num segundo, ele está num canto, eu no outro, olhamo-nos ofegantes. Parecemos incrédulos de nos encararmos com essa proximidade improvável. Não há fronteiras que atravessam esta casa, só aquelas erguidas pelo medo.

E foi o medo que me fez voltar atrás milhares de anos, transformando-me num ser guiado pelo meu puro instinto, foi o medo que moveu minha mão.

O inimigo tenta se comunicar comigo. Poderia tentar capturar o significado das palavras, algo do seu som não me é estranho, mas, ao con-

---

[42] Em alemão no original: "Não tenha medo...". [N. da T.]

trário, escolho ignorá-las, como faço com o tremor das suas mãos, estendidas em minha direção. Não para me chamar para perto, mas para manter-me afastada. Ele está com medo de mim, percebo, mas nos seus olhos colho só uma determinação de aço.
 Ele quer viver. Eu também.
 Desta vez, ele não consegue desviar do arremesso e o penico o atinge no meio da testa. O metal ressoa como um címbalo contra o osso. Talvez desta vez eu o tenha matado.

 Esperei a hora mais escura da madrugada. Entre as faias[43] centenárias do Bosque Bandito sopram forças que não consigo ignorar. As grandes sábias, era assim que meu pai as chamava. Eram as únicas árvores que se recusavam a ser abatidas, não importava o quanto dinheiro valessem. Não havia preço que o induzisse a cumprir tamanho sacrilégio.
 Respira-se uma magia sob estas frondas. Elas sussurram para os demais habitantes da floresta. Os troncos nodosos abrem-se em ramos que parecem mãos com dedos longos estendidos para a abóbada do céu. Parecem invocar a feitiçaria. Feitiçaria sobre esta humanidade que segue errando.
 "Sou uma pobre filha desta terra", me apresento aos espíritos que vivem por lá, antes de adentrar a floresta.

---

[43] A faia-europeia (*Fagus sylvatica L.*) ou faia, é uma espécie do gênero *Fagus*, árvore de folha caduca pertencente à família Fagaceae.

Minha mãe sorriria, repreendendo tanta crença. Meu pai, ao contrário, aprovaria.

Escolher ser indulgente com minhas fragilidades, abandono-me às sugestões de antigas crenças. Qualquer coisa para não sentir o peso real daquilo que estou fazendo.

O trenó corre sobre a neve gelada sem afundar e pula sobre as manchas escuras cada vez mais amplas. Aqui no vale, o inverno está terminando, mas o frio ainda vai durar algumas semanas e esta noite, talvez pela última vez, está nevando. O céu decidiu me ajudar, irá cobrir minhas pegadas.

Não sinto cansaço, apenas medo, e a urgência de me afastar da minha culpa.

O diabo não morreu. Tampouco dessa vez. Já escolhi a árvore sob a qual irei abandoná-lo ao seu destino: a mais potente, a mais antiga. Na casca, ela traz as marcas das batalhas travadas para crescer e conquistar a luz. O tronco abre-se em fendas resinosas. Gerações de jovens gravaram seus nomes na casca castanha, ansiando fixar na eternidade um momento que, no entanto, a planta fagocitou, regenerando-se. As suas almas estão ali prisioneiras, dizia o meu pai, o seu destino marcado por aquele ato brutal. Talvez ele estivesse a insurgir-se contra algo que não conseguia fazer, ou talvez o que o movia fosse mesmo um sentimento de respeito por aquelas criaturas majestosas, porém indefesas. Ele era um lenhador, mas não aceitava desrespeito, não era um idiota. Conhecia o mundo melhor do que a maioria e os seus pensamentos corriam depressa. Só as palavras lhe eram difíceis, dançando diante dos seus olhos, confundindo-o, desintegrando-se em letras que ele não conseguia ordenar.

Ele e a minha mãe pareciam diferentes, é verdade, mas apenas na superfície. Como as árvores mais robustas, ambos penetravam a terra com raízes tão extensas e agarradas que até faziam que as folhagens mais luxuriantes parecessem desbotadas. Entrelaçaram-se nas misteriosas profundezas do amor.

Despojo o trenó da sua camuflagem improvisada. Os feixes de ramos descobrem o corpo do inimigo. Com um pé, faço-o rolar sobre a neve e empurro-o para debaixo da grande faia.

Somos diferentes, diabo branco. Não só naquilo que é visível, mas especialmente no intangível fundamental.

Agarro-o pelo colarinho do casaco e endireito-o contra o tronco. Mais cedo ou mais tarde, alguém irá encontrá-lo.

Revestido com suas roupas, voltou a ser um inimigo mortal. Desejar-lhe boa sorte significa pedir para nós a pior desventura.

"O feri e o salvei. Não lhe devo mais nada."

No momento em que digo essas palavras, lembro-me de um ditado que os velhos do vilarejo difundiam como se rezassem o terço.

Enquanto seu sangue estiver quente, não poderá ter certeza de que o diabo esteja satisfeito.

XXXIII

Eu poderia derreter o gelo com as lágrimas, mas os animais não choram. O bosque silencia, nega sua voz e assim castiga-me. O trenó está leve, o coração pesado.

Uma sombra se move rapidamente poucos passos à minha frente, aos pés do declive.

"Quem está aí?", grito.

Aparece uma criança. Reconheço Pietro, o filho de Lucia. Vou até ele, tento abraçá-lo, mas ele se afasta com o orgulho de quem tem oito anos. O gelo ralou seus joelhos que as bermudas deixaram descobertos.

"Pietro, é tarde. O que está fazendo no bosque?"

"E você?"

"Estou recolhendo lenha."

Ele olha atrás dos meus ombros, olha para os gravetos que transporto sobre o trenó. Não comenta.

"Onde está a sua mãe?"

"Rezando."

Para além do emaranhado de arbustos, os vidros de chumbo da igreja brilham em dourados, vermelhos e turquesas. O ar cheira a incenso.

Seguro-o pela mão e desta vez o garotinho aceita. Dentro, encontramos o torpor da respiração das pessoas ajoelhadas nos primeiros bancos. O pequeno solta as minhas mãos e alcança sua mãe, sem muita vontade.

Sento-me no fundo. Levanto o olhar com dificuldade em direção ao altar. As velas votivas exalam fumaça como súplicas enquanto o terço é oferecido à Virgem Maria, como nas primeiras horas do luto. São orações para acompanhar as almas dos soldados.

O banco range. Dom Nereo está sentado ao meu lado.

"Estou feliz por vê-la aqui novamente."

Poderia pedir-lhe para ouvir minha confissão, mas minha prece não seria uma absolvição direcionada a Deus, seria apenas a tentativa mesquinha de compartilhar um peso.

Na doutrina da fé, não consigo encontrar indicações que me sejam um amparo.

Dê a outra face.

Dê o peito à lâmina da baioneta.

Acolha seu irmão.

Acolha o inimigo invasor, alimente-o e sacie sua sede.

Elas devoram as minhas dúvidas como minhocas inchadas. O lento chiar da estopa é a minha consciência a arder. Parece que vejo as chamas balançarem-se no lugar da minha respiração.

"O que faria Deus em nosso lugar?", murmuro.

Dom Nereo suspira, apoia a testa sobre as mãos unidas, os cotovelos enfiados nos joelhos.

"Seu dilema também é o meu, Agata."

Seus olhos procuram um apoio nos símbolos ao nosso redor, mas santos e anjos têm bocas fechadas e olhares severos, asas e auréolas que não nos pertencem.

"Não pense que eu não me sinto dividido desde que começou a guerra. A desconfiança insinuou-se na alma... Desconfiança por tudo aquilo que sempre preguei do púlpito, com uma fé inabalável. Mas depois vou até os nossos jovens lá no alto, vejo os sacrifícios que eles fazem, vejo-os lutando e por isso espero, espero, que sobrevivam, que vençam, mesmo que isso signifique desejar que outros sucumbam. Que Deus me perdoe, mas agora sou o pai deles, e você, Agata, é mãe e irmã desses desgraçados."

"Outros. Somos sempre 'outros' para alguém. Há sempre um sul e um norte, um leste e um oeste. Não há outros que também têm uma mãe e um pai à sua espera? Eles também não teriam o direito de viver?"

Dom Nereo levanta o rosto em direção ao crucifixo acima do altar.

"Se só pudessem deter essa guerra injusta que eles mesmos começaram."

"E se alguém lhes tivesse dito que não é injusto?", pergunto. "E se forem apenas jovens como os nossos, limitados por ordens que não compreendem ou que não partilham?"

"O homem pode sempre escolher o bem em vez do mal."

"Não, não pode! Na guerra isso chama-se motim."

"Agata..."

Não consigo parar. Não posso.

"São só garotos. São só seres humanos. Podemos falar com eles, tentar entender. Os prisioneiros..."

"Já viu os prisioneiros?", pergunta uma voz.
"Eu não, e se não os vejo, já não há. Não mais."

Tino, o coxo, é pouco mais do que uma sombra ao lado do confessionário, tem o queixo apoiado sobre a bengala, o rosto coberto pelo chapéu de tela. Só o nariz grande e grumoso como um tubérculo sobressai por baixo da aba quando ele fala.

Dom Nereo o destrói com seu olhar.

"O que você está dizendo, Tino?"

"Ninguém os viu e ninguém se pergunta que fim levaram. Só os oficiais valem alguma coisa para servirem como moeda de troca pelos nossos, os outros são só um peso inútil."

Dom Nereo remove o tricórnio[44] e bate na mão dele.

"Tenha vergonha na cara! Insinuar essas torpezas! Como se o espírito de todos já não estivesse no limite."

Deixo os dois discutirem. Não quero acreditar nas palavras do velho, mas sinto frio. A essa altura, a dúvida está pairando no ar e, por mais esforço que eu faça para sufocá-la, sei que encontrará outra forma de se revoltar e empurrar para vir à tona.

Nossa Senhora feita de gesso me olha com dor.

Ela entregou meu filho à morte, acusa.

---

[44] Tricórnio é um estilo de chapéu que era popular desde o século XVI até século XVIII, saindo de moda no início do século XIX em diante. No auge de sua popularidade, foi usado como item de vestuário civil e como parte de uniformes militares e navais.

Pele de lua, a dele. A minha é de fumaça e cheira a fumaça de traição. Ela é mãe, já eu talvez nunca seja. Há meses meu ventre está estéril, o cansaço depredou-me o futuro.

Nessa hora da madrugada, a ferocidade levanta-se com o vento e varre a piedade. A esperança é mulher e caminha descalça, cai e levanta-se outra vez. Traça caminhos íngremes com os pés feridos.

Nossa Senhora feita de gesso olha-me com um olhar triste de reprovação.

Se você não tiver coragem, parece dizer, não é digna do meu rei — mas o seu rei está pendurado na cruz.

Eu também sou sua filha, gostaria de gritar. Mas cedo, fujo seguida pelo rastro de incenso.

Volto para a grande faia: ele não está lá. Na escuridão, não consigo ver pegadas, mas aqui a fronteira é alta e ele está ferido, não pode estar muito distante.

Atrás de mim, um ramo quebra e algo em mim o imita: nenhum animal faria isso, porque seria leve e rápido demais.

Enfrento a presença escondida, assustada pela audácia que me trouxe de volta até aqui, mas que agora me deixou sozinha.

"Mostre-se", ordeno como uma rainha desesperada.

"Por que você voltou aqui?"

O temor se esvazia. É Pietro.

"E você por que está me seguindo?"

O garotinho se fecha.

"Você quer roubar o meu tesouro!"

"Mas o que você está dizendo! Volte para casa."

Pietro escapa e eu me vejo obrigada a correr atrás dele: não estamos sozinhos no bosque. Há um diabo ferido que está se escondendo e eu não sei — não sei mesmo! — quanta compaixão ele preservou em seu coração, ou se é realmente sombrio como dizem. Dizem que os que são como eles comem crianças.

"Volta aqui, Pietro. Rápido!"

"Não!"

"Vou buscá-lo e depois contar tudo para sua mãe!"

Eu quase não o vejo e persigo uma silhueta. Estamos embaixo da parede rochosa na Creta de Timau quando consigo roçar nele, mas os dedos se fecham no vazio.

"Assim que eu te pegar..."

Sobre nós estala a escuridão.

Não dou mais um passo. Fragmentos de gelo chovem sobre minhas bochechas. Algo está se movendo lá em cima.

"Pietro", digo baixinho, esticando uma mão em sua direção. "Sai daí agora."

"Preciso pegar meu tesouro!"

O garotinho se agacha no fundo da parede, escava e puxa.

A crepitação corre.

"Não seja bobo, obedeça!"

"Você não é minha mãe!"

O barulho do gelo que se rompe e ecoa amedrontador.

Levanto os olhos.

"Meu Deus."

O gelo desgrudou. Uma pequena parte da montanha está escorregando para baixo. É uma língua que se lança entre as rochas caindo ruidosamente para baixo, bem acima de nós.

Alcanço Pietro, agarro-o para não o perder na nuvem gelada que já nos alcançou e aperto-o contra a parede. A rocha é a última esperança e aferro-a até sentir minhas unhas quebrarem. Se a deixar, a avalanche nos carregará para o fundo, roubando nosso ar.

Finalmente chega a morte branca, despeja-se sobre nós e gritamos. Sinto-a golpear as costas, cobrir os braços com fúria, e com fúria ainda maior seguro-me à montanha. A neve corta a garganta e sufoca o grito, puxa e golpeia, mas não asfixia. Que ela poupe a criança, pelo menos ele, mas Pietro não grita mais e a angústia arranca minhas forças. Os dedos perdem o ponto de apoio, procuram-no sem sucesso. Sinto-me invadida pelo pânico quando outra mão aperta com força a minha e ajuda-a firmar-se. Outro corpo empurra os nossos e de imediato há um calor. Ao nosso redor a escuridão golpeia e uiva, mas não nos agarra.

Só quando o silêncio volta é que sinto puxarem-me pelo braço, o peso que pressionava sobre mim desaparece e o ar investe me fazendo tossir. Levanta-se um choro abafado. A cabeça de Pietro procura meu peito, os pequenos braços magros agarram-se ao meu pescoço.

Tenho vontade de chorar, mas sinto tanto frio que as lágrimas cairiam em cristais.
Alguém passa as mãos sobre meus olhos, arranca o gelo, mas não tenho a coragem de abri--los e olhar. Fica imóvel por alguns momentos, depois sinto que se afasta.
Vozes assustadas seguem-se pelo bosque e aproximam-se. Reconheço a voz de Lucia, de dom Nereo e de outras mulheres.
Viro-me com dificuldade para um lado e enrolo Pietro em meu xale. Ainda estamos parcialmente cobertos pela avalanche.
"Está tudo bem, sua mãe já está chegando."
Francesco é o primeiro a chegar até nós e escava com as mãos ao nosso redor, xingando. Liberta Pietro e entrega-o à sua mãe. Lucia está de joelhos, soluçando e agarrando-o em seu peito.
"Eu havia dito para não sair, para não sair!"
Ela procura a minha mão e sussurra um "obrigada" com os lábios.
Francesco ajuda-me a levantar, os dedos se fecham com força sobre minhas costas contraídas.
"O que você estava fazendo por aqui neste escuro?"
Balança-me, está furioso, mas seu olhar severo acende a raiva também em mim.
"Procurando lenha." Afasto-me. "Não me pergunta por quê?"
"Por sorte me chamaram."
Como se tivesse feito alguma diferença.

Afasto-me e deixo-o a se vangloriar. Estão todos ao redor de Pietro. O garotinho insiste para conseguir seu tesouro e é claro que não irá se acalmar enquanto não o receber. É uma caixa cheia de bronze que dom Nereo e Tino conseguem com dificuldade desenterrar da neve. Aquele metal significa a barriga saciada por dias. Ele quase morreu para defendê-lo e agora olha para Francesco como se fosse um cavaleiro valoroso.

Mas não foi Francesco quem nos arrancou da tumba de gelo. Não foi seu corpo que protegeu os nossos, que nos preservou o ar.

Nas luzes das tochas, ninguém notou as pegadas que já estão se confundindo com as dos recém-chegados. Ninguém notou o pequeno crucifixo caído no chão que brilha indicando um caminho de gotas de sangue. Cubro-o com um pé, faço-me de escudo diante da luz para que a minha sombra esconda as pegadas. Movo-me fechando a fila que volta em direção ao vilarejo, sem virar para trás.

Só mais tarde, quando todas as almas estão dormindo, volto sobre meus passos. Faço uma volta longa para voltar ao ponto do qual parti.

Sei onde procurá-lo: onde eu me esconderia, ou seja, contornando o percurso da avalanche. Ninguém irá se atrever a caminhar por aquele canto nos próximos dias.

E sei onde encontrá-lo, onde procurar um ponto de comunhão que faça com que a distância possa ser reduzida: no meio do caminho das nossas experiências, que são aquelas de dois garotos.

Ele sabe se esconder bem, mas eu sou filha de caçador. As nuvens passaram, só algumas pontas finas correm no horizonte. O cinto de Orion brilha e eu sigo o sangue escuro.

"*Hilfe.*" Socorro! É a oferta que sussurro quando tenho certeza que estou próxima o suficiente para ser ouvida. Firme na minha determinação, lhe dou um tempo. No fim, é ele que se mostra.

Sob a luz da lua, ele é impotente. Perde sangue e treme, mas seus olhos mordem. Parece me acusar: me fere, me salva, me abandona e me retoma. Decida-se de uma vez por todas!

Jogo-lhe o crucifixo e um cobertor.

"Se estivesse certa das minhas intenções desde o início, você já estaria morto!"

XXXIV

Não sou mais eu. A transformação aconteceu, mas a criatura que saiu do casulo não é uma borboleta.

Renasço com a roupagem de uma mariposa opaca e cinzenta. Abro as asas retalhadas pelo destino e voo desagregada. Tão sedenta pela luz a ponto de aceitar a proximidade de qualquer chama, sem perguntar de onde provém, sem perguntar que perigo carrega.

Nesses tempos em que as trevas cegam, consigo contemplar movimentos misteriosos e pensamentos que levam para longe quando não se pode dar nem um passo.

E foi assim que o entrevi, perdido tanto quanto eu, faminto de dias futuros, este inimigo tão parecido com um homem.

Olhamo-nos dos lados opostos do cômodo. Tudo se torna árduo agora que os olhares se encontram.

Abandona-se sobre a cama, pálido.

"*Wasser, bitte.*"[45]

Pede algo para beber. Vou pegar o jarro, mas ao voltar não encho a caneca.

"Se diz 'água'. Aqui ainda estamos na Itália e, com a ajuda de Deus, assim permanecerá."

Ele me olha enrugando a testa.

"Se quiser... se quiser alguma coisa, peça-o em italiano." Digo lentamente: "Água".

---

[45] Em alemão no original: "Água, por favor". [N. da T.]

Ele se estica para pegá-la, mas a ferida faz com que se dobre.
A testa enrugada tornou-se uma mistura de hostilidade e preocupação. Entre os dois, é sempre ele o que tem mais o que temer.
Espero, mas a rendição não chega. Acho que temos tempo para encontrar um acordo, para buscar um equilíbrio. Talvez eu seja cruel, mas é importante reconhecer que está na terra de outros. É um invasor, deve depor as armas com que a sua mente, antes das suas mãos, estava munida.
Tenta levantar-se novamente, mas a dor arranca-lhe um lamento raivoso.
Passo a jarra e me aproximo, afastando qualquer medo. Mais cedo ou mais tarde, eu teria me decidido a fazê-lo.
"Precisa ficar parado, ou o ferimento não irá sarar."
Ajudo-o a tirar as roupas pesadas, as botas e a se deitar. Esforço-me para pensar que o fiz tantas vezes com os feridos no fronte. É apenas um soldado, repito, com um uniforme diferente.
O silêncio tem o poder de condensar o ar, os olhares têm a capacidade de caminhar sobre a pele e atordoar com formigamentos inesperados.
"Se diz 'obrigado'", murmuro, para aliviar a tensão enquanto com paciência refaço o curativo.
"Me chamo Agata. Agata", repito, batendo a mão sobre meu peito.
Ele fica em silêncio. Mostro o ferimento.
"Agora está limpa. Tente dormir."

Ele toca a faixa. Diz algo em sua língua.

"De qualquer forma, eu não entendo."

Ele insiste, balança a cabeça. Acho que está me acusando de ter atirado nele e depois levado para o lado inimigo.

"Você já estava deste lado", resmungo.

Mostro-lhe os meus pulsos unidos e, com um aceno de cabeça, convido-o a fazer o mesmo. Ele recua, mas eu não desisto.

"Preciso amarrá-lo."

Ele se vira e não olha para mim. Tem o perfil reto da linhagem teutônica, mas a protuberância na testa quebra a perfeição e torna a sua altivez desajeitada. Aponto para a porta, então outra vez para os seus braços.

"Ou o amarro ou você vai embora."

Ele olha para o teto, seu peito expande-se numa respiração profunda e esvazia-se tremendo. Por um momento, sinto por ele algo parecido com a compaixão.

Ele está longe dos seus camaradas, preso para além da linha do fronte, fechado num cômodo com quem tentou matá-lo.

Está com medo, assim como eu. Poderia o medo unir em vez de dividir? Logo vamos descobrir isso juntos.

Encho a xícara com água e ofereço-lhe.

"Deve dizer 'obrigado'", ressalto novamente, mas não chega nada por parte dele.

Gostaria de mandá-lo outra vez para o diabo, mas depois penso no que teria acontecido com Pietro e comigo se ele não nos tivesse pro-

tegido, e então sinto-me menos beligerante em relação a ele.
 Ele nos salvou. Isso deve bastar. Espero com paciência até que chega o momento em que ele entende que deve ceder e, finalmente, oferece-me os pulsos. Amarro-o para manter a mim mesma em segurança, contudo, sinto outra sensação: não são os nós que me fazem sentir protegida, mas o vigor que esses pulsos têm. São fortes, e ele colocou-os nas minhas mãos.

XXXV

Acordo no alvorecer com a consciência de que não estou sozinha.
Há outro coração batendo para lá desta parede. Outros desejos, outros pensamentos. Tão iguais, alguns deles. Outros, ferozmente distintos.
Deixo-o descansar um pouco. Quando finalmente me sinto segura, bato e abro a porta. Ele está acordado.
Cumprimento-o com um gesto e apoio na mesa de cabeceira uma bacia com água morna e um pano limpo. Tiro uma muda de roupas do gaveteiro e apoio-a sobre a cama.
"Você vai fazer isso sozinho", digo-lhe.
Quando estou para sair, ele levanta os pulsos e mostra as amarras.
Hesito, mas não posso fazer outra coisa que não seja liberá-lo.
Aproximo-me.
"Tenho uma faca no bolso."
É mais um encorajamento para mim do que um aviso para ele. Solto os nós pensando que estamos próximos demais, que ele está ferido, mas ainda assim é mais forte, é um desconhecido, um austríaco. Minhas mãos tremem e seus olhos o notaram: demoram-se nos meus e sobre meus dedos. E ainda sobre meu rosto. Não consigo respirar.
Tão logo posso, me afasto.
"Seja rápido!", digo e fecho a porta atrás de mim.

Preciso averiguar a casa, ter certeza de que as janelas estejam fechadas, assim como as demais entradas. Cuido das cabras, lhes dou feno fresco, limpo a cozinha e preparo uma refeição. De vez em quando, abro uma porta e observo a aldeia deserta. Viola não veio me procurar, não vem mais. É dolorido, mas agora também é um bem para ambas.

Quando sinto que ele terminou, volto até ele com um prato.

Encontro-o arrumado, até tentou pentear os cabelos. O rosto está corado outra vez.

Amarrou as cordas em seus pulsos como pôde. Só preciso apertar mais os nós.

Observamo-nos.

Fez isso por mim? Gostaria de lhe perguntar.

Aproximo-me e aperto com força. Deixo corda suficiente para que ele possa comer sozinho.

"Sopa", digo, oferecendo-lhe a colher. "E queijo."

Não o vejo comer, arrumo novamente o cômodo. Recolho as roupas sujas e limpo. Ele não para de me observar.

"Preciso ensinar-lhe como ir embora", digo em certa altura. "Logo mais será o momento de ir."

Ele observa-me com olhos atentos e cautelosos. Lembra-me o lobo que tantas vezes aproximei de mim mesma.

"Depois do vilarejo, atrás do córrego, você irá encontrar o Bosque Bandito. É onde o deixei."

Aproximo-me da janela. Abro um pouco as persianas e o mundo externo entra por uma pequena fissura com uma mistura de cores e reflexos. Indico o verde reluzente do fundo. "Bosque. Entende?"

Ele tem a expressão de alguém que, por mais que tente, não consegue captar. Fecho os batentes.

"Eu tinha um cão que me entendia melhor."

Ele resmunga algumas palavras. Não há impetuosidade, há quase uma esperança de ser compreendido. Eu queria ser professora, agora talvez tenha a oportunidade de ser durante algum tempo, com quem eu menos imaginava.

Tiro da gaveta da cômoda uma folha de papel, tinta e bico de pena e sento-me ao lado dele.

Com poucas linhas, esboço uma casa.

"Nós estamos aqui. Casa. Estamos nesta casa."

Segura um cotovelo, parece intrigado.

Atrás da figura, desenho árvores, perfis lancetados e copas vaporosas.

"Bosque. Nós o chamamos *bolt*."[46]

Ele abre os lábios, mas continua indeciso se irá me satisfazer.

Aproxime-se, penso, talvez possamos ser menos estrangeiros, menos distantes.

"*Der Wald*", ele murmura.

---

[46] Em dialeto timauês no original. No restante do capítulo, repetem-se as mesmas palavras nesse dialeto e em alemão, com o respectivo significado esclarecido na própria narrativa. [N. da T.]

Guardo para mim a satisfação da pequena vitória e ao lado dos desenhos escrevo as palavras. "Casa. Bosque. Chama-se Bosque Bandito. Lá crescem as faias mais antigas e imponentes. No século dezesseis, a República de Veneza confiscou-o, declarando-o banido, *bandito*, a fim de reservar a valiosa madeira para a construção dos seus navios."
Contar, para que o som da língua se torne habitual para os seus ouvidos. Não é importante que ele compreenda todas as palavras, mas que o significado abra espaço dentro dele de alguma forma.
"Veneza... *Venedig?*"
O confundi, tento refazer o fio da meada.
"É onde encontramos a criança. Criança."
Desenho-o minúsculo. "Criança. Nós dizemos *Ckint*."
"*Das Kind!*"
"Sim! Mas repita: criança."
Não o diz.
Esboço mais uma coisa, uma linha cortada atrás da casa, desta vez não digo nada e deixo a ele a tarefa de dar um passo a mais.
Aponta.
"*Die Berge.*"
E tão grande é a emoção de haver encontrado um ponto comum profundo com alguém que representa tudo o que gostaríamos de rejeitar. O dialeto de Timau vem inalterado desde a Idade Média, no entanto, está vivo, é um ponto

de encontro, é algo que, num dado momento da história, uniu os nossos povos.

"Para nós é *bearga*", explico. "São as montanhas."

"Mon..." Ele fecha os lábios. Tenta de novo. "Monta... nhas."

Sorrio.

"Montanhas. Com *nh* de leve. Montanhas."

Escrevo as três palavras. *Berge. Bearga.* Montanhas.

"Escrever." Faço a mímica do gesto lentamente.

"*Schreib*..."

"Muito bem", encorajo-o, mas logo fico séria. Agora ele precisa entender o que vou dizer, pois disso depende sua sobrevivência. "Terá que atravessá-las para chegar à fronteira. Fronteira."

Desenho arame farpado.

"Fronteira", digo devagar. "*Grenz.*"

Ele demonstra ficar mais atento.

"*Ist die Grenze hier?*"

"Sim, lá está a fronteira, do outro lado é a Áustria. Não será fácil. A neve continua alta. *Sghneab*, entende?"

"*Shnee.*"

Ele suspira e se deita sobre o travesseiro. Está preocupado, mas parece satisfeito.

"Você vai dar conta."

Eu mesma me surpreendo com o que acabo de dizer. Ele vai dar conta e depois voltará a cumprir as ordens que lhe foram dadas? Talvez um dia ele me mate ou mate alguém de quem eu goste. Estou criando um filhote de desgraça.

"Voltará para a batalha", digo. "Nada irá mudar. *Ckempf.*"

Vira-se, o olhar claro obscuro.

"*Kampf*", sussurra e parece que quer me dizer que não é a nossa guerra, ainda que tenhamos de a combater.

Ele roça em mim. É só um toque gentil sobre o meu pulso, porém, eu reajo como se ele tivesse me batido. Uma reação exagerada, a verdadeira cara do medo.

"Peço desculpas", apresso-me a dizer, a mão, porém, fica sobre o coração, para acalmá-lo.

Ele aponta para ela.

"*Herz.*"

"*Hearza.* Coração."

Minha respiração acalmou. Um sino bate a hora.

Desta vez, seu dedo aponta para a janela. Quer continuar nosso jogo e eu o satisfaço.

"Sino. *Klouka.*"

O som o faz sorrir.

"*Die Glocke.*"

Ele indica o prato vazio, pega a colher e leva-a até os lábios. As cordas ao redor dos seus pulsos se esticam.

"*Essen?*"

"*Eisn.* Comer."

"Comer."

Então, ele me ocupa, tecendo entre nós uma teia de histórias distantes da guerra, distantes da aventura que ele terá de enfrentar para voltar de onde veio armado e determinado a conquistar.

O mapa com a rota de fuga escorregou para o chão e lá ficou.

A questão que me atormenta é o que irá acontecer comigo fora dos limites seguros desta casa. O que estou fazendo tem um peso e de alguma forma terei que sustentá-lo.

Ismar aponta para a estante de livros, para os volumes que não tenho mais tempo de ler.

Minha mão cobre minha boca.

Meu Deus, pensei no nome dele.

Escondo-me, virando-me de costas, assustada comigo mesma.

Calma, Agata. É apenas um nome.

Concentro-me nos livros. Ele quer uma palavra para nomeá-los. Há muitas, todas dolorosas.

"Histórias. Sonhos. Esperanças."

Olho-o novamente.

"Despedaçadas."

XXXVI

Escondi-me por vários dias. Vivi numa escuridão que nasce dentro de mim.

Afastei o quanto pude este momento, mas hoje tive que subir até o fronte. Se não o fiz antes, não foi por impedimento ou necessidade, mas pela angústia que voltar a esses lugares agora me causa.

Sei que vou ter que me encontrar com o capitão Colman e não o evito. Prefiro enfrentá-lo antes de perder a pouca coragem que me resta, mas encontro o seu comando vazio. Os poucos papéis que arrumou, a ausência do seu estojo de escrita me assustam.

À porta, dou de cara com o doutor Janes, que me cumprimenta com um abraço.

"Olha quem se vê aqui de novo!"

"O que houve com ele?"

"O capitão subiu com os melhores homens da divisão e permanecerá lá por alguns dias. As ordens são para ocupar um posto avançado."

O coração não quer se acalmar.

"Esperam um ataque?"

"Não temos notícias de deslocamento de tropas inimigas, mas os austríacos querem aquele esporão rochoso, mostram-nos isso com escaramuças constantes. Se conseguirem, levarão metralhadoras e obuses e poderão atingir as nossas trincheiras do lado oposto que se encontram numa altitude inferior. Mas não se preo-

cupe, eles nunca fizeram isso seriamente. Seria demasiado esforço lutar lá em cima."
"Enquanto isso, quem comanda?"
"O oficial mais graduado... sou eu."
Sua expressão engraçada me faz rir.
"Perdão, doutor. Não, comandante!"
"'Doutor' é o único título pelo qual tenho apego. Se devo ser sincero, prefiro costurar um ferimento do que chamar soldados ao combate."
Uma pausa leva-nos de volta à realidade.
"Ele voltará em breve?", pergunto.
"Quem pode dizer por quanto tempo os austríacos continuarão obstinados? Mas acho que sim. Perguntou muito sobre a senhorita, nestes dias. Estava preocupado de não vê-la por aqui."
Não consigo responder.
"Não nos abandone, Agata. Precisamos de sua temperança."
"Voltarei amanhã", garanto, mas não sei se é verdade.
O doutor Janes pega-me pelo braço.
"Venha, vamos tomar um chá juntos."
"Preciso ir..."
"Conceda-me a sua companhia por mais um momento. Acabou de chegar e hoje a paz parece tocar-nos, como um sonho toca a sonolência."
"O senhor é um comandante poeta, doutor", brinco, mas fico nervosa de fingir. "Amanhã tomaremos o chá, prometo."
Deixo-o descontente e corro à procura de Lucia e Maria, em direção à igrejinha do fronte.

A capela de Pal Piccolo tornou-se um símbolo de resistência e esperança que convoca os soldados tão logo lhes é possível. Nestes cumes, como um antigo hospital, oferece consolo ao espírito dos combatentes. Fica entre as cruzes e o abrigo formado por uma parede rochosa íngreme, tão perfeita e inesperada que parece uma miragem. As fortes nevadas cobriram-na várias vezes até ao crucifixo no telhado, mas ela resistiu, tão estoica como aqueles que a queriam. Não me esqueço que as mãos de Amos também ajudaram a polir suas pedras. Pergunto-me como estará o meu primo, se estará mais seguro no Carso do que aqui.

Não sei se o fronte está resistindo por lá. Aprendi a desconfiar das notícias gritadas nos jornais. Sinto-me incomodada ao ver as tirinhas satíricas, assim como os postais de propaganda. Mostram uma guerra que nunca encontramos por aqui, que não existe, feita de gigantes, de confrontos entre titãs sem que haja sequer uma gota de sangue, um membro partido ou perdido, vísceras espalhadas sobre um campo de carne. É uma guerra cujo fedor é difícil de se imaginar, algo que eu jamais poderei esquecer: tiraram-lhe a voz com a qual ela continua gritando nas noites daqueles que, como nós, a vivem. É uma narrativa obscena, que sequer tem a epopeia dos poemas, pois não há valor onde o sacrifício não espuma com raiva.

Encontro as demais, elas estão com Viola. Estão ouvindo à missa na encosta nevada. Somos muitos, não cabem todos.

O capelão militar celebra o ritual sob o arco do portal; ao seu lado, como um totem pagão crigido por uma raça beligerante e miserável, ergue-se um projétil gigantesco, plantado no solo. Por vezes, é redentor manter perto aquilo que mais nos assusta.

Lembro-me do dia da inauguração da igrejinha. Trovejava, o inimigo pressentira no vento o cheiro da realização de um acontecimento especial e lançou a sua artilharia mais pesada sobre as nossas cabeças. A terra rebentava e fervia como milhões de crateras, mas nem um projétil a atingiu. Esta casa das almas e dos corações foi construída com sabedoria.

Juntamo-nos umas às outras. Viola sussurra-me ao ouvido.

"Viu o quadro? O pintor o trouxe hoje de Veneza. Não lembra ninguém conhecido?"

Atrás do padre, dois alpinos seguram uma imagem da Virgem Maria. Estamos longe, mas reconheço os traços iluminados por uma luz espiritual, a expressão amorosa, o colorido de um lírio da montanha. Nas suas mãos, ela segura uma coroa de louros, como se quisesse rodear a cabeça desta Itália ferida, ou dos seus filhos que morreram para a defender. Não consigo conter a exclamação.

"Lucia!"

Viola desata a rir, enquanto Lucia faz sinal pedindo silêncio, com as bochechas em chamas. É ela aquela Nossa Senhora.

Abraço-a, por um momento feliz. Quem, melhor do que ela, pode dar o rosto à Mãe desses garotos?

Nossa alegria não contagia Maria. Ela está distante com os pensamentos, olha em direção à fronteira do inimigo.

Quando ela fala, todas sentimos um arrepio.

"*E, havendo aberto o quarto selo, ouvi a voz do quarto animal, que dizia: Vem, e vê.*

E olhei, e eis um cavalo amarelo, e o que estava assentado sobre ele tinha por nome Morte; e o inferno o seguia; e foi-lhes dado poder para matar a quarta parte da terra, com espada, e com fome, e com peste, e com as feras da terra."

"Quanta alegria", resmunga Viola.

"É o *Apocalipse*", diz Lucia. "Tem razão de relembrá-lo. Que Deus seja nossa testemunha: não fizemos nada para chamá-lo até nós."

"Sério?"

"Você não acredita?"

Viola não encontra seu olhar. Ela se tornou cada vez mais destemida, provoca porque está impaciente para dar vazão ao ódio que está cultivando por dentro. Está perdida, contagiada.

"Alguém deve ter cometido um pecado, se aqui verteu-se o inferno. Eu mesma gostaria de esmagar os austríacos infames! Que morram todos!", ela responde.

"Viola!"

Lucia tenta abraçá-la, mas ela se afasta e desaparece entre os soldados. São eles, agora, seu único pensamento. Um pensamento obsessivo: mantê-los vivos, incitá-los a atacar. Está em busca de vingança pelo seu atirador assassinado. O desejo de vingança irá sufocá-la.

"Agata, por que você não tenta falar com ela?"

Lucia depõe em mim uma esperança que já morreu como semente. Viola não me dará ouvidos. Segundo ela, eu ainda não perdi o suficiente para alcançar o lugar onde ela agora se encontra.

Afasto-me com uma desculpa, sem esperar uma benção, e volto para casa perseguida por uma inquietude que se instaurou dentro de mim. É uma sensação que desaparece tão logo pareço entendê-la, mas sei que é feita das mentiras contadas e da raiva de uma amiga, do pensamento sobre o capitão Colman armado numa cimeira.

De noite, retomo meu lugar ao lado do diabo branco. Ele parece contente de finalmente ter uma companhia. Seu olhar é benevolente, o corpo mole deitado. A exuberância da sua juventude é a mesma de um deus caído ou talvez de um fauno. Quase enxergo os chifres, na sombra que projeta, e são tão parecidos com os de um demônio.

Veneno, digo a mim mesma. O ódio de Viola hoje também me contaminou.

Após a refeição, retomamos nosso jogo de palavras, mas o caminho que eu mesma trilho logo desenrola-se no emaranhado de uma floresta de arrependimentos e culpas.

Levanto as mãos, deixo-as alinhadas, fecho os dedos como empunhando uma espingarda invisível.
"*Jäger*?", pergunta.
Sacudo a cabeça. Não é "caçador" a palavra que eu tinha em mente. Faço pontaria e puxo um gatilho imaginário.
"Assassino", digo lentamente.
Ele muda de expressão. Por um momento, fecha os olhos, como se a bala que fingi ter disparado fosse real. Quando os abre de novo sobre mim, não vejo arrependimento, mas sim uma raiva silenciosa.
"*Träger*",[47] ele diz lentamente.
Ele não precisa exprimir por gestos o significado da palavra que relacionou com a minha acusação. O som é semelhante ao que nos começaram a chamar na aldeia.
Dar Trogarinnen.
As carregadoras.

---

[47] Em alemão no original: "carregador(a)". [N. da T.]

XXXVII

Ismar não via uma mulher fazia mais de um ano, mas aquela garota não era como as jovens que o esperavam ansiosamente em Viena. Ela não vestia blusas coloridas apertadas ao redor dos seios fartos e saias flutuantes que deixavam à vista os tornozelos voluptuosos, não cheirava a pó de arroz nem água de colônia. Não se parecia com Lena.

Lena. Durante a sua última licença, ele evitara encontrá-la. Antes da guerra, ele daria um braço para levá-la a uma cafeteria para tomar um chocolate com chantili ou a uma cervejaria para comer uma salsicha branca com mostarda e um pretzel. Ele teria dado tudo para fazer do presente um futuro brilhante.

Cruzava-se muitas vezes com ela nos seus sonhos, durante as primeiras semanas de sobrevivência no fronte: vestia um dirndl[48] azul como as suas íris, os cabelos bem loiros penteados em ondas brilhantes, a cintura apertada num espartilho... Tinha imaginado mil vezes desapertar os laços do vestido com os dedos, enquanto as bombas trovejavam.

Mas aos poucos aquela imagem desvaneceu. O sonho havia-se desfeito, revelando um nada angustiante. O nada da sua vida anterior.

---

[48] Tipo de vestido tradicional usado na Baviera, na Áustria e no Tirol do Sul, inspirado na vestimenta histórica dos camponeses alpinos. [N. da T.]

Voltar para casa sabendo que não poderia fugir da chamada às armas era um calvário. Respondia às perguntas do seu pai sobre a vida no fronte, tranquilizava a mãe dizendo que seria prudente — prudente —, ria com as irmãs, satisfazia a curiosidade dos transeuntes... Era uma encenação que o consumira.

Sentia-se incapaz de dividir os interesses dos outros, suas alegrias, até suas preocupações. Tudo lhe parecia tão miserável, tão insignificante em relação ao que estava acostumado a fazer todos os minutos da sua nova vida: permanecer vivo. Ismar tornara-se outra pessoa, tornara-se "outro". Despojado de todas as pretensões, de todos os ornamentos ridículos, era um rei nu, finalmente livre.

Mas a liberdade é uma loucura para quem prefere a segurança das convenções.

A garota italiana era o que havia de mais distante de Lena, do sonho de Ismar.

Ombros largos — cansaço.

Mãos ásperas — trabalho.

Roupas puídas — miséria.

Olhos de floresta e cabelos compridos e despenteados da cor de canela. Uma boca grande, sedenta de vida. Uma boca que era capaz de o acusar mesmo quando ele se mantinha calado.

Havia nela algo de selvagem em que Ismar podia se espelhar sem se sentir culpado e, ao mesmo tempo, algo calmo e solene.

A aspereza dela também pertencia a Ismar — era a aspereza das coisas consumidas pela vida —, mas coincidia, notavelmente, com os pontos de apoio que ele aprendera a explorar para se manter vivo. Aprendera a desconfiar de superfícies lisas e brilhantes, nos eremitérios da montanha como entre os homens.

    Ela o mantinha amarrado. Ismar se deixava amarrar. Entendia-a.

    Mas não era muito boa em fazer nós e, tão logo ela saía e fechava a porta, ele se soltava.

    Naqueles momentos solitários, quando não era visto, conhecia-a de verdade.

XXXVIII

Chega uma mensagem do fronte. Estou retirando água da fonte quando o sininho da bicicleta de dom Nereo anuncia a chegada de notícias. Ao me ver, aperta o freio e gasta as solas do sapato sobre os pedregulhos. O bilhete é para mim.

Leio-o e a apreensão rapidamente dá lugar à perplexidade. O capitão Colman pede-me que suba com urgência ao maciço rochoso que defende há dias com uma unidade, numa posição elevada acima da linha do fronte.

Deixo-o ler a dom Nereo, que olha de soslaio para a natureza do segundo pedido.

"Por quê?", ele pergunta.

Não sei.

Devo levar comigo o vestido mais bonito que tenho e o conjunto de pratos mais rico que conseguir encontrar. A mensagem não dá explicação nenhuma.

"Vai apanhar o vestido, eu penso no resto. Nos encontramos na sacristia, se apresse."

Dom Nereo acelera os pedais e dispara em direção à torre do sino.

Não me resta mais nada a fazer senão apressar-me, com o balde a chacoalhar e a espirrar água. Por fim, deixo-o cair no chão e a excitação toma a forma de uma corrida desenfreada.

Em casa, encontro o inimigo na mesma posição em que o deixei. Observo-o com a respiração curta: ele mantém os olhos fechados, a cabeça relaxada sobre um ombro, as mãos apoiadas na ligadura do abdômen ainda amarrado à cama, mas sei que está fingindo. A respiração do sono é diferente da respiração da vigília, aprendi a reconhecê-la nas noites passadas ao lado da cama do meu pai.

Posiciono o jarro de água na mesinha de cabeceira e coloco um lenço com pão e queijo no colo dele.

"Preciso ir, mas volto logo."

Abre os olhos. Ele não finge a confusão de quem é arrancado dos sonhos, sempre esteve ciente de cada passo meu. Indico-lhe o penico.

"Se quiser ficar em segurança, tente não se mover."

Meia hora mais tarde, já estamos a caminho. Eu, dom Nereo e uma mula, carregando tudo aquilo que conseguimos encontrar. A bolsa no dorso do animal tilinta com os metais refinados.

Não falamos, nos empurramos com os joelhos e os calcanhares para subir o mais depressa possível. No último trecho, porém, dom Nereo tropeça várias vezes e eu tenho de içar para cima da mula. O esforço incha-lhe as veias e deixa o seu rosto avermelhado. Quando chegamos ao fronte de batalha do Pal Piccolo, ele é obrigado a deixar-me continuar sozinha.

"Que Deus esteja consigo", ele abençoa-me, mas não tenho coragem para responder. Duvido tanto de Deus como do homem. O doutor Janes juntou-se a nós e atribuiu-me uma escolta alpina. Vamos prosseguir por caminhos parcialmente descobertos.

"O capitão deixou-me o comando", conta, dando alguns passos conosco. "Não vejo a hora que ele volte, diga isso a ele."

"Tenho certeza que irá honrar o cargo, doutor."

Ele tira os óculos e limpa-os com uma tira da camisa. Busca conforto. Aperto-lhe o braço e sinto-o tremer.

A forma como ele olha para mim me assusta. Ele percebe.

"Perdoe-me, é um dia ruim. Sim, o capitão vai reforçar o posto avançado e voltará para nos atormentar com a sua tagarelice. Vamos, agora. Siga o caminho, é uma boa meia hora de escalada."

Com um pé à frente do outro, avanço rapidamente, até que o forte surge com uma série de barracas de tábuas apoiadas em precipícios. Escadas de ferro estendem-se das chaminés até os cumes. Alguns dos soldados alpinos fixados nas muralhas levantam as mãos em continência, enquanto outros estão ocupados em reforçar os parapeitos com pedras e sacos.

Paro tentando recuperar o fôlego. O pedido do capitão parece-me mais do que nunca sem sentido algum.

É ele quem me acolhe, saindo de um abrigo.

"Esperava-se a sua chegada!"

Ele me ajuda a remover o cabaz e espia o conteúdo.

"Trouxe o que lhe pedi?"

"Sim, mas como foi misterioso."

"Entre, vou lhe explicar."

"Não irá desabar?"
"É mais firme do que parece. Estamos agarrados à montanha."

O conflito empurrou os seres humanos para altitudes que não lhes são adequadas, transformou-os através da vertigem e do rigor do frio, com a aspereza das rochas e dos ventos puros: as avalanches os varreu de lá e os que ficaram aprenderam a se ancorar às paredes verticais.

O interior do acampamento é aquecido por uma estufa que acolhe sobre si uma ruidosa cafeteira. Não estamos sozinhos, dois alpinos estão varrendo.

"Esperamos um visitante", diz o capitão.

Estamos num deserto rochoso de extensões verticais que empurram nossos olhares até o céu.

"Que visitas conseguem chegar até nós aqui em cima?"

Vira-se para me olhar. Sua expressão torna-se séria.

"O inimigo, Agata. Estamos à espera de uma delegação de representantes do fronte austríaco. É por isso que lhe pedi para vir. Preciso da sua ajuda."

"Como poderia ajudá-lo?"

"Este posto avançado tem de mudar de cara para os acolher. Eles vêm propor-nos a nossa rendição, estão certos de que já não temos meios para continuar resistindo."

"E é verdade?"

"Com a sua ajuda, vamos mostrar-lhes o contrário. Está disposta?"

Concordo, não posso fazer outra coisa.

"Bem, você irá comandar e meus homens irão executar. Preciso preocupar-me com a defesa."

Ele já está saindo, mas o detenho. Não consigo me segurar.

"Vão conseguir?", pergunto.

Ele me presenteia com um dos seus raros sorrisos, que ultimamente tornam-se mais frequentes.

"Mas é claro", ele promete e então se afasta.

Olho à minha volta, demoro alguns momentos a decidir o que fazer.

"Tem ordens a dar?", pergunta-me um alpino.

Mostro-lhe o cabaz.

"Está tudo ali dentro."

Estendemos sobre a mesa a fina renda da toalha da liturgia com os seus bordos biselados. A estola de seda que dom Nereo usa para celebrar a Páscoa torna-se um esplêndido centro de mesa, brilhando com bordados de prata. Deus compreenderá, digo para mim mesma, quando encho o cálice eucarístico com as flores floco de neve, colhidas na subida.

Um soldado desenrola o tapete enquanto um camarada se ocupa de polir o candelabro emprestado do altar. Os mapas estão dispostos no púlpito. Quando acendo as velas e me afasto para admirar o nosso trabalho, surpreendo-me com o resultado. O gabinete tem agora o ar de uma barraca romântica, o retiro de um pensador.

O soldado responsável pelas rações entra com uma panela embrulhada num pano e a sala enche-se de fragrâncias doces, pão torrado em manteiga e perfumado com o último pó de canela que raspei do fundo de um frasco. Enchemos as xícaras, colocamos mais lenha na estufa.

O capitão Colman retorna e sua expressão provoca-nos uma risada.

"Incrível!", ele exclama. "Incrível de verdade, só falta um detalhe."

Ele remove a capa e organiza alguns volumes sobre o baú. Aproximo-me para os observar.

"Livros?", pergunto.

"Romances. Porque o fogo do inimigo não nos preocupa minimamente e temos até tempo para ler."

Não posso deixar de rir enquanto reviro os volumes entre as mãos.

"*O corcunda de Notre Dame*. É seu?", pergunto.

"Meu preferido. A senhorita já o leu?"

"Não."

"Pois deveria."

Uma estrela alpina seca marca uma página pouco antes do final.

"*No alto, no céu, um voo perpétuo de corvos...*"

Olho para o capitão, desconfiada. Pulo algumas linhas e continuo:

"*...e mais ainda à noite, quando a lua batia naqueles crânios brancos, ou quando o vento norte, vestindo correntes e esqueletos, os fazia* balançar nas sombras. *A presença daquele patíbulo era suficiente para tornar sinistros todos os lugares à sua volta."*

Fecho o livro e o devolvo.

"Uma leitura que, tenho certeza, o comando supremo encoraja para elevar o humor das tropas. Ajuda-o a prepará-los para o tribunal militar?"

"Na verdade, é uma grande história de amor, mas vejo que não acredita. A consciência disso me fere."

"O doutor Janes saberá aliviar sua dor prescrevendo-lhe um pouco de *grappa*."

"O doutor Janes é o melhor médico do mundo."

"Ele disse para que o senhor se apressasse a voltar. O comando não é para ele."

O capitão olha para o relógio. "Chegou a hora de se trocar, agora."

Mostra-me um pequeno quarto ao lado da secretaria da campanha militar que funciona também como uma guarita. Pego o pacote que trouxe de casa e fecho a porta. Dispo-me com incômodo, única mulher num ambiente masculino.

O vestido mais bonito que tiver, ordenou o capitão em sua mensagem. O único que tenho também é o mesmo que não gostaria de vestir agora. Desfaço o laço do barbante que segura o pacote e coloco o conteúdo com cuidado sobre a cama. A camisa de algodão fino tem o perfume de corolas de camomila. Ao vesti-la, sinto o verão sobre minha pele. As meias são as mais finas que já usei e a saia de veludo preto, como os *scarpetz*, cobre meus tornozelos com um bordado vivaz de gencianas, espigas e flores botão de ouro. O corselete cor de pervinca brilha quando puxo os laços e uso o xale da mesma cor.

Houve um tempo em que os fusos[49] e as rodas de fiar do vale produziam os fios mais finos e preciosos sob a orientação hábil de mãos femininas. O cânhamo e o linho dos nossos campos transformavam-se em tecidos suaves que as flores e as plantas tingiam com as cores exuberantes da vida. Esse tempo já passou e sinto-me triste.

Visto o traje de noiva da minha mãe.

Em frente a um espelho de mão, rodeada de objetos masculinos que me lembram onde estou, faço uma trança no cabelo e amarro-o na nuca. Nunca me vi assim, e talvez nunca mais volte a ver. Concedo-me apenas o tempo de respirar profundamente uma vez antes de voltar à realidade.

Quando olho para fora, o capitão Colman fica em silêncio, de tal modo que começo a sentir-me envergonhada. Talvez imaginasse outro vestido, mas aqui a moda da cidade nunca chegou.

"Se não...", começo a dizer.

"Só falta uma coisa", ele interrompe-me, desaparecendo.

Quando aparece novamente faz-me usar a pulseira vermelha com o número da ala.

---

[49] Fuso é um utensílio cilíndrico feito de madeira, utilizado para fiação e torção de fibras como lã, linho, cânhamo e algodão em fio.

"Esqueceu disto. Não está aqui para servir à mesa, nem quero que a sua presença seja mal interpretada de qualquer outra forma."
Roço a faixa.
"Qual é o meu papel, como posso defini-lo? Às vezes me pergunto, mas não encontro uma resposta."
"Se a questão a deixava desinquieta, era só perguntar a mim ou a qualquer um dos meus homens. Nunca tivemos dúvida alguma."
Sorrio para esconder o meu embaraço, mas começo a achar reconfortante a sua arrogância amigável. Quando me sinto perdida, suas palavras encontram-me e trazem-me de volta.
"Bem, para que sirvo eu nesta guerra, capitão?"
"Não para a guerra, mas para estas trincheiras, que são feitas de seres humanos e não só de pedras. Você é a base da nossa resistência, Agata, e está aqui, agora, porque é, de fato, um soldado."
Faz um gesto e lhe entregam uma pena. É brilhante, castanha, nítida como a vontade que nos faz estar aqui.
"Não encontramos nada melhor do que um alfinete para fixá-la, mas tenho a certeza de que a senhorita conseguirá encontrar uma solução mais adequada."
Tremo quando ele a prende ao meu peito, mas seus dedos também não ficam parados.
"Peço perdão. Não estou acostumado."
"Não a mereço...", sussurro, muito próxima às lágrimas para conseguir acrescentar alguma coisa. Não consigo sequer tocá-la.

"Não lhe permito dizer isso." Ele parece satisfeito. "Agora, os nossos hóspedes irão saber como olhá-la."

"Por que não vêm oferecer a paz?"

"Não oferecem paz, exigem a rendição do posto avançado."

Seus olhos evitam os meus.

"Que razão têm eles, se o forte está consolidado..." Minha voz quebra-se. Tenho de fazer uma pausa. "Está em apuros, é isso?"

"Nem um único dia foi fácil desde que a guerra começou, Agata, e nós continuamos aqui. Não cedemos um único metro de terra e, quando ela caiu, a recuperamos."

"Posso descer e levar uma mensagem ao doutor Janes, ele certamente enviará homens e..." Percebo que a mensagem foi enviada para mim. "O senhor já fez as suas contas", murmuro, "ninguém virá ajudá-lo".

O capitão põe as mãos nos meus ombros. Eu poderia cair se ele não me segurasse neste momento.

"Não posso tirar homens e a artilharia do fronte de batalha do Pal e não posso dar ao inimigo o que não é meu: ou ganhar ou perder, mas nunca se render."

"Comandante, eles estão chegando", anunciam do lado de fora.

As mãos do capitão Colman apertam-me com mais força, mas o seu aperto não se torna um abraço. Se desfaz.

"Não tenha medo, você está a salvo. Eles não vieram para iniciar um confronto armado."
"O que devo fazer?"
"Ficar ao meu lado."

XXXIX

Eles são recebidos por nós, lado a lado, no limiar do bivaque. A neve aqui em cima ainda está alta e dura, os negociadores chegam atravessando um túnel escavado dos dois lados. É assim que muitas vezes atacam, aparecendo de repente deste lado das linhas italianas.

Quando os vejo surgir no branco, meu pensamento vai até Ismar. Aqueles garotos envolvidos em capas miméticas são seus companheiros, o oficial que os segue e que deixam passar à frente posicionando-se nas laterais talvez seja o comandante que se pergunta o que aconteceu com um dos seus homens.

O capitão Colman apresenta-se com algumas palavras em alemão, mas é interrompido gentilmente pelo seu contraparte.

"Comandante Krauss da décima armada. Conheço sua língua, estudei violino em Mantova."

O oficial austríaco é um homem longilíneo com um semblante maduro. Os olhos cinzentos como o uniforme são observadores, mas cordiais. O peito é condecorado com infinitas medalhas reluzentes.

"Entrem, acomodem-se, por favor."

A delegação invade o cômodo com passos cautelosos. Suas botas batem hesitantes e eu acho aquilo um bom sinal: respeitam estes homens e o território que até este momento conseguiram defender.

O *Kommandant* e seus imperiais observam a comida, a marchetaria das louças, os tecidos finos... e a mim.

"Café?", pergunta o capitão Colman, convidando-os a se sentarem.

"*Ja, danke.* Muito obrigado."

Um serviçal passa silencioso, enchendo as xícaras. Reconheço-o: até pouco tempo atrás, engraxava os canhões.

"Um charuto? Não hesite em pedir."

Krauss estica-se e aceita. O comandante ajuda-o a acender e, com tragadas profundas, o aroma do tabaco mistura-se ao de pão doce.

Onde será que o capitão conseguiu encontrar um tesouro como esse? Talvez seja uma medida de emergência, para desfazer situações complicadas. É tão estranho para mim assistir a tudo isto, ver os alpinos e os *Kaiserjäger* compartilhando o mesmo cômodo e até a mesma comida.

Baixo o meu olhar. Contudo, é isso o que acontece comigo e Ismar. Há esperança, talvez, se estes homens estão conversando pacificamente. Se eu e um garoto austríaco tentamos sobreviver sem destruirmos um ao outro.

Levanto o olhar novamente e encontro o olhar do *Kommandant*.

"A senhorita é uma das mulheres que carrega para o fronte italiano de batalha sua preciosa... *hilfe*", ele diz. "Ajuda, certo?"

Seu olhar é tão intenso que quase me toca. Por um momento, lembro-me de ter dito a mesma palavra para Ismar e temo de ter sido desvendada, mas o oficial imperial adoça sua expressão e percebo que sua curiosidade é genuína.

"Sim", respondo.

"As *Tragerin*. Meus homens as nomeiam com frequência em seus relatórios. É preciso muita coragem."

"A coragem sempre foi o adubo desta terra", respondo. "Às vezes, é a única coisa que temos para encher a barriga."

Ele concorda.

"Estamos aprendendo."

Então vira-se em direção ao capitão Colman.

"Sabemos da escassez de homens e de armas nesta parte da linha do fronte", ele começa dizendo, mas parece inseguro sobre suas palavras, enquanto apoia os cotovelos sobre a mesa ricamente decorada. O fogo crepita, há uma mulher com ar determinado que o observa, um capitão alpino com dois oficiais às suas costas. Os temidos "penas pretas". Quando volta a falar, o *Komandant* fala com menos avidez. "Estamos aqui para pedir sua rendição, capitão Colman. Rendam-se e poupem seus homens, e também estas mulheres, de uma luta que vocês não têm como vencer."

"O senhor me pede algo que não posso lhes dar."

"Estão indo ao encontro de um massacre, o senhor percebe?"

Não posso deixar de olhar para o capitão, mas a sua expressão é impassível.

"Seu boletim de guerra não me faz ter tanta certeza de que o resultado será como o pintou", responde.

"Foi interceptado. As perdas que sofreram não são menos graves do que as nossas."

O *Kommandant* exala uma nuvem de fumaça.

"É isto que desejam para as vossas tropas, que elas continuem atacando até que tudo esteja perdido?", ele pergunta.

O capitão Colman olha-me por um momento.

"Não, não é isso que desejo."

"E então?"

"O senhor poderia render-se, *Exzellenz Kommandant Krauss*."

O austríaco desata a rir.

"Receio que esta seja também uma solução impraticável para nós. Bem, é esta a vossa última palavra?", ele pergunta.

O capitão sorri.

"Não. Recebi ordens precisas, comandante. Confiarei a resposta da Itália a uma carta que chegará ao primeiro comando acessível do Exército Imperial através de si."

Entregam-lhe o papel e o tinteiro. Com o cuidado lento de um amanuense, escreve as palavras, molhando o bico várias vezes, fazendo pausas para refletir e tendo tempo suficiente para que a única linha que aparece no papel seque à chama da vela. Por fim, dobra-o cuidadosamente e coloca-o num envelope, que sela e entrega ao inimigo.

"Para o seu general", ele entrega o ofício.
O comandante austríaco examina-o.
"Não quer me adiantar a resposta?", ele pergunta.
"Temo que isso não seja possível."
O oficial perscruta o capitão Colman como se ele visse algo que para nós ainda é um mistério.
"Compreendo. Neste caso, despeço-me e devolvo-lhe o charuto. É precioso."
"Fique com ele, por favor."
"Ah, agradeço!"
Krauss levanta-se e estende a mão coberta com a luva. Colman não hesita em apertá-la.
"Sorte e glória na batalha."
"Sorte e glória na batalha."
Acabou. Acompanhamos eles até lá fora.
O comandante Krauss toma minha mão e despede-se encurvando-se de leve.
"Não permaneça", ele sussurra. "Diga-o também às suas amigas: voltem para suas casas, para seus filhos. A guerra destrói e seria uma pena imensa se..."
Ele se detém, deixando de concluir a frase. Retiro meus dedos dos seus.
"*Kommandant,* a guerra deste lado do fronte é combatida por quem possui algo de valioso a ser defendido", respondo. "O senhor pode dizer a mesma coisa?"
Ele não responde. Despede-se com um gesto e a delegação o imita. Um por um, os *Kaiserjäger* desaparecem na galeria que os trouxe até aqui. Os artilheiros derrubam a entrada pouco depois.

O capitão Colman chama os seus para conferenciarem.

"Sabem o que fazer. Façam-no sem hesitar."

Os soldados não perguntam mais nada e, num instante, movem-se pela linha de defesa.

"O que irá acontecer?", pergunto.

Ele tira um cigarro do bolso, mas depois muda de ideia.

"Vamos nos preparar para repelir um ataque. Vá, Agata. Agora deixe conosco."

"Em vez disso, eu fico."

"Não vou permiti-lo, a senhorita sabe disso."

Faz-me colocar o cabaz e, com um aceno de cabeça, chama um dos seus homens.

"Escolte-a até o comando em Pal."

Ele percebe a minha tristeza, porque se esforça para fazer uma brincadeira.

"Espere-me ao lado da estufa e cuide para que o doutor Janes deixe um copinho de *grappa* para mim. Da última vez, não encontrei nem uma gota. E sorria, por favor."

Não consigo deixá-lo feliz, o peso que sinto puxa meus lábios para baixo.

"O senhor ganhou um pouco de tempo escrevendo aquela mensagem e pedindo para que fosse entregue ao general", digo-lhe.

"Não será muito tempo, mas estamos prontos."

"Volte", digo-lhe. "Não precisa fazer mais nada além disso."

Ele levanta uma mão, mas depois parece repensar e deixa-a cair.

Uma sensação de vazio ocupa o meu estômago. Um presságio, penso como uma bobagem, pois o capitão está sereno enquanto espera a invasão do inimigo, porque hoje sorri demais e minha avó dizia que depois de tanto sorrir chega o choro.

Agarro-o pela capa.

"Volte, ou virei buscá-lo!"

A pena do seu chapéu dobra-se fazendo uma pequena vênia.

"Obedeço."

Solto os dedos e afasto-me com relutância. Viro para olhá-lo diversas vezes e ele continua lá, como se tivesse à disposição todo o tempo do mundo. Enquanto isso, por todos os lados, a atividade é intensa e os canhões são arrastados para a borda do penhasco, mas ele permanece imóvel.

XL

Ao descer, procuro o doutor Janes, mas apenas os seus dois assistentes estão na enfermaria. Não sabem onde ele está, o fronte do Pal Piccolo está em alvoroço. Dizem que as notícias são preocupantes, mas não podem dar-me informações precisas. É uma atitude que conheci nesses últimos meses: mesmo o soldado que lutou muito pode estar à mercê dos batimentos cardíacos e do susto. Depois os fatos confundem-se com os medos e é impossível distinguir o que é verdade do que é apenas um pesadelo partilhado com os outros.

Estou à espera na secretaria da companhia militar quando um estrondo me faz correr para fora. Mal tenho tempo de levantar os olhos para ver um canhão desintegrar-se contra um penhasco. Depois de tanto esforço para trazê-lo à altitude, penso, depois de tantos sacrifícios de mulheres, homens e animais.

Caem os canhões, erguem-se as chamas. O ar é movido pelas explosões dos paióis incendiados.

A artilharia do forte não pode cair nas mãos do inimigo, caso contrário será um inferno. Os nossos estão recuando, fazendo terra arrasada antes que cheguem as tropas do *Kaiser*.

Preciso encontrar Janes. Apresso-me em direção às trincheiras, mas logo vejo que estou subindo uma correnteza ao contrário de soldados suados e sujos, alguns feridos. Parece que não me veem, seus olhos arregalados.

Reconheço-os, estão chegando do forte. Paro um alpino: é o garoto que nos serviu o café.

"O que está acontecendo?", pergunto-lhe.

"São as ordens!"

"E o capitão?"

"Está lá em cima, para nos dar cobertura."

Quer prosseguir, mas não permito.

"Sozinho?"

"Com alguns poucos."

Abro caminho por entre as tropas à espera na entrada da primeira trincheira. Finalmente encontro o doutor Janes, ocupado em atribuir ordens.

"Ele ficou lá em cima", digo-lhe.

"Eu sei."

Janes não olha para mim.

"Conto-lhe isso e o senhor não fará nada a respeito?"

Finalmente capto sua atenção. Ele me leva à parte.

"Eu sempre soube, Agata. Essas eram as ordens."

"Ordens de quem?"

"Do general Cadorna, chegaram de Udine. Aquele forte precisa resistir, ou explodir."

"Não vão mandar reforços?"

"Agata, o posto avançado está fadado ao sacrifício. O capitão Colman ganhou tempo com a delegação para permitir aos seus homens recuarem, mas alguém precisa permanecer por lá ou isso será considerado deserção."

"O que está dizendo?"

Um cabo apresenta-se ao novo comandante, fazendo-lhe a saudação militar. Está ferido no braço.

"Trago notícias do posto avançado."

"Reporte."

"O capitão Colman foi atingido algumas vezes no ventre pelo fogo de metralhadoras do inimigo. Durante todo o ataque, sempre esteve presente nos pontos mais expostos e, mesmo ferido, deu diretrizes a seus homens, agarrando-se ao pouco que tinha." Ele está sem voz, é a primeira vez que vejo um alpino chorar. "O capitão ordenou a retirada para salvar os sobreviventes, mas não quis ser levado para um lugar seguro. Ordenou que o deixassem lá em cima, porque resgatá-lo iria nos atrasar."

"Era um adeus", murmuro, perturbada até me sentir paralisada. "Chamou-me para me dar adeus."

O doutor Janes dispensa o soldado.

"Peço desculpas, Agata, eu havia jurado não contar-lhe."

Era um adeus e eu não havia entendido.

"Como pôde deixá-lo sozinho? Como?"

Finalmente consigo gritar e golpeá-lo nos braços que tentam conter-me. Seu enlace é de uma força que eu nunca teria suspeitado. São mãos fortes, penso eu, as do carniceiro em que ele teve que se tornar. Afasto-me e agarro-o pela lapela do seu uniforme.

"Mas que homem é! Que homem você é!", grito.

"Obedeço às ordens de um general!"

"Que não conhece essas montanhas, que não sabe que, se aquele forte cair, as trincheiras de Pal Piccolo serão expostas à chuva e aos projéteis do inimigo. Que não conhece o capitão Colman, que não sabe do que estes homens são capazes! É o novo comandante. Rogo para que o demonstre."

Sinto-o tremer através dos dedos que ainda arranham seu uniforme.

"Se não respeitasse as ordens, se eu tomasse a iniciativa de contra-atacar e levasse outros homens à derrota, teria de responder por isso perante um tribunal militar", ele diz.

Solto-o, enojada.

"Então vá e ganhe, e torne-se um herói. Ele o teria feito por si."

O doutor Janes sacode a cabeça, os olhos a esse ponto são uma rede de veias avermelhadas.

"Eu não sou ele, Agata."

"Não, não é. Isso é evidente. Mas eu esperava que pudesse ter-se tornado."

Viro-me, mas depois me arrependo.

"Por que é que foi ele mesmo e não deu ordens a outro para fazê-lo?", pergunto-lhe.

Ele não responde. Dou voz à sua consciência. "Porque nunca o teria sacrificado."

Ao nosso redor criou-se um círculo de soldados. Ouviram tudo e sinto vergonha. Não sou ninguém para chamar esses garotos à batalha, nem para desvalorizar quem não tem vontade de ir ao encontro da morte.

"Perdoe-me." Dou um passo para trás, enxugo as lágrimas. "É só que... isso não pode terminar assim. Não pode."

O doutor Janes olha em direção às montanhas.

"Tem razão. Não pode."

Ouço o assobio do ataque subir. O comandante Janes está à frente dos seus. Tremo com ele, de medo e de raiva, e de um sentimento de ruína que me desintegra como o leito de um rio ressecado. Sou poeira, a esse ponto, mas a poeira pode levantar-se se soprada pela nortada.

Agora tudo está nas mãos deles. Ninguém recuou. Fazem-no pelo seu capitão.

Prometi esperar sentada ao lado da estufa que aquecia nossos encontros, na cadeira que acolheu nossos corpos, nunca cansados o suficiente para não querer perder-nos em nossos relatos, nas palavras que nos traziam algum alívio. No cabaz, encontro seu livro. É um presente que o capitão quis me dar, mas dói. Folheio as páginas. Passo um dedo sobre anotações escritas a lápis. Algumas são em francês. Sei tão pouco a respeito dele.

Ele sublinhou um trecho. Quando leio, algo afunda dentro de mim. É o final da história.

A estrela alpina cai aos meus pés. Recolho-a, ela se desfaz entre os meus dedos, como exatamente o abraço final dos dois personagens se desfaz em poeira.

Não vá embora, penso, fique comigo, mas já estou chorando.

Quando horas mais tarde a porta do abrigo é escancarada, levanto-me de supetão. O doutor Janes não espera que eu pergunte.

"Fizemos o inimigo recuar e retomamos o forte", ele anuncia.

"Onde ele está?"

"Não o encontramos."

Procuro meu xale, o livro escorrega das minhas mãos. Recolho-o, tropeço.

"Vou subir para procurá-lo."

"Pare."

"Está chegando a noite", digo-lhe, "e ele não poderá ficar no frio".

O doutor Janes aperta-me num abraço.

"A senhorita mesma escutou os relatos dos seus homens, Agata. Não são ferimentos que deixam sobreviver por muito tempo."

Fecho os olhos, agarro-me à esperança que é só uma máscara de ilusão.

"E então por que ele não está lá?", murmuro.

"Interroguei mais uma vez todos os presentes durante o ataque antes de voltar até você. Segundo uma testemunha, o capitão foi recolhido, ainda vivo, por soldados austríacos."

"Então dessa forma..."

"Se quiser ter esperança, tenha, mas como médico tenho o dever de lhe dizer que seria um milagre o que está pedindo."

"Então que Deus me ouça, porque chegou o momento que o faça."

Não consigo ficar furiosa com o doutor Janes, não consigo arrancar a pele do seu rosto pela dureza das suas palavras, contra as quais me bato. Mas não consigo, porque ele está chorando.
"A senhorita está sangrando! Peço desculpas se nem percebi."
Olho minha mão. Um corte profundo atravessa a palma. O doutor Janes pega seu pacote de medicamentos e, com poucos gestos, limpa e faz um curativo na ferida. Só agora sinto-a arder. Nem eu havia percebido.
"Escorreguei descendo."
"Tem outras feridas? Bateu a cabeça?"
"Não."
Algo se apagou entre nós. Nos separa o lugar vazio de um homem cuja ausência não pode ser preenchida.
Penso no espaço deixado pela caixa vermelha na estante do meu pai: aquela também é uma terra de ninguém, impossível de preencher. Parece que o meu destino é preservar um abrigo para aqueles que nunca poderão voltar para mim.
"O que podemos fazer agora?", pergunto.
"Nada. Há semanas já não trocamos feridos, nem corpos."
"Por quê?"
"Houve um episódio de confraternização entre as linhas inimigas opostas, nas alturas, no topo Chapot. Um subtenente italiano atravessou as quadrículas, desafiando os atiradores, para oferecer um pouco de vinho a um suboficial austríaco."

"Foi atingido?"
"Imagina. Os soldados dos dois lados e seus companheiros encontraram-se na terra de ninguém e por pouco compartilharam o que tinham. Não durou muito, mas a notícia vazou."
"Não tive notícias dos julgamentos sumários."
"O comando supremo preferiu retirar os soldados italianos e substituí-los por outras unidades, mas o comando inimigo, pelo contrário, puniu severamente os responsáveis. Desde esse acontecimento, as trincheiras são um mundo à parte. As bandeiras brancas já não são erguidas para permitir recolher os mortos. Vá para casa, Agata. Volte para a sua vida. Ele queria que fosse assim."

As palavras podem matar, e estas matam, mas são verdadeiras. Recolho minhas coisas.

"Agata?"
"Diga."

O doutor Janes levanta meu queixo e seca as lágrimas das minhas bochechas.

"Obrigado. Se a senhorita não tivesse me forçado a fazê-lo, o remorso teria me atordoado por toda minha vida."

Concordo, mas depois reconsidero.

"Não fui eu. Foi ele quem sempre nos encorajou a sermos melhores."

Saio, os passos são movidos pelo desespero. A noite está caindo. Entre os clarões das nuvens, as primeiras estrelas cintilam. Percebo que mantenho agarrado ao peito o livro do capitão

Colman. Está manchado de sangue. De repente, lembro-me de algumas palavras anotadas nas margens. Talvez um pensamento seu, repentino. Quem sabe. Tem a beleza de um poema. Faço-as minhas, para não desabar, para transformar a ilusão numa prece.
Noite, vá embora.
A alvorada canta.

XLI

Ismar esperava havia horas, o tempo diluído na inatividade e na solidão. O desejo de ter companhia outra vez havia se transformado em desassossego e inquietação na hora do pôr do sol, quando chegou a noite sem que a garota tivesse retornado.

Não pensava nela chamando-a por seu nome. Não era uma amiga. Mas também não era uma inimiga. Era alguém de quem teria que se separar.

Ele havia desatado os nós nos pulsos e também os havia reatado um número infinito de vezes. Tinha observado o vilarejo através de cada fresta, interpretando os sons e as luzes sem conseguir entender se havia acontecido algum fato relevante nas proximidades, que naqueles tempos só poderia ser um fato de sangue.

Finalmente, rendera-se olhando para o teto feito de caixotões, contando as batidas de seu próprio coração.

Quando finalmente ouviu a porta se abrir, o alívio se misturou ao medo: se não fosse ela que tivesse aparecido na sala, provavelmente ele teria como sina ser fuzilado.

Ele não descobriu imediatamente o destino que o aguardava, pois da cozinha veio um murmúrio resignado de mãos se lavando suavemente. Alguns soluços contidos.

Os passos ecoaram pelo corredor. Ismar se apoiou em um cotovelo.

A garota chegou com um prato e uma tigela de água fervente que colocou sobre a mesa de cabeceira. Sem olhar para ele, lhe entregou um pano limpo e uma colher.

Ela tinha chorado. Seu rosto estava devastado.

"Warten!" Pediu-lhe que permanecesse no tom mais dócil que conseguiu. Ele gostaria de ter falado com ela em seu próprio idioma, mas só conseguia se lembrar de palavras inúteis.

A garota sentou-se ao seu lado. Quando decidiu olhar para ele, Ismar se sentiu invadido por uma raiva desesperada. O verde do bosque de seus olhos havia se tornado um preto opaco, uma vida que havia cedido ao desânimo e queria morder, tamanho era o sofrimento.

"Was ist passiert?",[50] ele não pôde deixar de perguntar.

Foi como romper uma barragem. A garota o agrediu e ele se defendeu da melhor maneira que pôde. As cordas se puxavam, suas mãos tentavam conter a chuva de tapas.

E seu choro começou novamente. Os golpes não passavam de desespero. Ismar conseguiu pegar as mãos dela com as suas e fazê-la cair sobre si mesma. Inesperadamente, ela não se rebelou, e então Ismar se deu conta: havia perdido alguém que lhe era muito querido.

Ele a segurou assim, mantendo-se imóvel, dando-lhe tempo.

---

50 Em alemão no original: "O que aconteceu?". [N. da T.]

Ela estava ocupando um espaço que não havia sido ocupado por outras. Ismar nunca havia recebido uma mulher como aquela bem debaixo de seu queixo, entre a cavidade de seu ombro e seu coração. A respiração dela o arrepiava, lembrando-o do quanto sentia falta do contato com outro ser humano.

Ele arriscou acariciar sua cabeça. Só um toque, para começar. Sua mãe o acalmava desta maneira, quando ele era criança. Dedos nos cabelos, respiração próxima. A aflição ia embora, carregada pelas mãos amorosas.

Ela não o despedaçou, então Ismar decidiu que era sábio continuar. Ele olhava suas mãos e já não via mais só garras prontas para despedaçar, mas também para defender, para manter em segurança. A guerra o transformara num bárbaro impiedoso, mas agora a volta à vida o curava.

Ele abriu sua camisa e lhe mostrou as gazes manchadas de vermelho. Ela também estava ferida, na mão tinha um curativo que escorria sangue.

"Blut ist für alle gleich. Es ist das Gleiche",[51] sussurrou ao ouvido dela depois que o choro se acalmou.

"Blut. Pluat?", ele a ouviu murmurar.

A garota misturou a palavra com os sons do seu dialeto e talvez com as lembranças, até que o instinto a ajudou a encontrar o significado.

---

51 Em alemão no original: "O sangue é igual para todos. É igual". [N. da T.]

"*Sangue?*", ela perguntou.
"*Ja,*[52] *sangue.*"
"*Pluat is glaich... vir ola.*"[53]
O sangue é igual para todos.
Naquela noite, Ismar teve a nítida sensação de que eles haviam se cuidado. Haviam se reconhecido e perdoado um ao outro.

---

[52] Em alemão no original: "Sim". [N. da T.]
[53] Em timauês no original. [N. da T.]

XLII

Filas de caixões. Estão prontas em Timau. As vi enquanto partia, organizadas ao longo dos muros do cemitério.

Esperam que seus cadáveres cheguem do fronte de batalha.

Subi cheia de apreensão e agora, na parte de trás, espero receber notícias. Não voltarei para o vale até saber qual foi o destino do capitão Colman.

Alguns soldados tentam fazer com que eu desista do meu propósito, um ataque está em andamento nas primeiras linhas e a terra treme, mas o comandante Janes, eu sei, irá respeitar a minha vontade, qualquer que seja o risco.

Entre os assobios dos bombardeios, uma carroça sobe puxada por uma mula. Conheço o velho que a dirige, é Cleulis. Sem se preocupar com as explosões, ele desce e descarrega com dificuldade um caixão.

Dois alpinos tentam fazê-lo recuar, mas ele não quer saber. Está chorando.

Então me aproximo.

"O que o senhor está procurando?", pergunto.

"Meu filho. Quero levá-lo de volta para casa."

Nos últimos tempos, muitos mortos foram enterrados aqui no alto, não havia nem tempo nem meios para transportar todos para o vale.

Os soldados tentaram subir de novo o caixão sobre a carroça, mas o velho segura suas mãos com toques gentis, derrama lágrimas que não podem ser ignoradas. Por fim, lhe dão ouvidos.

"Tenho autorização do comando, tenho mesmo", ele jura.

E é verdade: ele mostra a autorização, então os alpinos, com pena, o deixam passar. Sigo-o até o cemitério diante da capela.

Não deveria ficar, a dor é contagiosa, mas não consigo me virar para outro lado.

O velho pega uma pá da carroça e começa a cavar no local que lhe foi indicado.

Ele o encontra, debaixo da cruz que carrega o nome do seu menino.

Baixo o olhar quando ele remove o corpo da terra e toma-o em seus braços. Não por aversão, mas por pudor diante de um amor tão grande que nada teme, nem as bombas, nem a putrefação da carne. É um Cristo retirado da cruz o que tenho diante de mim, mas não consigo rezar.

Só levanto de novo o olhar quando a carroça retoma o caminho de casa.

Vejo então o doutor Janes vindo até mim com passos que gostariam de retroceder, de tão receosos. Quando chega até mim, ele entrega-me uma carta com as mãos tremendo. Seus olhos estão inchados.

"Chegou do fronte inimigo através da Cruz Vermelha. Veja."

Não a toco. Dentro de mim já entendi.

"É para a senhorita, Agata. Não faça a coisa errada para com ele, não deixe de lê-la."

Pego a página e abro-a lentamente. Ele já não está entre nós, penso, por que então Janes fala dele como se ainda estivesse vivo?

Sua ausência neste mundo, a esta altura, já está clara para mim. O capitão Colman parou de respirar e o vento tornou-se menos forte. *Eu estou menos forte.*

Para Agata Primus
Gentilíssima Senhora,
Quem lhe escreve é o doutor Johann Muller, oficial e médico do Exército Imperial, para informá-la da morte do capitão Andrea Colman, de quem cuidei pessoalmente até o fim. O capitão faleceu após um trágico combate que, sem dúvida, já é de seu conhecimento, e foi trazido ao meu posto de socorro com graves e repetidos ferimentos na barriga, embora ainda lúcido. Toda tentativa de socorrê-lo foi em vão.

As últimas palavras do falecido foram para a senhora, e cumpro o pedido de que receba seus pensamentos de afeto com esta carta como uma dívida de honra.

Teve uma morte corajosa e seus restos mortais foram enterrados com honras militares. O serviço religioso celebrado pelo padre contou com a presença de todos os oficiais e soldados austríacos que haviam participado da batalha.

Envio-lhe algumas fotos do local de seu sepultamento, que, embora tristes, lhe darão con-

forto e tranquilidade, pois seus restos mortais encontraram paz em um terreno consagrado por um padre.

Por favor, aceite as condolências dos soldados austríacos por esse infortúnio cruel que não deseja negar as honras ao bravo inimigo falecido.

Atenciosamente, J.M.

"Agata?"

O doutor Janes me sacode algumas vezes para obter uma reação. As fotografias escorregaram dos meus dedos e se sujaram na lama.

"Agata, assim eu fico preocupado. Diga alguma coisa."

Se conseguisse falar, eu gritaria minha dor.

Se agora tivesse voz, eu atiraria uma maldição sobre o mundo, porque não pode seguir quando ele está debaixo da terra. Anátemas à guerra e hinos à revolta. Quebrem suas espingardas e voltem para suas casas. Deixem que as lâminas sejam usadas para cultivar a terra e que as mãos dos homens acariciem os rostos de crianças e mulheres apaixonadas, tão cansadas de carregar o fardo do conflito em seus ombros.

Mas não adiantaria. Ele já não está entre nós.

Dividimos o pão e o fronte, o medo da morte, contudo só agora percebo que eu não sabia o seu nome.

O doutor Janes quer minha palavra. Vou lhe dar muito mais.

Levanto a cabeça, encaro-o de tal forma que ele não pode escapar da responsabilidade que pertence a todos nós.
"Vamos buscá-lo."

XLIII

Após meses de vida errante, viver fechado provocava uma sensação alienante, como se estivesse pairando sem peso naquele lugar que não era nem lar nem campo de batalha.

Ismar recuperava as forças e se preparava para voltar a ser soldado, enquanto isso, explorava o reino que havia sido do homem cujas roupas ele vestia, um reino que agora pertencia a uma jovem mulher sozinha.

A garota não usava aliança. Ele era o pai dela, disso ele tinha certeza.

A casa era sólida e limpa. Os perfumes eram os mesmos dos verões da sua infância passados no campo.

Ar inocente. Ar que não sabia a morte.

De vez em quando, uma cabra balia e o passar das horas era anunciado pelas badaladas de um sino. De resto, o silêncio era um engano quase perfeito: um ouvido preguiçoso não teria escutado a percussão do fronte de batalha ou a teria confundido com um temporal distante.

Um desejo persistente fez Ismar sair da cama. Ele havia sonhado com uma panela de cerâmica fervente com feijão cozido na banha. Acordou com os lábios úmidos e a garganta intumescida.

Ela o alimentava com grande parcimônia, tanto que o fazia desejar, mais de uma vez, morder-lhe a mão.

Mate minha fome, ele gostaria de dizer, quando ela contava e cortava os pedaços de queijo e virava e revirava a colher na sopa até ele se exaurir. Mate minha fome e não tenha medo, não vou usar minha força contra você.

Mas ela nunca o olhava. Não por medo nem por humildade, mas porque era a soberana absoluta daquele mundo.

Não o olhava para que ele pudesse entender qual era o lugar dele, que estava sob o olhar dela, onde os cílios se abaixavam. Nem um milímetro mais acima. Uma salvadora singular ou uma carrasca extravagante.

Ismar soltou os nós de seus pulsos com os dentes e levantou-se com dificuldade. Tinha verificado o curativo e entortado a boca ao ver uma mancha escura. Ainda estava sangrando, apesar de poucas gotas. Culpa da sua ansiedade em ficar em pé.

Pelas venezianas, o sol atravessava a meia-luz em um brilho ofuscante que se estilhaçava contra a estante de livros. As lombadas douradas dos volumes brilhavam com reflexos: nem mesmo uma partícula de poeira manchava sua beleza. Eles pareciam animados por uma vida cintilante. Ele já os havia observado, percorrendo as páginas escritas na língua do inimigo. Era uma coleção valiosa: edições cuidadosamente encadernadas, tecido e couro de valor, papel de granulação fina e tintas brilhantes. Ele se perguntava quem e por quê, naquela família, havia sentido a necessidade, na simplicidade reinante, de possuir aquela biblioteca. Talvez fosse uma herança que havia se concretizado, talvez aquela garota fosse a herdeira de uma família caída em desgraça.

Entre os livros, em uma prateleira na altura da mão, persistia um espaço vazio. Por toda parte, havia um aperto de capas e páginas para que cada volume encontrasse o seu lugar, e então a interrupção. Parecia estar esperando por um retorno.

Ismar arrastou-se até o fogão com a ajuda de uma bengala que certamente havia apoiado mais do que um velho.

A lareira queimava indolentemente, as chamas mordiam as toras sem muita convicção. Madeira úmida, com cheiro de fumaça, que o levou a lembranças distantes de caça, à casa no bosque onde ele costumava ir com o pai.

Não acreditava que voltaria a atirar por prazer.

Quando o sino badalou o meio-dia, ele já havia inspecionado o porão, os dois baús — era ali que estavam amontoados os seus pertences —, o armário maior e a despensa menor.

Continham pouco mais do que nada.

Ele ficou parado por um bom tempo diante das portas escancaradas dos armários. Depois, engoliu a vergonha e olhou ao redor para abraçar a verdade.

Apenas água fervia no caldeirão fumegante. Na adega, as jarras de vinho estavam secas e as cestas vazias O tear estava sem nada. Não havia fotografias, quadros ou mapas nos armários.

As paredes continham ferramentas de trabalho. O piso, desgastado talvez por um século de passos, nunca deve ter visto tapetes e as cortinas das janelas eram simples retângulos bordados.

Cada objeto, ou a falta dele, narrava uma história de gerações de indigência.

Não era uma tortura o que a garota queria infligir a ele ao racionar sua comida. Era a única maneira que ela conhecia de enganar a fome.

O desejo havia passado, logo fora substituído por uma necessidade diferente.

No fundo de sua mochila, ele havia escondido uns chocolatinhos. Eles ainda deviam estar lá, enrolados numa folha de jornal, embaixo de todo o resto: as cartas que ele não enviava mais para a família, os cartões-postais que havia recebido, os mapas e o kit de curativos. Perguntava-se se ela já teria experimentado chocolate.

E depois havia a cabra, que balia sempre nas proximidades. Leite cremoso, se tivesse sorte. Não era chantili, mas poderia lembrar vagamente.

Aventurar-se até o estábulo não era um risco muito grande: comunicava com a casa. Ele tinha vindo de lá, passando pela floresta e pela horta, mas não se lembrava de muita coisa.

A pequena porta que dava para o curral exigia dobrar-se dolorosamente para passar por ela e, antes disso, um tempo interminável de agachamento para decidir se era seguro abri-la.

Ele tinha certeza.

Eram duas cabras. Tinham que ser fêmeas, pois, em tempos de guerra e fome, ninguém criava machos improdutivos, porém, os úberes não pareciam nada saudáveis.

As bestas o encararam com aqueles olhos diabólicos de pupilas horizontais. Elas haviam parado de ruminar e estavam eretas sobre as patas. Ismar podia sentir o medo delas. Ele não havia levado em consideração nenhuma eventual resistência por parte delas.

Ele tinha que refletir e o ferimento começava a lhe dar pontadas no lado esquerdo. Ele não estava pronto para uma briga corpo a corpo por uma xícara de leite. Ele daria tempo para que as cabras se acostumassem com a sua presença. Subiu cuidadosamente a escadinha que levava até o celeiro. Não havia fardos de feno secando no sótão, apenas chumaços espalhados aqui e ali.

Ele queria ver as montanhas, queria tentar entender quão grande seria a aventura para voltar para o lado de lá das linhas do inimigo.

Quando a porta do estábulo se abriu e a luz do sol brilhou por um momento, Ismar pensou que a garota ficaria assustada ao vê-lo descer de repente, mas a porta se fechou novamente e uma voz masculina falou.

XLIV

A resposta do comandante Krauss à mensagem que lhe enviei por meio do comando do Pal Piccolo veio sem hesitação. O inimigo está aguardando a delegação que levará o capitão Colman de volta à Itália.

Iremos em sete, armados apenas com coragem e uma bandeira, e não voltaremos sem ele.

Os quatro acompanhantes alpinos já esperam vestindo seus casacos, as penas pretas em silhuetas desenhando os perfis firmes. Muitos pediram para ir, mas foram escolhidos os homens que compartilharam mais batalhas com o capitão Colman, lado a lado. Dom Nereo insistiu em tomar o lugar do capelão militar. Será ele quem nos acompanhará.

O comandante Janes já confiou o fronte a um tenente que o sucederá por grau de antiguidade, caso não retornemos.

"É possível?", perguntei-lhe.

Ele respondeu que o humor do inimigo muda a cada dia: como uma biruta, segue o andamento da guerra no fronte ocidental.

Penso de novo na carta do oficial médico austríaco e esforço-me para crer que o sentimento de respeito e honra provocado pelas ações do capitão Colman não podem desaparecer de uma hora para outra.

Ele ainda está por aqui, eu o sinto. Bate dentro destes corações e, por mais que possa parecer impensável, sua grandeza ressoa também no seio do inimigo, deixando-o consternado.

As tochas estão acesas. A névoa perene na qual esses picos vivem acolhe as chamas, abrindo-se em uma cavidade opalescente, ventre de uma criatura remota. Sua respiração me agita, me impele a seguir. Talvez seja a montanha a decidir quem ficará com essa terra, não o homem.

Cubro minha cabeça com o xale, tinjo minha alma com o preto do luto.

Penso que vim atrás de você com meu coração já lançado para além das linhas inimigas.

As tropas param para observar esses combatentes peregrinos. A guerra é silenciosa. As bandeiras brancas foram hasteadas por ambos os exércitos.

Caminhamos ao longo da linha da trincheira e, como criaturas da neblina, em seguida cruzamos a fronteira da terra de ninguém. A vida foi suspensa nesses territórios de imensos silêncios, feitos para espíritos e mais ninguém.

Passo a passo, o fronte austríaco é delineado na névoa como uma mancha de tinta no leite. Ela assume a forma de trincheiras e barracas, e os homens ficam esperando. Os cavalos frísios foram movidos para criar uma abertura. Centenas de olhos desconhecidos nos observam, sem sequer um suspiro. Os austríacos também estão acompanhados por um padre.

Afinal, seria muito fácil escolher estender a minha mão, mas essa não é minha tarefa hoje, e o meu silêncio obstinado, o meu queixo erguido, o meu olhar orgulhoso, devem pesar como as pedras que rolam sobre os nossos.

Você o matou. Não posso esquecer isso.

O comandante Krauss se separa do grupo e troca algumas palavras com Janes e dom Nereo. Na minha frente, ele dá a entender um sorriso, mas parece genuinamente triste.

"Eu avisei para ir embora, *Fraulein*."[54]

"Há coisas das quais não podemos fugir, *Herr Kommandant*."

"A senhorita está mais certa do que nunca. Por favor, acredite em mim, estou muito triste."

Ele me mostra a barraca.

O capitão Colman está lá dentro e não consigo mover um só passo.

"Sua vez."

Ele quer que eu seja a primeira. Talvez isso seja justo.

A maca está apoiada sobre uma mesa improvisada.

Eis ele ali.

Não consigo segurar o choro, mas imponho a mim mesma que seja mudo.

Tiraram-no da terra. Tiveram piedade do seu corpo, pelo menos isso. E o gelo foi clemente. O capitão parece adormecido.

Os cabelos e o rosto estão molhados pela neve onde foi deposto à nossa espera. Uma gota de água brilha como uma lágrima escorrendo dos cílios para a bochecha. Quero pensar que ele esteja feliz em rever-nos. Enxugo-a com uma carícia.

---

54 Em alemão no original: "Senhorita". [N. da T.]

Roço as mãos unidas sobre o peito, ao lado do seu chapéu de alpino. O frio da sua pele não me assusta.

Acabei de encontrá-lo e já me despeço, meu amigo.

Krauss aproxima-se.

"Seu valor impressionou todos os meus homens. Defendeu seus rapazes até o derradeiro sacrifício."

Preciso fechar os olhos por um momento para absorver a onda de emoção que me invade.

Ninguém se atreve a me apressar. Esperam por uma palavra minha.

Aperto suas mãos com força.

Nada do que ele fez será em vão, prometo.

Então sinto-me pronta.

Olho para o inimigo e encontro aqueles olhos azuis que aprendi a conhecer.

Não sinto nada.

"Vamos levá-lo de volta para casa", digo aos meus.

A bandeira italiana é desfraldada com um movimento seco de braços do soldado alpino que até então a exibia em suas mãos estendidas, e a tricolor preenche os ânimos e a penumbra. Com um farfalhar, ela repousa sobre o corpo do herói e eu torno-me Antígona, a rebelde.

Dom Nereo faz o sinal da cruz no ar e a liteira é erguida sobre seus ombros.

Acendo minha tocha no braseiro e preparo-me para voltar. Esse fogo também é meu, ele arde dentro de mim.

O piquete austríaco fez continência quando passamos.

Apenas uma vez, já distante, parei para olhar o inimigo e ele retribui com as tropas *Kaiserjäger* destacadas. O vento subiu e uiva.

Amanhã será outro dia e voltaremos a combater, mas hoje o silêncio tomou o lugar dos latidos dos canhões. Esta morte pesa e o capitão Colman viverá também em nossos pensamentos.

Porque através dele viram quem somos.

Entenderam o valor destes homens e do que são capazes, matá-los não será assim tão fácil.

Se quiserem arrancar-nos desta terra, terão que antes pisar sobre a sua própria alma.

XLV

A mão de Ismar correu instintivamente para a cintura em busca da faca, mas agarrou apenas o ar.

Embaixo dele, o homem impedia a única saída. Segurou um xingamento mordido entre os lábios.

Contou os passos, enquanto lentamente apertava o curativo até quase não conseguir respirar. Precisava lutar para sair de lá e enfrentar uma fuga pelo bosque. Um pensamento incômodo o surpreendeu: se tivesse sorte, muita sorte, sairia livre de lá com suas próprias pernas, mas o que aconteceria com a garota que o ajudara?

Levantou as mãos, pronto para render-se o suficiente para chegar vivo até embaixo e depois pensou em algo para salvar a si mesmo e a ela.

O tom de voz do homem traía excitação. Agora Ismar o via entre as frestas: bem vestido, jovem. Conversava com as cabras.

Ismar abaixou as mãos e rastejou em direção a um gancho que funcionava como balaústre.

O homem estava sob ele, encurvado, os braços abertos, havia encurralado os animais num canto. Cantarolava uma música que Ismar reconheceu: havia ouvido no dia em que a garota regressara furiosa fechando os batentes e a porta, empunhando a forquilha como se fosse uma arma. Era o mesmo homem que cantava nas ruas. Um homem que ela temia e que queria ser temido.

As cabras baliam assustadas, batiam os cascos nervosamente, procurando umas pelas outras, cada vez mais próximas. Na mão do homem brilhava uma lâmina.

Ismar fechou os olhos. Estava claro para ele o que o homem tinha vindo fazer. Ele aprendera a farejar o mal, aprendera a senti-lo chegar, como quando as balas assobiavam acima de sua cabeça. Ele reconhecia o calibre só pelo som, as mais perigosas eram também as menores.

Mais sangue, mais choro de inocentes. Pouco importava o fato de serem animais. Sentia-se saturado, isso havia transformado sua alma em um esgoto.

Rezou pelos animais para que a agonia fosse breve, mantendo os olhos ainda fechados e a cabeça enfiada entre os ombros para não ouvir. Mas os balidos ficaram mais altos e a voz do homem os acompanhou na cantiga alegre que era tão estridente naquele momento.

Algo caiu na cabeça de Ismar e deslizou pelo rosto dele. Ele abriu bem os olhos.

Pelo quente, patas nervosas. O rato era tão troncudo ou tão inexperiente que não tinha medo. Grande e calmo, ele estava diante de seu nariz com bigodes trêmulos, com a cauda longa que ia do pulso ao cotovelo.

Enquanto isso, as cabras não tinham intenção de desistir sem lutar, a maior delas tentou atacar o homem para defender a outra.

Havia esperança, pensou Ismar. Sempre havia esperança.

Pegou do bolso um pedacinho de chocolate e ofereceu-o ao rato. Pegou-o pelo rabo, o bichinho rodou engolindo a comida e procurou outra vez a mão. Ismar ofereceu mais um pouco.

Agora faça o seu dever, rogou.

Ele estava na posição perfeita. Esticou o braço, exatamente sobre a nuca bem barbeada do homem, mirou e soltou o rabo do rato.

Os gritos não demoraram. Foi o maior alvoroço.

Baldes rolavam, cabras saltavam e batiam, pombos assustados giravam em redemoinhos de penas nas vigas do telhado, emitindo gritos estridentes.

O homem xingou e fugiu dando um último chute em uma bacia.

Ismar desceu as escadas e se arrastou pelas paredes até a porta. Ele viu o invasor desaparecer no final do beco. Com um pé, fechou lentamente a porta.

O ratão ainda estava no meio da arena, o mais atordoado de todos.

Os pombos haviam se acalmado.

As cabras estavam seguras.

Ismar estava a salvo. Não era bem um homem de honra, mas era um homem vivo.

Quando ela voltou, Ismar não lhe ofereceu o leite, mas ainda havia quatro chocolatinhos.

Quando ela os viu, dispostos ordenadamente sobre os lençóis, seus olhos se arregalaram espantados, mas a garota não lhe deu esse gosto. Não perguntou de onde vinham.

Não era difícil imaginar de onde vinham — seu olhar deslocou-se em direção aos nós que atavam os pulsos, e de novo bateu sobre os seus.

O que permanecia suspenso entre eles era o "porquê". Como um pôr do sol que não apaga na alma de quem olha. Como o ar de uma sinfonia que continua a ressoar na cabeça.

"Ist es gut?", perguntou, observando-a comer.

"Se diz 'é bom?'"

"É bom?"

Talvez um esboço de sorriso, o último chocolatinho colocado entre os lábios.

"Sim, é bom. Obrigada."

Ele a viu hesitar, mexendo nervosamente no cabelo, como se não soubesse mais como usar as mãos.

Então, olhos nos olhos dela, a garota pegou os pulsos dele e desatou os nós.

Ismar estava ciente de que, a partir daquele momento, ele seria livre e, ao mesmo tempo, prisioneiro.

Não há ato de amor ou ódio que não escravize — era uma máxima de seu pai.

Ele não contou a ela sobre a visita do homem. Não havia motivo para ela se preocupar. Caso o covarde voltasse, ele estaria lá agora, pronto para recebê-lo.

XLVI

Nada é como antes e nunca mais será. A morte do capitão Colman marcou uma fronteira invisível para muitos de nós e eu não sou uma exceção nisso. O fronte é uma lembrança constante. O doutor Janes me procura para continuarmos nossa rotina de conversas, mas é um esforço para ambos. Dói.

Ele não está mais lá, morreu. Descobri tarde demais que eu tinha um amigo.

Viola voltou até mim, mas com um coração de trevas.

Seu abraço era frio. Seus olhos, ocos.

Chamou-me de irmã. Agora que sofro, sou digna de estar ao seu lado, mas eu não sou como ela. Apaguei todo ressentimento que havia em mim, todo desejo de vingança. Não desejo sacrifícios, não peço ataques que nunca poderão trazê-lo de volta. Quando ela entendeu isso, me deu as costas novamente, desta vez para sempre.

Cruzei o limiar de uma melancolia perpétua, mas, ao mesmo tempo, há alguém que me segura numa vaga euforia.

Pergunto-me sobre a substância do sentimento humano, sobre este amálgama de calor, necessidade, conforto e solicitude que une duas existências até que elas se sintam tão próximas que possam tocar uma na outra, entrar uma na outra tão transparentes quanto a alma, sem dor, sem medo. Pergunto-me se poderia ser um broto de guerra, uma flor branca em um caule preto.

Talvez a necessidade possa sustentá-la em vez de matá-la, pois a fome alimenta o espírito com raiva e faz o corpo sobreviver sem nada.

Tenho fome e arranco raízes descendo do fronte. Mastigo o amargo, a boca cheia de saliva.

Tenho fome de afeto — câimbras que são mordidas — e o inimigo parece-me nada mais do que um homem.

Mastigo o amargo do seu nome e no final parece-me doce.

Ismar.

É um segredo, é uma solidão que se retrai, a juventude que de repente me é devolvida.

"Agata, pare. Vamos fazer uma pausa por um momento."

Lucia me chama. Estamos atravessando a bacia de pastagem, Maria está conosco.

Grandes manchas de relva interrompem o manto de neve, a água flui livremente em um bebedouro próximo à cabana de maturação dos queijos. Os picos e o fronte estão envoltos em nuvens espumosas, mas aqui o sol aquece.

Removemos os cabazes e nos deitamos no gramado para alongar as costas e as pernas, levantamos as saias. Compartilhamos o pão e o queijo, trocando algumas palavras de olhos fechados.

A guerra não vai terminar, Maria diz, e logo será primavera novamente e os campos terão que ser limpos, as sementes semeadas, ou haverá fome outra vez. Os senhores da guerra não entendem isso? Não, porque seus pratos estarão sempre cheios. As mulheres deveriam se rebelar. Pelo menos elas.

"Os jornais escrevem que esse conflito significou muito para a emancipação das mulheres", digo a ela.

"Você ainda coleciona essas folhas de jornal de péssima qualidade?"

"Seria um desperdício jogá-los."

"Mas o que quer dizer 'emancipação'?"

"Que as mulheres se tornaram mais independentes, podem fazer coisas que antes não faziam. Muitas tiveram que ocupar os lugares dos homens nas fábricas, no comércio e também nos escritórios. Caíram os preconceitos que ditavam que as mulheres não tinham essa capacidade ou que não deveriam fazer esse tipo de coisa."

Maria parece estar convencida.

"Nós sempre fizemos o trabalho dos homens, desde quando eles emigravam e também agora que estão no fronte da batalha."

Nossa capacidade de bastar-nos não nos foi nem reconhecida nem dada. Foi conquistada com desgaste e sacrifício, no silêncio e na dor, de mãe para filha. Ela está apoiada sobre estes corpos que são maravilhosamente resistentes e estão à disposição de quem quer que precise. Nutre-se do espírito ardente e da iniciativa audaz, vive de coragem. Vive de outras mulheres. Somos uma trama de fibras entremeadas umas nas outras, fortes porque próximas.

Lucia levanta-se, bate a mão na saia para limpá-la e sorri. É tão bonita, com a luz do começo da tarde dourando seus traços.

"Você tem razão, Maria. Do nosso jeito, sempre fomos mulheres independentes."

Quando ela desaba, em silêncio, acho que está pegando o lenço que o vento levou.

Não percebo de imediato o assobio, até que um segundo passa sobre nossas cabeças.

Jogo-me no chão, estendo uma mão e aperto a de Maria, que faz o mesmo.

Dispararam. Os atiradores.

Lucia levanta o rosto. Está branco como ossos e sujo de terra. Nos olhos reluz o medo.

"Meus filhos..."

É um sussurro que se perde no vento. E eu, boba, só consigo pensar que Lucia parece uma flor com aquele vestido. Uma campânula azul num gramado que em breve irá se preencher de um rosa aceso da cor dos rododendros.[55] Ela tem que poder vê-los, tem que ver a primavera.

Maria grita. Da cabana de maturação, vem o chamado dos guardas alpinos. Eles ouviram os tiros e entenderam.

"Eles estão chegando", digo.

Lucia tenta tocar suas costas. Treme.

"Preciso voltar para casa. Preciso..."

Levanto seu xale, o furo é bem pequeno, na altura da escápula.

Há bem pouco sangue. Onde está o sangue? A ausência não me tranquiliza.

Os alpinos chegam, fazem um escudo para nós. Vejo pelas suas expressões que reconhece-

---

55 O rododendro, também conhecido como azaleia-arbórea, é um arbusto lenhoso e ramificado, nativo da Ásia e que pode atingir até 5 m de altura.

ram Lucia. Sabem quem ela é, sabem o quanto lhe são devedores porque tudo começou com ela.

Lucia segura minha mão, sua força me surpreende.

"Leva-me até meus filhos. Prometa."

Digo que sim, enquanto caem as primeiras pétalas. A flor foi ceifada.

XLVII

A bala entrou pelas costas e atravessou o quadril esquerdo, atingindo o intestino. O abdômen está cheio de sangue. Pairava um silêncio dolorido entre os médicos e as enfermeiras.

Do hospital de campanha de Paluzza levamos Lucia de volta à casa, para que seja velada pela mãe e abraçada pelo amor dos seus filhos.

Segurei sua mão e senti que se tornava mais fria e molhada. Já está atravessando o grande rio, está olhando para a outra margem quando tem os rostos dos filhos diante de si.

Não fiquei, não tive coragem o suficiente. Beijei e confortei-a com palavras tão vazias que senti vergonha. Mais uma vez me preenchi com seu sorriso, um pouco mais apertado, um pouco menos seguro. Eu gostaria de dizer a ela que seus filhos não ficarão sozinhos, mas isso seria como admitir o que todos agora estão tentando esconder de seus olhos e lábios.

Saio e, sob um céu de contrastes violentos, sob nuvens de tempestade e sol, cruzo, tremendo, o vilarejo. Escapei da morte e uma irmã tomou meu lugar.

O desígnio de Deus é grandioso. Nascemos e morremos por um jogo de coincidências. E no ínterim, sofremos e amamos.

Estou perdendo mais um pedaço do coração.

Uma tempestade se levanta das montanhas. Desfiladeiros escuros giram em direção ao vale e logo cobrirão o sol. Eu sinto que os eventos vão se precipitar. Um abismo se abriu em meu estômago e está me sugando. Algo horrível está por vir.

Os passos se tornam mais rápidos, até se transformarem numa corrida desesperada.

"Você precisa ir embora", digo ao fechar a porta de casa.

"Quanta pressa."

Francesco está sentado na cadeira do meu pai. Os pés cruzados estão sobre a mesa. Instintivamente, procuro outra presença atrás dos ombros dele, um sinal do que possa ter acontecido durante minha ausência, mas tudo está como deixei e não há vestígio de Ismar. Minha ansiedade é mal interpretada.

"Não se preocupe com as cabras, elas foram poupadas. Devem valer alguma coisa, o povo tem fome."

Seu atrevimento me deixa irritada. Bato em suas botas.

"Por que está aqui?"

Francesco levanta-se com calma. Tenta fazer um carinho, mas eu me retraio e seu braço cai ao seu lado.

"Estou cansado de implorar por sua atenção fazendo jogos bobos, Agata."

Ele não fala do inimigo nem da traição e eu me pergunto que fim terá levado Ismar. Espero que não tenha ficado preso nesta casa violada e que tenha pelo menos conseguido fugir.

Francesco dá um passo em minha direção.

"Não quero machucá-la."

"Você é doente", murmuro.
Seu olhar se liquefaz.
"Sim, o amor que você continua rejeitando me envenenou."
"O que você sente não é amor."
Ele está bem diante de mim.
"Quem é que lhe dá o direito de julgar? Eu nunca fui o suficiente para você, e você não é nada. É igual ao seu pai, desprezível como ele. Nunca esqueci o que ele fez comigo."
"Do que você está falando?"
"Eu era só um garotinho, você uma garotinha. Ele notou como eu olhava para você e não gostou. Aquele bronco ousou dizer que eu tinha que me manter distante. Foi então que jurei que você seria minha, e será."
Recuo um passo para trás.
"Meu pai enxergou o que você é. Vá embora, Francesco."
O tapa chega de repente e quase me joga no chão. Depois, a mão agarra meus cabelos, o beijo úmido, repugnante.
Consigo mordê-lo.
"Maldita! Aposto que por algum trocado não é tão exigente assim no fronte."
"Saia daqui!"
Ele jogou-me em cima da mesa. O golpe na nuca foi tão forte que me fez sentir confusa.
Ele está em cima de mim, sinto náusea.
"É você quem me obriga a usar a força! Eu não queria."

Seus dedos sobem vasculhando por baixo da minha saia. O peso dele me esmaga, ele abre minhas pernas.

Tento gritar, mas suas mãos me sufocam.

"Não queria machucá-la, é culpa sua, eu não queria..."

Ele aperta-me com mais força. Minha visão fica embaçada, a garganta seca, mas, de repente, o ar volta a entrar em uma onda dolorosa que me faz tossir. Não há mais aperto. Livre, deslizo para o chão.

Ismar levanta Francesco e o prende à parede, agarrando-o pelos pulsos, com o rosto distorcido pela fúria. Não tenho dúvidas de quem é o mais forte dos dois, apesar do ferimento.

A expressão de Francesco muda, seus olhos escancarados diante da medalha de reconhecimento no peito de Ismar.

"Um deles!", ele grita. Uma mancha escura vai se alastrando no cavalo da sua calça.

"Ismar, olha para mim..."

Não consigo dizer mais nada, mas sei que meus olhos falam.

Chega de mortes. Que a violência esteja distante de nós.

Ismar o arremessa para longe com um grito de raiva. De alguma forma, Francesco se agarra ao aparador e consegue se levantar.

Em seu rosto, há uma mistura de repulsa e euforia. Ele está prestes a se vingar e, desta vez, ninguém poderá evitá-lo. Quando ele corre para fora, sei que não tenho muito tempo.

Olho para Ismar. Ele poderia ter ficado escondido.

"Obrigada", murmuro, mas não me permito fraquezas. Corro ao seu redor com mil pensamentos e incapaz de fazer qualquer coisa. Tenho que pegar suas coisas, ajudá-lo sem ser vista, lembrar onde coloquei a espingarda, decidir se devo ou não a entregar a ele...

Ismar continua olhando para mim, até que sua mão me detém, aperta a minha e acolhe o tremor na palma da sua mão. Coloca-a sobre seu peito.

"*Herz*. Coração", ele diz.

Sorri enquanto eu começo a chorar.

"Não tenha medo."

"*Keine Angst*."

Dizemos um ao outro as primeiras palavras que o ouvi dizer. Que ironia do destino. Serão também as últimas, mas não consigo pensar em uma ternura maior. Nós as dissemos um para o outro, trocando as línguas.

"Você ainda pode ir embora", digo-lhe. "Do estábulo, passando por..."

Ismar sacode a cabeça. Pega o uniforme nas mãos.

"Ajuda eu."

Sei o que ele quer fazer, finalmente conheço seu valor.

Agora ou nunca mais, digo-lhe. Vejo que no rosto o sentimento incandesce. Ame seu pecado e será inocente, alguém escreveu.

Apaixonei-me pela noite.

Falo com Ismar com a doçura dos gestos. Ajudo-o a vestir o uniforme. É um soldado, irá enfrentar seu destino como tal.

Mas e eu, o que sou afinal?

Quando eles vêm nos buscar, estamos à espera deles, em frente de casa, um ao lado do outro. Estão todos lá, mas não vejo soldados. Viola, Maria, as outras mulheres com as quais dividi tantas subidas... Olham para mim como se não fosse mais eu. Gostaria de conseguir explicar, mas sei que é difícil entender. Nos olhos dos homens vejo apenas consternação e dúvida.

Sou Eva diante do juízo divino. Um Deus com mil olhos me observa. Colhi a maçã, mas para essas pessoas o homem que está ao meu lado não é o Adão inocente. Ismar, para eles, é a serpente.

Mas eu já não sei mais quem é Deus. Se é o rei que tem o poder de imolar seus filhos ou alguém que, como nós, incansavelmente os costura de volta quando chegam em pedaços das montanhas. Talvez Deus esteja nas mãos do pai que desenterrou seu próprio filho no Pal e o limpou com trapos e lágrimas.

Talvez Deus seja tudo isso, ou talvez Ele não exista.

Dom Nereo abre espaço entre as pessoas e vem correndo até mim, o olhar enlouquecido de sobressalto sobre Ismar. Detêm-se alguns passos atrás e diz:

"O que você fez, Agata?"

O que vejo, na verdade, escrito em seu rosto, é a certeza trágica que não poderá mais me ajudar.

Chegou o momento de responder, mas não a ele. A mim mesma.

As páginas de minha história correm diante dos meus olhos, viradas pelo vento do adeus. A garotinha que eu era sorri para mim com margaridas e violetas no cabelo, a garotinha em que ela se transformou chora de tristeza e a mulher de hoje se vira para me olhar. Estou tão séria, diante de mim mesma, que gostaria de me fazer um carinho.

Não foi tão ruim, Agata. Você fez o máximo que pôde. Às vezes, muito além disso.

Estou tão cansada.

Então basta de ter medo.

Em breve, alguém irá escrever num papel minha condenação à morte e dará ordens a um garoto da minha idade para atirar em meu coração com uma das balas que carreguei durante esses meses.

Sempre soube que tudo tem um preço.

Aproximo-me de dom Nereo e dou a ele e a mim mesma a resposta.

"Escolhi ser livre."

Livre dessa guerra, que outros decidiram por nós. Livre da gaiola de uma fronteira que eu não tracei. Livre de um ódio que não me pertence e do pântano da suspeita. Quando tudo ao meu redor era morte, escolhi a esperança.

O céu está trovejando e, desta vez, não é o fronte: a tempestade está prestes a desabar. Viro-me para olhar Ismar. Não há medo em seu rosto. Ele desce os degraus da casa.

Está pronto e eu também.

Nunca fui cortejada. Não conheci o amor. Ele, mesmo que brevemente, deu-me a ilusão de ser amada por alguém.

Finja que me ama, gostaria de pedir, enquanto sinto as primeiras lágrimas caírem. Finja, nesses poucos momentos, que temos um futuro juntos. Pegue-me pela mão e diga-me que me achará bonita mesmo quando a juventude for uma lembrança e eu não tiver nada além de uma alma velha e doída. Não quero morrer sentindo-me sozinha.

"Eu sabia!"

O círculo ao nosso redor se abre para procurar a voz que falou.

Lucia avança amparada por sua mãe, com as crianças agarradas a seu vestido. Sua pele não tem mais cor, seus lábios estão azulados. Ela anda descalça e o primeiro pensamento que me chama a atenção é que ela não sente mais nada que seja terreno. Como dizem seus alpinos, ela já "seguiu em frente", apenas sua respiração permaneceu neste mundo.

Ninguém se atreve a dar um passo ou fazer um gesto para apoiá-la. Ela não iria querer isso, pois tem a aparência orgulhosa de uma rainha ferida, soberana descalça de comandantes e soldados que aprenderam a abaixar a cabeça diante dela.

"Eu sabia", ela repete, e o esforço fica evidente, tanto que ela desmorona. "Levem também a mim diante do tribunal militar de guerra."

Todos a cercam e o silêncio irrompe em palavras que não ouço. Não me importo, seja qual for o meu destino.

Olho para essa mãe, que passa o tempo precioso que lhe resta tentando nos salvar, em vez de estar com seus filhos, e vejo, finalmente, Deus.

Deus está aqui e é mulher.

Começa a chover. Uma chuva gentil que me lava, que acorda com cada gota o perfume da terra. Ofereço meu rosto ao céu e fecho os olhos. Quero matar minha sede com paz e maravilhamento.

Uma mão pega a minha e aperta-a.

Reconheço-a. E já não estou mais sozinha.

Maio de 1976

Atravessei muitos oceanos desde então. O tempo passou como água, às vezes mansa, outras, tumultuosa. Levou-me para os quatro cantos dos continentes e de novo com a ressaca do pertencimento.

"A americana", é como me chamam desde que voltei, mas foram muitos os países que me acolheram e as línguas que falei.

Testemunhei ocorrências e recorrências históricas. Carrego-as escritas em mim, nas ondulações de minha pele.

Encontrei Tina, a fotógrafa, e viajei com ela para horizontes distantes. Tirei milhares de fotos. Consegui recuperar a placa com a imagem de minha mãe e finalmente vi seu rosto novamente no retrato que uso em meu pescoço.

Vi eclodir uma guerra ainda mais sangrenta do que a anterior. Sobrevivi.

Novas fronteiras surgiram e mudaram como os leitos dos rios, porque foram feitas para se reconhecerem, não para se dividirem. Vi muros serem erguidos para dividir o Oriente do Ocidente, os brancos dos negros: estou convencida de que logo cairão.

Votei, pela primeira vez de muitas. Marchei para gritar pela paz e pela igualdade e para reivindicar junto às novas irmãs aquilo que nos deveria ser reconhecido naturalmente.

Vi o homem dar seu primeiro passo na Lua. É como eu a imaginava daqui de baixo, mas ninguém ainda descobriu como é o seu cheiro.

Deixei minha terra natal e até hoje não voltei, porque minha presença teria alimentado a dor dos que ficaram para trás, porém, quando o Friuli tremeu, senti um frêmito em meu peito chamando-me de volta.

Voltei com os cabelos brancos e o corpo definhando, recolhendo os escombros como fiz naquele dia, há sessenta anos, com minha vida, bem aqui nesta praça.

Nunca soube se o que Lucia disse era verdade ou se ela mentiu para poupar duas vidas miseráveis. O segredo foi embora com ela, mas nada me impede de pensar que, mesmo em sua agonia, Lucia quis nos salvar.

Fui visitá-la onde ela descansa, a única mulher entre seus soldados alpinos e de infantaria. Ela continua a cuidar deles e esses rapazes, tenho certeza, cuidam dela com doce gratidão.

Coloquei uma flor na lápide do capitão Colman. Uma estrela alpina, de sua flor de rocha. Fiquei por um longo tempo acariciando seu nome.

Nunca me esqueci de você, meu amigo, o primeiro homem que me considerou uma igual, ensinando-me a ocupar meu lugar de direito na vida. Salvou-me de mim mesma. Guardo com zelo seu livro e a pena que ganhei. Um dia, eu sei, iremos continuar nossas conversas.

Nunca mais vi meus irmãos nem Viola. Ela nunca respondeu minhas cartas, mas pude abraçar muitas companheiras da subida. Na época eram apenas crianças e agora a maioria é avó. Disseram-me que, enquanto pôde, Viola continuou a escalar as trincheiras após o fim da guerra para acender uma vela lá. Maria, por outro lado, não quis mais subir, nem mesmo para a colheita do feno. Disse que continuava vendo os fantasmas daqueles garotos na relva. Talvez algo deles tenha realmente ficado por lá. O doutor Janes tem certeza disso. Mesmo hoje, quando telefono para ele, falamos sobre aqueles dias em que jovens assustados estufavam o peito com a coragem de titãs.

Foi graças a ele que consegui chegar à Suíça com a intercessão da Cruz Vermelha. O país não se opôs e, além do médico, nenhum militar foi informado. O trabalho de Lucia teve a perfeição de um milagre.

Olho para os picos que testemunharam meu nascimento.

O terremoto não poupou Timau, mas foi misericordioso e não tirou muitas vidas. Este vale, talvez, já viu vidas demais fenecendo para reivindicar outras para si.

O *Orcolat*, é como chamaram o terremoto, feito o ogro das lendas que vive dentro dessas montanhas. Não conseguem odiar essa terra nem mesmo quando ela se abre e desaba, e, como numa fábula, retratam, com os traços característicos da tradição, a grande adversidade que leva ao renascimento.

Assim será: não é o fim, nunca foi. É um novo começo, e estou aqui para retribuir o presente de uma segunda vida que me foi dada.

Atrás de mim, uma bengala faz um tique-taque. Um som que eu reconheceria entre milhares de outros, tão querido para mim.

Ismar se junta a mim, inclina-se e, silenciosamente, aponta um dedo à nossa frente. Ele não perdeu o hábito de se comunicar dessa maneira que é só nossa.

Sei o que está pedindo: uma palavra, apenas uma, para descrever o que está acontecendo diante de nossos velhos olhos, que brilham de admiração. O exército austríaco violou vários tratados para vir aqui ajudar o Friuli, que está de joelhos. É um invasor pacífico, ajudando a remover os escombros e a reconstruir em vez de destruir. Vejo o jovem Ismar nesses rapazes novamente. Eles têm suas cores, que também são as de nossos filhos, mas que em nossos netos se misturaram maravilhosamente com outras, tornando-os também filhos do mundo.

Para esse exército, no entanto, Ismar nunca mais voltou. Ele não queria mais pegar uma arma para subjugar outro ser humano. Ismar ainda é "o meu diabo pacifista".

O homem é uma criatura tão bizarra, ama e destrói, reconstrói e sobrevive. O amor é vida, a vida é um vento que não entende barreiras de arame farpado, nem fossos tão profundos quanto os mares. Sua natureza é expandir-se.

A mão de Ismar aperta a minha, como naquele dia, tantos anos atrás.

Ele está esperando para conhecer a palavra que escolhi. Não precisei me esforçar muito para encontrá-la: ela me encontrou.

"Humanidade."

Nota da Autora

Há algum tempo eu queria escrever este romance, para dar minha pequena contribuição, fixando no papel a memória de um empreendimento épico, que foi parte substancial do curso da história e que, infelizmente, foi negligenciado. As carregadoras da Cárnia estão nos corações dos friulanos, mas, para além das fronteiras que as viram nascer e tornar-se protagonistas de eventos às vezes mais grandiosos do que os seres humanos, poucos as conhecem.

Eu estava em Milão, com meu editor, quando mencionei essa história pela primeira vez a Fabrizio Cocco e a Giuseppe Strazzeri, editor e diretor editorial da Longanesi. Estávamos caminhando, meu segundo romance ainda não havia sido publicado e eu já tinha essa história em meu coração. Naquele momento, com poucas palavras, tenho certeza de que ela também entrou no coração deles.

Não por acaso eu os cito, pois os homens desempenharam um papel fundamental no destino das carregadoras no sentido de fazer com que esse empreendimento épico, feito por essas mulheres excepcionais, florescesse: príncipes, generais, oficiais, chefes de Estado tiveram, cada um deles, seu papel, orlando e preservando um pedacinho de memória sobre o quanto essas mulheres fizeram pela pátria e para que a Itália se constituísse.

Eu os via nas fotos de arquivo, nas leituras que, como grande curiosa que sou, eu começara a fazer, e também nos testemunhos das pessoas que encontrei durante a minha pesquisa de campo. Um deles foi fundamental para escrever *Flor de rocha*: Luca Piacquadio, que, num dia muito frio, de picos nevados — *aqueles* picos —, abriu para mim as portas do Museu da Grande Guerra em Timau. Ele presenteou-me com lembranças preciosas de lugares e pessoas e deu-me alguns textos fundamentais para ler, nos quais encontrei eventos descritos de forma tão apaixonante e comovente que me senti comovida. Coisas que precisavam ser contadas.

Lembro-me de que ele me alertou: essas mulheres haviam sido muito maltratadas pela história e por aqueles que, nos últimos tempos, ofereceram um retrato delas que, em sua opinião, elas não mereciam.

"Tenha cuidado ao escrever sobre isso", ele me disse, em um tom um pouco rude, mas com o carinho e a solicitude de um filho. Ele as estava protegendo.

Com esse cuidado, com a necessidade de preservar a memória, vislumbrei em todos esses homens, até em Fabrizio, Giuseppe e Stefano Mauri, meu editor, uma tenacidade no desejo de dar voz às façanhas das carregadoras que me provocou ternura.

Como Donato Carrisi escreveu em seu romance *La donna dei fiori di carta*: "Quantas mulheres deveriam ter um lugar na história humana e desapareceram dela porque um mundo masculino decidiu não lhes conceder igual dignidade? Um verdadeiro genocídio, se você pensar bem". Felizmente, há também homens de valor que remediam esse estrago.

Flor de rocha nasceu dos fatos que li e das anedotas que reuni.

Por motivos de construção narrativa, condensei eventos ocorridos ao longo de dois anos em alguns meses e simplifiquei a dinâmica militar o máximo possível. As datas dos eventos, portanto, não coincidem com as dos eventos reais, mas seguem a dinâmica em seu desenrolar.

A história de Agata e Ismar é inventada, mas o que ocorre entre eles é verdade.

O padre do vilarejo que, com determinação estoica, acompanhou as carregadoras nessa dramática empreitada, na verdade, chamava-se dom Floreano Dorotea. Foi ele quem fez o apelo dramático do púlpito pedindo ajuda durante uma homilia.

Em junho de 1915, na montanha Freikofel, uma tropa de soldados alpinos do Batalhão Tolmezzo conquistou o pico usando *scarpetz*, para não serem ouvidos pelos soldados austríacos que faziam a guarda por lá.

A personagem do capitão Colman é inspirada em dois oficiais da vida real: o capitão Mario Musso, colíder da 21ª Companhia do Batalhão

Saluzzo, e o capitão Riccardo Noel Winderling, comandante do forte no monte Festa, respectivamente medalha de ouro e medalha de prata pelo valor militar. No monte Lodin, gravemente ferido, o capitão Musso continuou liderando seus homens agarrado a um machado de gelo. Ele os fez recuar, recusando-se a ser transportado. Foi capturado pelos austríacos e levado até um posto médico, onde morreu. A carta que cito no romance segue a que foi escrita pelo oficial médico austríaco e pode ser lida na íntegra no livro *Guerra sulle Alpi Carniche e Giulie — La Zona Carnia nella Grande Guerra*, de Adriano Gransinigh (Andrea Moro Editore).

No monte Festa, o forte comandado pelo capitão Winderling era fadado ao sacrifício. Em 6 de novembro de 1917, depois de vários ataques que tornaram precárias as condições do posto avançado, uma delegação inimiga chegou até os italianos para exigir sua rendição. O capitão Winderling serviu aos austríacos um suntuoso café da manhã com o que restava e confiou sua resposta em uma carta que ele selou e entregou ao comando inimigo. Tudo isso para dar tempo à maioria de seus homens de recuar e salvar suas vidas.

Os demônios brancos, os temidos franco-atiradores austríacos, infestavam as trincheiras e ravinas. Um deles, em particular, manteve os italianos sob a sua mira entre o Pal Piccolo e o Pal Grande, impedindo qualquer movimento durante o dia. Quando o centésimo soldado alpino morreu, o capitão Pizzarello, comandante da 6[a]

Companhia do Batalhão Tolmezzo, decidiu intervir. Com alguns de seus homens, armou-se com granadas e saiu a persegui-los. O atirador nunca mais disparou. Talvez ele tenha morrido, ou talvez alguém o tenha salvado...

E agora chegamos a ela.

Maria Plozner Mentil é o símbolo das carregadoras, a única mulher a ter um quartel com seu nome. É sua a frase *"Anin, senò chei biadaz ai murin encje di fan"* — "Vamos, senão aqueles pobres coitados também morrerão de fome".

Jovem mãe, ela foi atingida por um franco-atirador no dia 15 de fevereiro de 1916, durante uma parada próximo a Casera Malpasso, morrendo naquela mesma noite. Naquele dia, Maria havia subido mais tarde para entregar os suprimentos: tinha amamentado seus filhos e os colocado em seus berços — o mais novo tinha seis meses. Foi enterrada com honrarias militares sob bombardeio, na presença de todos os seus companheiros e de um piquete militar. Agora, ela descansa no Templo Ossuário de Timau, entre os mil, seiscentos e vinte e seis soldados alpinos, soldados de infantaria e atiradores, os heróis de Pal Piccolo. Na entrada, uma inscrição contém um aviso que ecoará pelos séculos: "Lembre-se de que aqueles que descansam aqui também se sacrificaram por você".

Lembrar é nosso dever e responsabilidade. Em uma época em que palavras como "Itália", "pátria" e "fronteiras" são frequentemente pronunciadas de forma inadequada, devemos ter em mente o que elas significaram para milhões de jovens de ambos os lados e tentar recuperar um senso de modéstia diante do sacrifício.

As carregadoras eram mulheres simples, com extraordinária força moral, que estavam acostumadas havia séculos a apoiar suas famílias nas condições mais adversas. O fato de não terem sido militarizadas fez com que a Itália se esquecesse delas por muito tempo, negando-lhes até mesmo o apoio econômico que os soldados que lutaram no conflito recebiam. O título de cavaleiro foi concedido aos sobreviventes entre 1972 e 1973, com a concessão da Cruz da Ordem de Vittorio Veneto. As medalhas foram fundidas com o bronze de canhões inimigos.

Em 29 de abril de 1997, o então presidente da República italiana, Oscar Luigi Scalfaro, concedeu *motu proprio* (por iniciativa própria) a Maria Plozner Mentil a medalha de ouro pelo valor militar. O prêmio foi entregue em uma cerimônia em Timau alguns meses mais tarde, em frente ao monumento que recorda seu sacrifício final, construído com armas de metal recuperadas do fronte. Ela foi a primeira mulher italiana a receber essa honraria.

São verdadeiras as histórias do pai que foi até o fronte buscar o filho durante os bombardeios, da carregadora que se apaixonou pelo artilheiro, esforçando-se em carregar projéteis pesados para chamar sua atenção (eles acabaram se casando), da mulher que continuou escalando as trincheiras carregando uma vela em memória do soldado morto que ela não conseguia tirar do coração, e a daquela mulher que, ao subir até o Pal, dizia que continuava vendo os espíritos daqueles meninos e que não queria mais voltar por lá.

Há décadas, nos picos de Cárnia, diversos voluntários escalam as antigas linhas do fronte para restaurar caminhos, abrigos e trincheiras. Entre eles, há jovens de diferentes países que participaram do conflito e que finalmente se uniram em paz. Durante as escavações, não é incomum aparecerem estilhaços de projéteis, munições, capacetes e os restos mortais dos combatentes. Muitos corpos de soldados nunca foram encontrados, pois foram varridos pelos bombardeios. Num santuário em Redipuglia, jazem cento e um mil soldados e uma mulher, uma atuante da Cruz Vermelha, mais uma vez "uma", para falar de todas. Mais da metade desses corpos não pôde ser identificada. A fúria da guerra.

Graças à abnegação das carregadoras, o fronte italiano da região de Cárnia nunca cedeu. Somente após o avanço em Caporetto foi dada a ordem de retirada para o rio Piave. Os soldados tiveram que abandonar as posições que haviam conquistado e mantido com tanto esforço, incendiaram os armazéns, jogaram os canhões dos penhascos e abandonaram a população que não podia ir até lá. Fizeram isso com lágrimas nos olhos.

Dentro do possível, eu gostaria de honrar as carregadoras e os homens que, lado a lado, defenderam as fronteiras sagradas nesses picos e dar a eles o lugar que merecem em nossos corações.

Para aqueles que gostariam de saber mais sobre a história das carregadoras e do povo do fronte de Cárnia durante a Primeira Guerra Mundial e encontrar vestígios dos eventos narrados em *Flor de rocha*, indico abaixo os textos de referência que li e reli com um sentimento de profunda gratidão.

Ardito, S. *Alpi di guerra Alpi di pace*. Milão: Corbaccio, 2014.

Vários autores. *Le Portatrici Carniche*. Paluzza: Edizioni C. Cortolezzis, 2018.

Casadio, L.; Dorissa, I.; Moser, G. *L'anno della grande fame. Fielis e la Carnia durante l'occupazione austro-ungarica del 1917-1918 nel diario di don Emilio Candoni*. Tolmezzo: Associazione Culturale Nuova Latteria Fielis, 2018.

Forcella, E.; Monticone, A. *Plotone di esecuzione. I processi della Prima Guerra Mondiale*. Roma/Bari: Laterza, 2019.

Fornari, A. *Le donne e la Prima Guerra Mondiale. Esili come brezza tra venti di guerra*. Montebelluna: DBS Danilo Zanetti Editore, 2014.

Gransinigh, A. *Guerra sulle Alpi Carniche e Giulie — La Zona Carnia nella Grande Guerra*. Tolmezzo: Andrea Moro Editore, 2003.

Meliadò, E.; Rossini, R. *Le donne nella grande guerra 1915-1918. Le Portatrici Carniche e Venete, gli Angeli delle trincee*. Mantova: Editoriale Sometti, 2017.

Sartori, S. *Lettere della Portatrice carnica Lucia Puntel*. Timau: Associazione Amici delle Alpi Carniche, 2006.

E também a página do museu citado: www.museograndeguerratimau.com.

"É fácil falar de batalhas, de heroísmo nos campos de batalha, de atos heroicos. É menos fácil lembrar e contar sobre aqueles que sopraram devagar sobre brasas acesas para transformá-las em fogo alegre. É menos fácil lembrar de presenças frágeis, mas fortes."

– *Antonella Fornari*

Agradecimentos

Muito obrigada de coração à minha fantástica equipe na editora Longanesi, que me acompanhou e incentivou nessa mudança repentina de direção. Fizeram-no desde o início com entusiasmo, deixando-me livre para escolher, mas jamais sozinha. Não era algo óbvio, e não vou me esquecer disso.

A Stefano Mauri, um pilar, uma presença gentil.

A Fabrizio e Giuseppe. Tudo começou com vocês. Obrigada pela confiança.

Às mulheres fortes, apaixonadas e combativas da rua Gherardini 10: Cristina, Viviana, Graziella, Raffaella, Diana, Elena, Giulia, Patrizia, Lucia...

A Antonio Moro por sua preciosa ajuda.

A Giuseppe Somenzi e a todos os profissionais que trabalham com paixão para que os livros cheguem às mãos dos leitores.

Às livreiras e livreiros, agora mais do que nunca.

Um agradecimento especial a Luca Piacquadio por sua ajuda fundamental na coleta de material e informações sobre as carregadoras, a Lindo Unfer e à associação *Amici delle Alpi Car-*

niche por transmitir o valor da memória e pelo importante trabalho de divulgação que realizam, também por meio do lindo museu histórico "La Zona Carnia nella Grande Guerra" em Timau.

Agradeço à Daniela e Alessandra Primus por seus valiosos conselhos sobre o dialeto de Timau e a Francesca Toson por me orientar com as pessoas certas.

Muito obrigada aos meus amigos de longa data por tornarem algumas apresentações mais divertidas e por estarem sempre prontos a me ajudar: Michela e Stefano, Massimo e Francesca, Alessandra, Roberta, Andrea, Marta, Michele e Camilla, Elena e Cristian.

Obrigada à Michele, que, a oitocentos quilômetros de distância, sempre consegue estar perto de mim.

Um agradecimento sincero à minha família pelo apoio emocional e logístico!

À Jasmine e ao Paolo, por estarem presentes. Tenho muita sorte.

Por fim, muito obrigada a você, caro leitor, cara leitora.

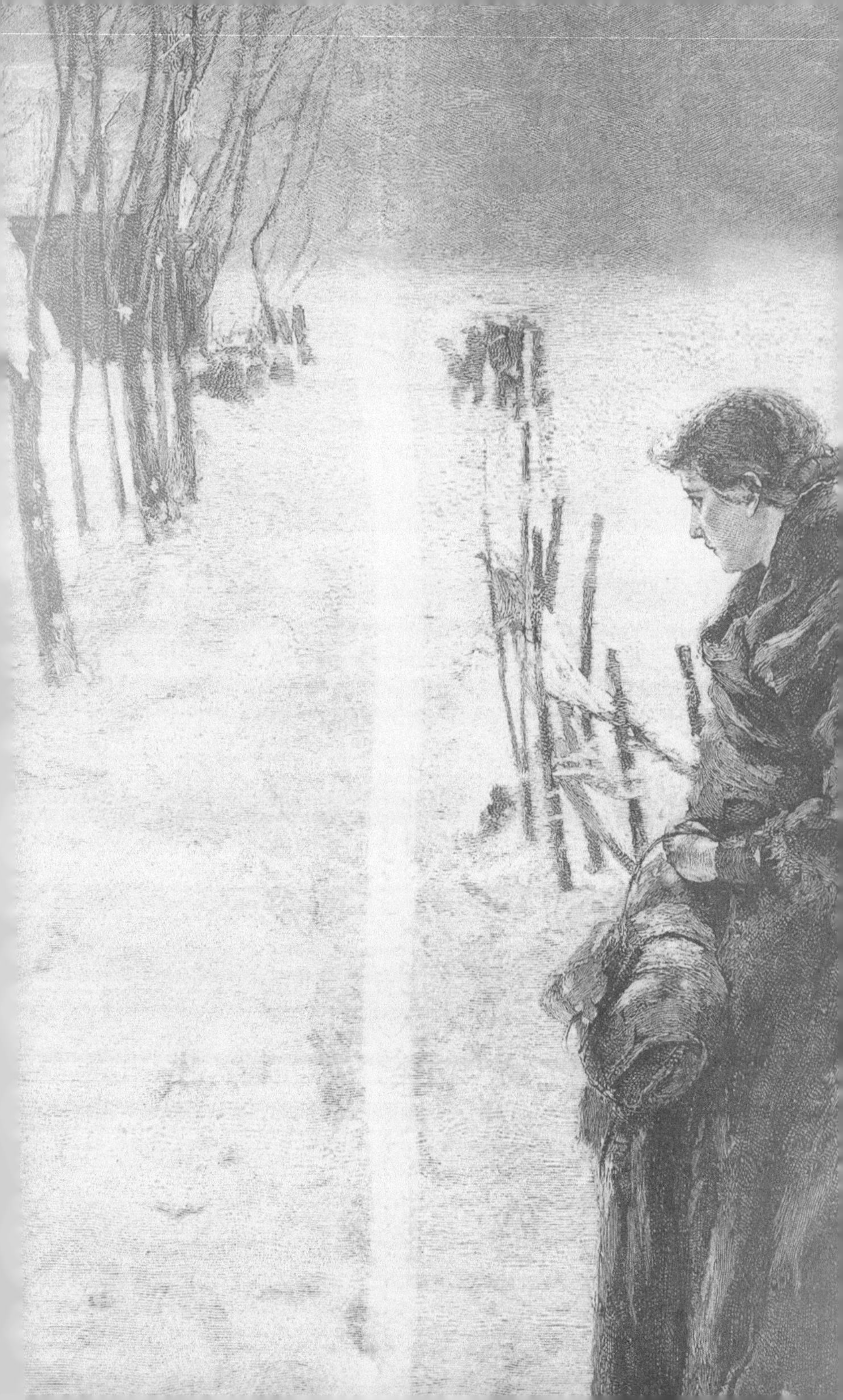

TIPOGRAFIA:
Georgia (texto)

PAPEL:
Cartão LD 250g/m2 (capa)
Pólen Soft LD 80g/m (miolo)